文明開化四ツ谷怪談

福田善之戯曲集

三一書房

文明開化四ッ谷怪談／目次

文明開化四ッ谷怪談

（四世鶴屋南北「東海道四谷怪談」に敬意を表しつつ）

■登場人物

萩山
関内勘蔵
鍵谷伊右衛門
袖
梅
鳥飼武司
希和
小助
まつ
藤屋嘉兵衛
宅悦
直吉

前頁舞台写真「文明開化四ツ谷怪談」（サルメカンパニー）　撮影：坂本彩美
（中央＝石川湖太郎）

舞台は大雑把に、前舞台（花道を含む）中舞台（主な演技空間）奥舞台の順に、奥へ行くほど高い雛段ふうを基本としたい。

一幕

さびれた道場としても、この付近に多い空き地の一隅としてもいい。

ここは多分江戸が東京になってさほど時間が経っていないころの、隅田川がやがて海へ流れ入るあたり、以前は旗本屋敷や御家人の組屋敷などが軒を並べていた。風の具合で波音や海鳥の声も聞こえる。

鋭い気合の声。元士族とおぼしい男たちの立ち合いか稽古か。頑健そうな男が、ほっそりとした同年輩、あるいはやや若い色白の青年に何度も挑む、が、どうしても勝てない気配。頑健、色白の隙を見て猛烈な体当たり、かわされて鞠のように転がる。道場なら武者窓から覗く野次馬の反応。色白は息も乱さない。ひょろりと丈高く身なりのいい男が声をかける。仮に名を萩山。

萩山　勝負あった。（頑健、首を振る）もういいだろう、関内。

頑健　（関内）まだ、まだ……やぁっ！……（また挑んで、敗れる）くそっ……何故だ、何故俺は一本もとれねえ……俺が、百姓（の出）だからか……（泣く）

笑い声。道場の仲間からか、見物の野次馬たちか。

関内　笑うなっ……俺は確かに百姓の倅だ……（息を切らして）お、親兄弟が代々の田畑を人手に渡して金を作って、我が身も八年の中間奉公、爪に火ともして、それでも不足で借金を重ねて……この世は、武家でねえば人でねえから、って……ようやく、御家人の株を買った、俺はもう徳川様の家来だ、武士だ、侍になったんだ……
萩山　なってみたら、消えてしまった……心中立ての相手が、幕府が。

人々、どっと笑う。

萩山　笑うな！
関内　いや、笑ってくれ。そのほうがいい。（色白に）鍵谷氏、あんたも。……なぜ笑わない？　伊右衛門どの。

色白の青年、伊右衛門、もう着替えにかかっていた。

関内　侮っているのか？　笑ってくれ、阿呆な俺を、頼むで。
伊右衛門　おかしくない。
関内　何故だ？　あんたが、いや貴公が、生まれついての武士だからかっ。
萩山　関内。
関内　俺は小者のときから剣の修行、命がけで励んだ、筋がいいと師匠も褒めてくれた……石の上にも三年、その三倍がとうに過ぎた。なのに、なぜ、伊右衛門、若いお前に俺はっ、
萩山　血迷うな、混乱しているぞ、関内勘蔵。
伊右　……人は皆、同じだろう。
関内　なにっ。なんと言った？……教えてくれ、道場筆頭の伊右衛門どの。
伊右　人の上に人はいない、下にも……

このとき、「そうだっ」と声が聞こえた。例えば武者窓の方角から。
萩山、若い門弟に囁く、「あの覗いていた書生、捕まえろ」

関内　そんな……そんな馬鹿なっ、世迷いごとをっ。
伊右　この書物で読んだ……『学問のすすめ』まんざらの出鱈目でもない気がする、現に将軍家が消え、大名、小名は愚か、武士というもの、

いや身分というもの自体が、
関内　武士が、上に立って治めんで、この世が動くか、成り立つか、立たんか、現に、新政府の政治に、抗議と怨みの声が……ええい、目に物見せてやる、いまにっ。

ドタバタと、ざんぎり頭に袴、書生風の青年、この道場の若手（小助たち）にひきずられるようにして……

書生（伊右衛門に）あ、あなた今おっしゃってたの、先生の言葉です、僕の。僕、慶應義塾の生徒で、鳥飼武司、怪しい者では、決して。
萩山　ほう、福沢諭吉さんの、では、三田の書生さんが何故こんな、
鳥飼　こんな所をうろうろ、というそのわけは、実は書生の身でありながら郵便報知新聞の探訪記者として禄を食《は》む、イヤこれは古いな、つまりお給料を頂く身でもまた、これあり候て、
関内　なんだ、新聞記者か。

萩山　で、なんの御用か、

ここが道場なら武者窓の外の道に、野次馬たちがたかっていて、その中に一際目立つ娘二人、開化ふう、とはいえ未だ洋装ではないほうがいい。富裕な感じで従者も連れている梅、そして袖は例えば矢絣に袴。そこへ三尺の警棒を持った制服の邏卒、厳密には正式名称は巡査だが、一般にはラソツが長く通称だった。人々鼻白んで散って行く。道場関係者は奥へ向かう。見送る梅。

袖　で、どの人？　お梅さん。
梅　しっ。（恥じらって）え？　だって。
袖　だって、何人もいるじゃない……（梅の視線を）へ、へーえ、……ええっ。
鳥飼　用？　僕に。
梅（断然、首を振る）

ずっこける、なんて、この時代ふうに可能なら。

鳥飼　（袴の誇りを払って、客席にぺこりと礼）ええ、僕が関心を持ちましたのは、すなわち戊辰の御一新以来、この種の武芸の道場、何処も火の消えたような、まさに門前雀羅を張る……これもいかん、福沢先生は常に〈わかりやすく〉と説いておらるる、モンゼンジャクラ、まるで念仏か祝詞だ、草生い茂り蜘蛛の巣が張って、……つまり、火の消えたようだったこんな所に、活気が戻りはじめたかに見えるのは、なぜか……

突然梅が袖の胸ぐらをとって、

梅　あなた、知ってるのねっ、あの人をっ、なんで友達の私に黙っててっ、

袖　だって、聞かれなかったから、く、苦しいわよっ。

まつ（梅の従者）　お嬢様。

帰りがけか、伊右衛門・萩山・関内たちが通りかかる。

梅、しおらしくお辞儀。

伊右衛門、微笑むが会釈は袖に。そして従者にも、鳥飼にも。

袖　あ、あとで、お宅に。

伊右　（頷いて去る）

梅　（精一杯の笑顔で見送ってから、袖に憤然と摑みかかる）あとで、何てっ！

袖　ち、ちがう、だって、あの人、兄……にいさんよ。

梅　嘘っ。嘘っぽい、だって、まるっきり似てない、ほら、赤くなった！

袖　あんたが首締めるからよっ……あの人、伊右衛門さん、姉のお婿さんなのっ……わたしの姉の、希和の……

まつ　（ハラハラ）お嬢様っ……

揉めながら梅と袖一方へ。また集まりかけてた通行の人々にまつはペコペコ。鳥飼にも。

鳥飼　（娘二人を見送って）綺麗な人ですね、新時代の……袴のほうかな、僕の好みは。いえいえ、二人とも魅力的、あなたも……（客席に）脱線、失礼しました。話を戻して、戦争です、いくさが近い気配……

（バンドに）どうぞ。

バンド、気配の表現を。

鳥飼　すなわち引き続く旧士族、もと武士たちの反抗、反乱、農民の戸長征伐、一揆騒動の頻発、新政府の失政、えと・せとら、えと、などなど、新聞の落首にいわく「上からは明治だなどといふけれど、治る明（おさまるめえ）と下からは読む」……少なからぬ人々の、不満、不安、反感と怨嗟、恨み、勿論新政府に対する……きっかけになったのは、明治九年、春、三月、太政官布告第3号として布告された「廃刀令」でした。

人々がわっと一方に流れる、「斬り合いだっ」「敵討ちか、喧嘩かっ」

抜き身の刀を振って関内が、

関内　逃げるかっ……逃げるか、卑怯なり、鍵谷伊右衛門っ……尋常に立ち合えっ！

伊右　（すぐに姿を見せる）卑怯って、こういう時に言う言葉か？　関内さん。

関内　俺は知らねえ、無学な百姓だっ。だがとにかく立ち合え、勝負しろ！

伊右　したくない。

関内　廃刀令で、俺たちは、刀を捨てにゃ……新政府が、武士に魂を捨てろというんだっ。——だからこれが最後だ、鍵谷どの、頼む、竹刀や木剣ではなく、真剣なら、俺はあんたに勝てるかもしれない、一つっかねえ命を賭けた最後の勝負だ！

伊右　一理あるが……興味がない。

関内　おのれ、どこまで馬鹿に、俺を！（斬りかかる）

関内の白刃と伊右衛門の間に、飛び込むように立ちふさがったのは、買い物帰りらしく大根などぶら下げた、しかもお腹の大きい女性、希和。

伊右　希和、危ない！

白い腕が斬られて飛んだ、と見えたのは大根だった。伊右衛門、たとえば牛蒡で、したたか関内を打つ。
見ていた萩山の声が飛ぶ。「勝負あった」

関内　（呻く）む、む——
伊右　いや、無理じゃない、ちっとも。鋭い太刀筋だった。危なかった、俺も。
関内　無念だっ、というんだ……（嗚咽）
小助　（道場の最若手）ああ、御新造の腕が飛んだのかと思った。
伊右　（希和に）馬鹿だな、お前はっ。（爆発）その体で、おろかなっ。
希和　こわい。（崩れるように伊右衛門の胸に縋る）
ごめんなさい……
萩山　刀は袋に入れて提げて歩けばいい……それよりいよいよ始まったぞ、西で。乱が、蜂起が。（鳥飼を見やって）新聞屋どのに聞いた、テレガラフが入ったそうだ。

鳥飼登場していて、頷く。照明が変化。季節も。

鳥飼　電信が、社に。……見出しは、「不平士族反乱」かな。
伊右　熊本に、秋月、萩……
萩山　この流れ、止まるまい……さて、どうするかだ、我らが。
伊右　我ら？
萩山　志あるわれわれの、わずかな力でも、合わせねばなるまい。小さな流れを、大河に、大きな潮に。
関内　おお……
伊右　何のために？……聞かせてくれ、萩山さん。
萩山　いまの政府を倒し、世を変える。改める。

それが大義だ。そうは思わないか?

そこへ邏卒が来て、皆白けた顔。
バンド、たどたどしく洋楽の影響――文明開化の雰囲気を。
舞台の様子は変わる……

鳥飼　文明開化の光と闇……文明開化って、僕らの時代のことだと思ってましたが、あの、聖徳太子が大陸の文化の影響を受けて、大化の改新、なんて先例もあるんですね。そういえば今回も征韓論……狭い日本は外に進出するほか道はない、と西郷隆盛さんがいわば元武士の思いを代表して主張、政府の閣議で敗れて下野、鹿児島へ帰ってしまった〈明治六年の政変〉からことは始まった、というべきでしょう。

当時の新聞記事など、映像が映写、次第に錦絵なども、編集されて。

鳥飼　なんと言っても鍵となる人物、Key Personは西郷さん。各地で蜂起、反乱に立ち上がろうと企て準備した士族のグループに共通の主張の一つは、西郷さんを擁しての征韓論の復活でした。

そこへ、萩山、関内、小助などが。

鳥飼　おや、この人たちは、何を。
萩山　新聞記者どの、西郷が起った、という電信はまだか。
鳥飼　はい。
関内　来たのかっ。
鳥飼　いや。
小助　こないんですかっ。
関内　どっちなんだっ。(仕込み杖を構える)
鳥飼　変だな、この場合、イエス、ノウ、同じ意味か。まあまあ、要するに、まだです。ですが……(憤然と行きかける一同に)いやいや、西郷さんはまだまだ、僕の見るところ、大義名分が立たないと起たないな。天下誰しも納得するような。
萩山　ふん、起つさ。起たしてみせる、我らの力で。
鳥飼　はあはあ。萩山さんは忙しいですね、東奔西走、八王子やら千葉やら。
萩山　なに？　負けられぬ戦さだからな。お主こそ何で今日もこの辺をうろうろ。
小助　知ってる気がする……
関内　何だ？　小助、お前が？
小助　お袖さん、張ってるんだ、この書生さん、鍵谷のご新造の妹さんの。
一同　（笑う。「軟派がっ」など）
鳥飼　いや、いや、塾も新聞も、それほど暇じゃない、で、皆さん今日は鍵谷伊右衛門氏のお宅へ？……彼を決起させようと。
関内　伊右衛門殿が起つなら、百人力、いや、百万の味方を得た心地だ。
鳥飼　しかし、起つかな？
関内　なにっ。
鳥飼　ご妻女が……（手真似）
小助　そうなんだ、僕はそれが……
萩山　（厳しく）これ。（と制して）書生づれに、武士の心はわからん。行くぞ。（関口らと去る）
鳥飼　（見送って）日本中の士族の、どんな小さな集団の中にも、それぞれ西郷さんがいる、必要とされている、ということかなあ。

音楽、あるいは可能な限りこの時代の音響。平和な物売りの声など。

鳥飼　僕は徳川譜代の、しかし小さな藩の港町に、武士のはしくれとも到底いえない下級の武士の子として生まれました。御一新とは頭の上に被さっていた屋根が、ふいになくなったような気分と、どっと打ち寄せる西洋文化の大波をかぶって目がまわって……長雨が上がっても晴れた空が見える気はしない……何を言いたいのかな？　そう、僕は一揆の筵旗も振れない、役人になるのは嫌だ、軍人になる気はさらさらない、中途半端な、いわば〈途中の人間〉です。でもだから、か、だけど、か、それなりに役割があるはずだと、ええ、生まれたからには、こんな時代に……（バンドの音楽を）あの、三拍子って、これまで日本になかったとか、難しいですか？……いえ、なんでも、駄弁を弄しているだけで、脱線、蛇足、恐縮でした……

伊右衛門浪宅

舞台は傘、以前は貧乏暮しの浪人の定番内職、日傘、番傘、蛇の目など、張り立て、張りかけ、まだ骨ばかりのとか、いろいろ。
主《あるじ》は上手寄りで傘の骨に紙を貼り、小助が手伝っている。
下手寄りに萩山、関内。
正面奥、暖簾口から簡易な酒肴を持って希和、お腹が大きく少し辛そう。

伊右　このなけなしの中に、餓鬼まで生むとは気のきかねえ。

小助　（怒って）伊右衛門さん！

希和　（カラカラと笑う）そのさきの台詞、なんでしたっけ？　え？　小助さん。

小助　（渋々）「これだから素人を女房に持つと」……

伊右　「こんなときに亭主の」ふふ、

希和・伊右　（同時に）「難儀だ」……

希和　（コロコロ笑う）さ、どうぞ。（貧乏徳利の酒を）

関内　（呆気にとられて）なんです、いったい？

萩山　文政八年というから四十年も前だな、そのころ大当たりしたという「東海道四谷怪談」なる芝居が、どういうものか近年また流行りだして、あちこちの小芝居、宮芝居や、春錦亭柳櫻の講釈でも……

希和　この先のお社の境内でも。この人、すっかり気に入っちゃって、ふふ、通って。

小助　僕もお供したんです。これ、番付、さわりの台詞入り。

萩山　関内は見たことがないのか？
関内　俺は、祭りの時でも働いて、稼がにゃならなかった、盆踊りも。
希和　開化の時代だからかも知れません。ガス灯で夜が明るくて、何でも見えるし。
萩山　お化けが流行る、か、だから。
伊右　よく見えるから……
萩山　（希和に）お内儀、あなたは字も読む、と、うかがった。書物も。
小助　搦手から攻めるのですね。（睨まれて首をすくめる）
希和　はい、好きです、学ぶことは。物好きなんです、女のくせに。
萩山　では、背の君を、鍵谷伊右衛門どのを、我ら頭領に戴くことに御異存は、
希和　なんですって？
萩山　我らの上に立つ頭《かしら》として迎えたいのだ。
希和　なんの？　なんのために？　なにをなさるの？
秋山　大義。その実現のために、我らは命をも捨てる。
希和　（伊右衛門に向かう）あなた。
伊右　（傘張りをやめて、三味線を弄っている、やがて都々逸）三千世界の……烏を殺し……主と朝寝が……（途中から希和が加わっても）
萩山　殺しつくしてなお足りぬ、やもしれん、烏どもを。鍵谷、いやご内儀……生きとし生けるものの上に立つ人と生まれたからには、大義のために生き、死ぬ……そのような男の妻でありたいとは思われぬか？……我らの頭として伊右衛門どのが起つこと、ご理解いただけような？
伊右　（爪弾くのみ）
希和　殿方って、私、この人しか知りませんけど……でも、きっと、わたしたち女ではなく、ときには、生き物でもないものにも、同時に、心を……もしかすると魂も、奪われる……そんな生き物かもしれない、なんて……
萩山　では決まった。異存はないな、鍵谷、いや、いまよりは、お頭。（手をつく）
伊右　（爪弾きをやめた）

希和　（同時に）あの、違う、と思います、それ。
萩山　ほう、何が？
伊右　希和、俺が言おう。萩山さん、俺たち、俺とこの人、女房には、こんな言葉の切れはしが、取り憑いたというか、耳について離れないんだ。……（歌う）ひとつとや――
希和・伊右　人の上には人ぞなき、人の下にも人はなし　この平等よ……
関内　ば、ばかなっ。平等でいくさができるかっ！　上に立つもの、従うもの……
萩山　（笑いとばす）よし、約定を結べばよかろう、おぬしも俺たちも同じ人、こたびのいくさに限って貴公が頭領、終われば別。それならよかろう、奥方も。

暖簾口から紬。

紬　御免なさい、裏から入りました……お客さまです。（下手を指す）

下手に、梅の従者まつ、その後ろに梅と、祖父の嘉兵衛。

まつ　お隣からご挨拶に参りました。
伊右　ほう、住人の絶えて久しい隣り屋敷に、このところ普請の音が高かったが、
嘉兵衛　藤屋嘉兵衛と申します商人（船問屋）にございます。このたび病がちな孫娘をお隣に住まわしまするで、（上段に招じられようとするのを、固辞する）いえ、私ども、そんな身分では（と下段の下手寄りに）
希和　あら、四民平等ですから、当家では。
嘉兵　ご新造さんですな、ころころ変わるお上《かみ》の仰せをそのまま承っていたら、私ども、商いになりませんのでな、ははは。ここは、（と頑なに拒み、梅に）ご挨拶を。
梅　（慎ましく）梅にございます（伊右衛門と目が合い、羞じらう）
嘉兵　ははは、何分、今後ともよろしくお付き合いの程、願わしゅう……おお、やはり海が近い

ので潮の匂いがいたしますな。
鳥飼　（あたふたと駆け込んでくる）
袖　鳥飼さん……なにかあったの？
萩山　来たか、テレガラフ！
鳥飼　鹿児島で火薬庫が爆発して……私学校生徒の暴走かもしれんのですが……ついに、西郷さんが起ちました。

一同、それぞれ強い反応。嘉兵衛は懐中から小さな帳面と算盤。袖、鳥飼に水を、など。音楽。

萩山　記者どのの予想は外れた。伊右衛門どの、これで貴公の決起を躊躇《ためら》う理由は消えたな。
関内　（袋に入れた仕込み杖を）戦わんかな、時いたる！
小助　西郷さんの軍は、いつ頃、江戸へ攻め上ってくるでしょうか？
萩山　陸を来るか、船か……（嘉兵衛に）藤屋嘉兵衛どの、船のことは船問屋の貴公が読めよう。どうだ、三月、いや、一月……？
嘉兵　さよう、士族のお仲間が、どのようにお仲間に加わられるか、港、港で……
萩山　それが勝負だ。すなわち、我らの合力しだい。――どのような形で、我らの力が、発揮できるか、幕府瓦解の以前には、お先手鉄砲組の家柄だった我らの得手、取り柄は？
関内　そ、それは、何より、やはり心でしょう、我らの意地、意気地、志……
小助　何が売り物になるか、ですよね、私どもの。
関内　だまれっ、お前は、俺と同じ百姓小者の家の子じゃないかっ。
萩山　西郷軍はおそらく無人の野を往くが如くに進軍してくる。
鳥飼　かもしれません。膨らみ続ける軍勢を運ぶには、船が。
嘉兵　はい、私どもの仲間の商人の力がいります。これは失礼して商いの業に身を入れねば、（促す）お梅、
梅　（拒む姿勢）お祖父様。
萩山　嘉兵衛どの、あなたは西へ向かわれるのか？

それなら、我らを乗せて行ってはくれぬか、せめて、京、大阪まで、西郷さんを迎えに行きたい。

嘉兵　ほう、あなたさまと、どなたを？（視線を伊右衛門に）

梅　（即、きっぱり）私も、行きます。伊右衛門様が行くなら。（皆驚く）いいですね、お祖父様。

袖　（悲鳴のように）お梅さん、あなたって人は。

嘉兵　女は船に乗れぬのだ、お嬢。

梅　男になります。……知ってるんです、戊辰の時、将軍様、十五代慶喜様が、鳥羽伏見で負けた徳川勢の、ご臣下の皆様を騙して、そっくり見捨てて、こっそり……

萩山　ひどい裏切りだった、あれは！

梅　大阪から船で、新門辰五郎親分の娘御を乗せて江戸へ逃げ帰ったとか……男の身なりにさせて、お妾を。……当時軍艦の水夫《かこ》だった人が、いま藤屋の事務方に。

萩山　これは、頭領の決めることだった……（伊右衛門に）お頭、どうなさる。

希和　あなた。

袖　（ほとんど同時に）梅さんっ……

伊右　西郷さんは、見いだしたのかな。（三味線に手を伸ばしていた）

鳥飼　え、なんです？

伊右　道を、さ。……たぶん、命の捨てどころを。（爪弾く）

萩山　（カラカラと笑う……続くものもある）

海鳥の声、波音など。

音楽。

錦絵が乱れ写る、西南戦争の。

鳥飼　（客席に）しかし、鹿児島を発った西郷勢の進軍は、北上わずかに隣国、熊本で止まってしまいました。ガイシュウイッショク、鎧の袖の一振りで、緒戦の血祭り、と軽く考えていた熊本鎮台、新政府軍の立てこもる熊本城が、落ちない……新政府の側にも西郷さんを親のように慕う薩摩出身者は多いのですが、彼らが大挙して反乱軍に加わる流れは起きないまま、ひと月……

道場（跡）空き地

萩山、関内、小助、伊右衛門と。

萩山　方針を変えよう……
関内　それじゃ、京大阪には、
萩山　我らは関東で待ち受けよう。西郷はかならず来る。
小助　信じて待つのですね、やがて苦境を脱して小助　何倍にも膨れ上がった西郷勢を。
萩山　官軍、と称している新政府の、徴兵ででっち上げた俄か軍隊は、おそらく箱根の険を中心に防衛の陣を構えるだろう。その背後を、我らが衝く。奇襲だ。
関内・小助　ほほう！
萩山　慶応二年、旗本の次男坊だった俺は、長州征伐軍に加わった。十二年前だ。
小助　負けたんですね。
伊右　（たしなめる）経験者の言葉は、貴重だ。
萩山　惨敗さ。こっちゃ鎧兜に旗指物、堂々と行くしかない。相手は猿みたように身軽で、いつ、何処から飛び出してくるかわからない。追えば消える。ここと思うと、あっちの、明後日のほうから弾丸が飛んでくる……藪から白刃《しらは》だ、樹の上から槍だ。
伊右　長州奇兵隊ですね、名高い。地の利を生かして。
萩山　今度はそれをこっちがやってやる。すべて手の内だ、関東なら、江戸なら。
小助　伊右衛門さんは、戊辰の、御一新のとき……ああ、話したくないんでしたね。お希和さんも聞いてないんだから……ごめんなさい。
伊右　（首を振る）子どもだった。……ちっぽけな藩の僅かな人数の少年隊の、最年少組のビリカス。その日熱を出して、無理やり寝かされて、死にはぐれた。
小助　その日……落城の日ですか。

萩山　降伏の日だろう。
小助　僕は、五歳だった、慶応が明治になった年、上野の、彰義隊の夜……
関内　俺は二十三。仲間がアームストロング砲の直撃で、手足バラバラに……れっきとした、死に損ないだぁ。
伊右　萩山さん、あなたが同志の連絡に奔走していることは知っている、作戦計画の立案はまかせるが、
関内　そうだ、この小勢では、どうにも、
萩山　我らは、徳川に心を寄せる人々を束ね、指揮をする。それは少人数でいい、少ないほどよい……俺は頭領の器ではない、道場では師範代まで務めたが、言葉が軽く、人を傷つける。
関内　う、うむ。
小助　わかります。萩山さんは参謀、頭脳だ。私どもは手足。で、参謀殿の秘策は？
萩山　……新兵器だ、抜群に有効の。（皆「ほう！」など色めく）しっ。

按摩の笛。杖つきながら宅悦、行き過ぎかけて、足を止め、

宅悦　鍵谷様ですね……御新造のお具合はいかがで？……
伊右　ああ、宅悦さんか。ときおり差し込みが強いようだ。俺がいない時もある、よろしく頼む。
宅悦　へえへ。（秋山たちに会釈）大事のご相談、へ、へ……按摩かみしも十六文……（笛を鳴らして行く）
萩山　彼奴《きゃつ》……見えるのか？
関内　消しますか。（萩山が答えないので伊右衛門に）お頭。
伊右　（首を横に振った、小助、ホッとする）

音楽。錦絵などの映像、田原坂の凄惨な戦闘。

隣屋敷の梅の部屋

色とりどりの洋酒類、果実（汁）など並べて梅

が何やら調合中、のちにカクテルと呼ばれるものに挑戦しているらしい。この当時はアメリカでもまだ流行ってはいなかった。
客は袖。まつが随時梅の手助け。

袖　梅さんは、明治四年、欧米視察の岩倉さんや伊藤さんの使節団に付いてアメリカへ行くつもりだったの？　日本最初の官費女子留学生として。

梅　イエース、まず言葉、立ち居振る舞い、ダンス、まあ踊りね。ウォルツとか、カドリーユ、私好きなのはパソドブレ……

袖　パソ……泥棒？

梅　あはは、私候補者のなかで抜群に才能あるって言われてた。山川のさっちゃん、咲子さん、名前変えて捨松さんと同じ十二歳、（のちのシェーカーの心で、のようなもの、例えば陶器のそれを振り回す）そりゃまあ大変な修行の日々……おっとこのへんでいいかな。（盃に）コックテイウ（Cocktail）というらしいのね……舌の焼けるようなstrong、強いお酒と、soft、果物の汁とか、混ぜて――おいしくするの、私たちの口にも……どうぞ。（まつ、ハラハラ）

袖　怖い、なんだか……（口をつけて）む、む……文明の味。開化の香り（一気に）

梅　あら強いのね、おかわり作るわ。もっと効かしたほうがよかったかな、泡盛。

まつ　お祖父様の薩摩のお土産でございますね。

袖　帰ってらしたのね、九州から。

梅　なかなか抜けないらしいわね、田原坂……鳥飼さんの戦地からの特報記事、評判らしいけど、郵便報知の。心配？

袖　べつに。なぜ、行かなかったの？　お梅ちゃん。

梅　だって、お祖父様が止めるし、ふふ、目の色変えちゃって。政府も船の往来、取り締まり急に厳しいし……伊右衛門様も行かないし。

袖　違うのよ、明治四年の女子留学生。いろいろ修行して、どうして、

梅　アメリカに？　子どもから本格的に洋風教育

って売りだったし、私、大人になっちゃって。……使節団の出発直前に降りたの。英語やダンスの勉強は続ける、いつ声がかかっても、国際親善のために尽くすって条件でね。……お祖父様が私を無理やり突っ込んだくせに、手放したくなくなったっ——てことも、あるかもしれない。

袖　そう。……行くかも、あの人。兄。

梅　え？　どこへ？

袖　戦争、西の。九州、熊本、田原坂。

梅　伊、伊右衛門様が？　どうして？　どうやって？　だって船は、藤屋が、

袖　（体が揺れ出している）警視庁が特別警視隊とかを組織するとか……薩摩の示現流、強くて、徴兵の兵隊歯が立たないんで、官軍でも腕の立つのを募集、選抜して抜刀隊を作って対抗するとか……

梅　で？　まさか、それに伊右衛門様が……わからないわ、だって伊右衛門様は今の政府を倒すために西郷軍にお味方——逆じゃないっ。

袖　でも、あの人は会津。ちっぽけな支藩だけど会津っぽ……

梅　ああ！　会津は薩摩を、戊辰の仇敵……十年たってもまだ！

袖　わからないよ、あいつら男どものことなんてっ……

ふいに、伊右衛門と関内、小助、そして萩山のシーン。錦絵の前に。

関内　待て、待て待て、判らねえっ、裏切るのか、お頭……鍵谷伊右衛門！

小助　僕も判らん、僕ら、反乱軍と心を一つに、ねえ、とにかく今の間違った政府を打倒……

萩山　（制して）さすがはお頭、西郷は敗れると読んだな。

関内　ええっ？

萩山　かもしれん、と俺も思う。聞け！——とすれば、我らは我らの生きる道を求めねばならん。

伊右　違うんだ。違う。

萩山　違いはせんだろう。

伊右　生きる、死ぬ、じゃない。それは天の定めるところだ。……もうやがて、俺は人の親になる。

小助　そうです、だから、どうして、仮にも〈死に場所探し〉だなんて、

伊右　だから、生まれてくる子の顔をまっすぐに見つめたい。俺は人として、まだ何一つ……今の政府は俺の敵だ、が、西郷隆盛も親兄弟の敵だ、その総大将だ。同郷の生き残り達が、あの人も、この人も、喜び勇んで警視庁の警視隊に応募して〈芋征伐〉に……

萩山　お頭。

伊右　俺にはあの人たちの声が聞こえる、〈お前は仇が討ちたくはないのか?〉

萩山　さて、さてさて、参謀として提案だが、我らなりにもうすこし生きてみる道が……（懐から包みを二つ）鶏冠石と塩素酸加里……爆裂弾の原理については、旧幕時代から、お先手鉄砲組のどの家もそれぞれ知らねばならぬことだったが、そのいわば代々伝えた知識を蔑ろにして、幕府は新式の銃や大砲をひたすら諸外国からの輸入に頼った。――性能第一、すこしでも弾をより遠く、より正確にと……欧米の思想、いわば、文明開化の罪だ。これは我らに対する重なる背信、裏切りだった。

関内　ああ、上野の山の戦争のとき、本郷台の官軍の弾も、彰義隊の大砲も、みな届かず不忍池に落ちた、そこへ昼過ぎになって敵勢に最新式アームストロング砲が到着して打ち出すと、軽々と池を越えて我らの陣に炸裂……

小助　ひとたまりもなかったんですね。

萩山　その逆を行く。

関内　逆……

萩山　手投げ弾だ。飛距離は一、二間でいい。大中小と揃えて、他の武器と併用すれば、昔持て余した猿どもを退治できる。俺は敵に学んだんだ、こいつらを倒すためには、と――おそらく、示現流にも有効だ。

関内　新兵器か！……

小助　（乗って）どっちを敵にしても戦える――我らの価値を示せると！
伊右　（首を振る）俺は皆に謝る……俺は道に迷ってうろうろ、おろおろしているだけの男だ、仮にも頭の頭領のという資格も三角もない……
関内　それは違う、ウロウロも、
小助　オロオロも、同じですよ、一緒ですよ。
萩山　今は戦争のさなか、どの国にも、敵前逃亡を許す軍隊はないぞ、お頭。（殺気）

音楽。

梅の部屋

袖、まつ。前の続きでも、別の日の繰り返しとしても。

まつ　（案じて）お嬢様……（お袖に水を）
袖　あの人……死んじゃうかも……
梅　泣き上戸か、この人……（ふと）お袖ちゃん、あんた、好きなのね、伊右衛門様を、やっぱり……
袖　（断固として）ちがうっ、あの人は兄……（自分の膝に両手をついて）〈ならぬことは、ならぬものです〉
梅　何、それ。
袖　会津の武士の子は、そう躾《しつけ》られるの、ちいちゃい子どもの時から。
梅　赤ん坊から？
袖　生まれたときから。知らないよっ。
梅　でも、もう、武士なんてないよっ。自由なのよ、私たち。
まつ　お嬢様っ。
袖　（ゆっくり揺れながら）ならぬことはならぬもの……
梅　私は、したいことは、したい。いやなものは、いやっ。
まつ　また、やんちゃを、お嬢様！
袖　（酔眼を見開いた）でも、姉は、
梅　姉さん？　お希和さん？

袖　の、あの人は、会津っても、ちっぽけな支藩、でもだから、本藩に負けまいとして、会津以上の会津っぽ……

まつ　そういうものでございますね、ときおり。

袖　そういう人を好きんなっちゃったんだから、仕方ないよ……

梅　誰が？……お袖ちゃんじゃなくって、姉さんのことね？

袖　私、姉のあとついて歩く子だった……姉さんの行くとこどこでも、

梅　そりゃ、自由じゃないね。

袖　一度、聞いたことある……どうしてあんな人好きになったの？

まつ　あんな……伊右衛門様のことを？　失礼いたしました……

袖　だって、ぐずで、煮え切らなくて、ちょっとぐらい様子がよくたって、腕なんか立ったたって、いまどき、って。

梅　そしたら？

袖　ふん……こんなこと、言ってた……

三味線の音、希和と伊右衛門、傘たちの向こう、回想か。

伊右　俺は、自分が、自分の一番いい友達でいたい……そんなことを考えるんだ。

希和　むつかしいこと。

伊右　ああ、いつもうまくは行かないことばかり、だけどね。

希和　それが浮世、なんて……

伊右　戊辰の戦で、賊軍になった親兄弟、親類縁者もあらかた死に、または行方知れず、みなしご同然の俺を、戊辰の瓦解までは直参旗本だった鍵谷の家が、拾い上げて、後継のお前の婿にしてくれた……

希和　よろしかったのですか、私で。

伊右　選ぶ余地のある話ではなかった——ことは、間違った選択とは限るまい。お前のほうこそ、

希和　お言葉、お返しします、そのまま……（微笑む）私、ついてる、と自分を思って来ました。旗本も、家柄もみんな消えて、あなたが残った

……私に。

伊右　俺は、道が見えない……見失ったのではない、物心ついたときには、もう見えなかった……見えない道を探して、うろうろ、彷徨《さまよ》っているだけだ。ときには闇雲に音を立てたくなる、ジタバタ、ドタバタと……

希和　いいわ、私もなりたい、一番いいお友達に。(三味線)トトンツ、テレッテ、トッツルチンテンシャン、ハッ、

伊右　かっぽれ、かっぽれ、ヨーイトナ、ヨイヨイ

希和　沖は暗くても、白帆がサー見ゆる……ヨイトコリャサ……

伊右　やがて自由の火が燃ゆる……ヤレコノコレワイノサ　ヨイトサッサッサ

二人　かっぽれ、かっぽれ、二人でカッポレ、ヨーイトナ、ヨイヨイ

アメリカさんのえー　さて　独立の　むしろ旗がサー見ゆる
ヨイト勇ましや　粋《すい》な自由の風が吹く
ヤレコノコレワイノサ　ヨイトサッサッサ
かっぽれ　かっぽれ　自由にかっぽれ
かっぽれ　かっぽれ　みんなでかっぽれ

「かっぽれ」は幕末から明治に——この先次第に隆盛を極める滑稽舞踊。
由来は「私ゃお前にカッ惚れ」から始まったという説をとりたい。「カッ」は接頭語。曲・詞・囃子言葉がほぼ決まったのは後世。

さて、その様子を窺っていた袖。乗って勝手に踊るもよし。それをまたバックで踊るのは近所の衆か、黒子か。
隣屋敷の梅の部屋から、梅やまつが覗きに出ても。

希和　(歌続き)上もない　下もない　明けの烏が
鳴いたとて　醒めない夢を見ていたい
私ゃサッサおまえに　私ゃおまえに　岡《おか》っ惚《ぼ》れ
(宮原芽映補編詩)

伊右　（独白、歌に重なり）船乗りたちは、船影三里……船の姿がようやく見える遠さの距離は三里……そして帆影七里、白い帆が見えたなら、それは七里の距離だという……しかし帆が燃え上がったら、それは九里の遠くでも見える……その炎には意味が……

　袖、いつのまにか元の座敷にいて、しっかり座ったまま微動だに……いや、かすかに揺れている。

梅　あら、寝ちゃった……衣紋掛け見たように突っ張らかって……船こいでる。（まつに）ほっとけば。（自分の洋盃に酒を、それを袖がさっと奪う）おや、酒乱。

袖　（干して）私、何のために、ここに来たか？

梅　友達でしょ。

袖　友として頼む、お願い。

梅　断る、何だか知らないけど。（まつ、ハラハラ）

袖　知ってるくせに……

梅　ノー、アンド、イエス……私が学んだのは英語じゃないかも、その心かも。

袖　こころ……

まつ　お嬢さまっ。

梅　まつ、お前は黙って、あんたは使用人でも平等なんだ、文明開化本、世に溢れてる。（じれて）だから黙って、お願いだから、お袖ちゃんはね、諦めろと言いに来たの、私に、あの人をっ。……いやな奴だよね、鍵谷伊右衛門、お希和さんも。いやな夫婦だ……

まつ　落ちついて、お嬢さま。

梅　でも私は感じるの、証拠はないよ、カンだけだよ、でもあの人の胸の奥に、きっと、やんちゃの火が灯って、燻《くすぶ》ってるんだ……お袖ちゃん、あの人がグズなのは、その外から見えないぶすぶすと燻《いぶ》ってる炎となって燃え上がれないやんちゃの根性のせいなんだと、私は思うのよ、逆みたいだけど、そうなのよ……（急に火の消えたように静まっていく、と見えた。が、昂然と顔をあげる）お袖ちゃん……はっきり言うよ、これ、私の文明開化なんだ……（そう思っても無駄なことばかりだけどね、虚しいけどね……）諦めない。
（叫ぶ）ＯＨ、ＮＥＶＥＲ ＧＩＶＥ ＵＰ……

バンド、その反応は各自に任せる、メンバー相互で様々に。
溢れる錦絵、西南戦争の……中に他の戦争も間違えて混じるか、ひと頃流行ったサブリミナル効果、なんて。

道場（跡）

鳥飼が、旅装、（洋服、準軍装）で。相手は伊右衛門。例の道場（跡）か。なお、以下のシーンは次第に多数による身体表現の可能性を総合的に追求する要素を増すかも。

鳥飼　そうなんだ、あそこで戦っていたのは、敵も味方も、同じ国、同じふる里の、朋輩、友、親類縁者、時には親、兄弟同士……どうして戦うんだ、といえば、敵だから、古い憎しみが積り重なる仇《かたき》だから、憎いから、殺しても飽き足りないから……

伊右　（新聞を手に）「早く行きたい東京とやらへ、邪魔な奴らをキリギリス」……こんな歌を薩摩軍の兵士が、

鳥飼　政府軍のほうも「医者ドクターではなけれども、国の病がなおしたい」

伊右　芋退治、芋征伐……

鳥飼　ああ、会津出身の徴募巡査が活躍したのは目立った……

音楽、〈戦場のテーマ〉、ひっそりと。以下集団のアクションも。

鳥飼　目撃したんですよ、僕は……政府軍の抜刀隊が薩摩軍に夜討ちをかけて、僕は臆病なのに、いや、だからかな、他社に取材を負けて抜かれるのが嫌で、気がつくと戦線の一番前……砲煙弾雨の中を、へっへ、鳥飼記者特報……たしか

に聞こえたんだ、凄い声が、「戊辰の復讐、戊辰の復讐」って……一人で十人以上斬ったという
その人、取材したら、会津の人だった……
伊右　十人以上……
鳥飼　むなしさに耐えられなくて、一人斬るごとに喚いていたのかもしれない。——いやだな、客観的立場なんて……僕の貧しい頭を一瞬よぎった感想なんて、このさい、屁の値打ちもありゃしない。
伊右　（呟く）大義か……
鳥飼　心当たり、あるんですか。……ありそうですね。
伊右　（強く首を振る）凄い人が生き残っていたんだな、十年。いや、凄いから、死にはぐった……生き恥さらしても……生きてしまった。結句、選んだんだ、生きることを……死に場所を見つけるために……
鳥飼　死ぬために、生きていた……？
伊右　見つけたんだろうか、彼は、納得できる死を、死ぬための時、ところを…

鳥飼　（首を振る）彼も死んだようです。田原坂は落ちて、熊本城の包囲は破られ、戦線は日向に拡がって、薩摩軍は政府軍に追われる流れになって行く……
伊右　（鳥飼の言葉に食い下がる）死んだ、ようです……というのは？
鳥飼　（一度に疲れたような顔に）わからないから……官軍の最新式アームストロング砲に直撃されると、体がバラバラになって飛び散るから、死体がどこのどいつ——敵か味方か、将校か兵士か軍夫という名の人夫、人足なのか……また戦場へ弾丸拾いに来た村人か町人か……弾は区別しない……

粘りつくようなリズムが、スローからストップ、コマ落としと、さまざまに動きを変化させる。基本のモチーフはゆっくり動く人間の肢体がバラバラに飛び散って行くこと、その繰り返し。

鳥飼　（ほぼ無関係に語り続ける）僕が耐えられなか

ったのは、匂いなんだ。死屍爛臭、鼻を覆わなければ一歩も……あの夜討ちの斬り込みで、当たるを幸い斬り捲った——捲られた死体は、穴に放り込まれてちょっと土をかけられただけだから……

伊右衛門が吸い込まれるように、戦場の景に近づく。

鳥飼　敵をちゃんと葬らなかったのは、双方ともなんだ。西郷軍陣地の跡には、立木に官軍の捕虜の死体が、バラバラに縛り付けられてた、手・腕・足、胴体……（頭を抱える）僕にはわからない、こんな声が聞こえた。政府軍が西洋文明のいわば自慢の新式砲で我らを八つ裂きにするなら、我らは大和魂の精華で、伝家の銘刀でそっくりやり返して見せてやる、そんなところか、と同行の先輩がしたり顔に……どうせ書けやしません……あ、どうしたんです、伊右衛門さん……

戦場の〈地獄図絵〉の中に伊右衛門が入ると——そこは十年前の戊辰戦争。——旗指物が揺れ、ちぎれ飛び……輝く鎧兜、きらめく刀、槍……戦う伊右衛門、むろん幻想だが。さらにあるいは他の地獄へと混淆し変遷するかも、悪夢のように……映像・音響ほかの助けも。
炎と、硝煙の中に戦う人々——自害する女たち。伊右衛門の絶叫。しかし声は聞こえない、音楽にのみこまれて。

伊右　（ふいに声が戻る）父上……母上っ！……

次々倒れ伏す女たちの中に、久万《くま》が伊右衛門の声が聞こえたかのように、喉を突く刃を一瞬止めた、か、フリーズか。たちまち凄絶な絵図の中に、時空の彼方に……伊右衛門が呆然と残る。
深いクロス・フェイドのように、戦場の絵図の中に、番傘を抱えた身重の希和が登場。強風、雷が遠く近く。此処は道場跡の草繁る空き地か。
……

希和　お前さま……伊右衛門どの……
袖　（追って）姉さんっ……だめよ、その体で……
無茶しないでっ……

うずくまる伊右衛門を希和が抱き起こした。
袖は言葉を飲み込む。そして別のことを言う。

袖　お隣の藤屋さん……梅ちゃんのお祖父さまからお呼ばれがかかっています……戦争はもう、薩摩軍が鹿児島に追い込まれてしまって、時間の問題だし……でも軍隊や物資の輸送でうんとこさ儲けたらしいし、ご馳走したいんじゃない、義兄さんたちに……萩山さんたちも一緒よ……

風も雨もおさまり加減だ。伊右衛門、妻の肩をかりながら。

伊右　萩山さん……関内も……
希和　あの人は、すねちゃって。
袖　俺の戦争は終わらない、とか言って、（小声で）鶏冠石を薬研でごろごろ……
希和　しっ。萩山さんも持て余しちゃって……お前さまが収めてくださらないと……
伊右　それで、強い雨風の好きな俺を、連れ戻しに来たのか……
袖　鳥飼さんが心配したのよ、伊右衛門さん顔色悪かったのに、僕はぐれちゃったからって……
（三人去って行く）

遠雷が時折鳴る。やがて蟬時雨の音に変わって行くだろう。
別の日。もう夏。

伊右衛門浪宅

場面は鍵谷伊右衛門の浪宅。なお傘張りの内職は続いているので、傘はかなりの場を——今も関内が傘に覆われた中で、薬研で火薬の素材をゴロゴロ轢いている。（別の傘の陰で小助も）

関内　（鼻歌）恨むまいぞえ、苦は楽の種……やがて自由の花が咲く……コクリミンプクゾウシンシテ、ミンリョクキュウヨウセ……

希和　なんですの、関内さん、そのお題目みたいなもの。

関内　これは、土佐の民権派の男から聞き覚えた──俺、三尺の棒振り回して威張り返ってる邏卒をちょいとからかったら官吏侮辱じゃと叩き込まれて、何、萩山さんがすぐに出してくれましたが、勾留中の牢の中で……ははは。

希和　前のほうはわかりますよ、あとのほう、囃子言葉ですか。

関内　コクリ、国の利益、ミンプク、民の福、幸せ、ゾウシンは増し進めてミンリョク休養──

希和　民を休ませるんですね。

関内　お判りじゃないか、この要求聞かれずんば、（歌）もしもならなきゃ、ダイナマイト、ドン！あっはっは。や、粉が飛んだ。（慌てて掃き集める）

希和　（手伝う）ダイナマイト、強力なんですか、今こさえてるこれよか、よほど。

関内　ご一新のころ、欧州で新発明の爆裂弾だと萩山参謀が。いまのところ、我らには手が届かん。

希和　歌うだけですか、歌に。

関内　しかし、これだって、たくさん作れば、

希和　死ぬんでしょう、人は。

関内　それは別の問題──お内儀と話したい事柄ではない。いや女だからと言うんじゃない。俺が、よくわからねぇんだ、すまん。

「ごめんくださいまし」と声がして、まつ。

まつ　お隣の藤屋から参りました。今日こそは皆さまにいらっしゃっていただきたいと、

希和　はいはい只今、支度をしております。今日は必ずお伺いいたさせますので、ご隠居さまにもお梅さんにも、よろしくおっしゃってくださいまし。

（奥へ）お前さま……

まつ　（薬酒の瓶を）これはお希和さまに、お嬢様から、ご自身調合なされた西洋の薬酒、お気分のすぐれぬ時に、少しずつお試し遊ばされるとよろしいかと。

希和　これはお心遣い、いつも有り難うございます、頂戴いたします、お前さま……

伊右衛門、暖簾口から「今参る」と、夏羽織で。萩山、小助、そして宅悦も、台所で立ち働いていた感じで。

萩山　（まつに）お迎え、ご苦労。（先に立って出かけようと）小助、供をしろ。

小助　はい。（希和を気にするが、構わず行け、とのこなしに頷く）

宅悦　（自分がいるから、とこなし）どうぞごゆっくり。

伊右　よろしく頼む。関内さん、参ろう。

関内　いや、俺は。

まつ　でも、

関内　そうか、では、行くかな。

希和　（太い杖を）これは？

関内　む、ないとどうも腰が、かたじけない。（受け取る）

などあって、一同出て行く。見送る希和、宅悦、袖。

希和　あら、あんたも行くんじゃなかったの、お袖。

袖　梅ちゃんと、ちょっとね。……（希和の様子を見て）姉さん、身体休めたほうが良くなくて？

希和、関内の取り組んでいた薬研のゴロゴロ作業にかかっている。

宅悦　さようさ、御新造は大仕事が控えてござるのだから……

希和　いいのよ、このくらい。うちの人はね、気が進まないようだけど……

袖　ほらっ。
希和　でも、準備だけはしておかねば、って、まさかの時のために、ぬかりなく。

　袖、宅悦に他言無用のサイン、宅悦にっこり胸に手を。

希和　それが、同志――仲間としての務めだ、ですって。
袖　ご自分はなさりたくないんでしょう?……ほんと、ぐず。ごめん。
希和　いいのよ。（笑う）でも、すこし疲れた。
宅悦　さあさあ、お休みなされ、後はやつがれ（私め）が留守番役あい務め申し候。
希和　ありがとう存じます。くれぐれもこれ（薬研と袋）や、内証のことは、
宅悦　お薬、危ないものなんですか?
希和　混ぜなければね、二つを一つに、しかるべき配分で、ですって。
宅悦　合点承知、人さまのお宅に入り込む稼業で、口が軽いとあっちゃあ渡世が送れません。よろず何事も、顎が腐れて裂けようとも。さあさあ。（と希和を促す）
希和　はいはい、それから、火の用心……（と奥へ）
宅悦　承知の助でございますよ……
袖　きびしい決まりがあるんですってね、宅悦さんたちのお仕事。
宅悦　いえ、目が見えないのは杉山流、目明きは吉田流などと申しますがね、ご一新このかた、何が何やら、掟も、決まりも、へへ、すべて、わやくちゃ平等、
袖　宅悦さんはどっちなの、目が見えるの、見えないの?
宅悦　お袖さん、物事にはどっちかに白黒綺麗に分かれる、なんてこと、むしろ少のうございましてね。私めのお目々も、その日その日のお天道さまと風次第、もうひとつ、お客様の思し召すまま……
袖　狭いのね。

宅悦　この世は、ほんとと嘘、どちらかしかないわけではございませんで、ほほ。

鐘の音。そろそろ夕暮れだ。

袖　あらら、こんな時刻。じゃ私、塾へ行きます、万事お任せして。

宅悦　はいはい、塾とは、流行りの西洋言葉の、おんな寺子屋。

袖　梅ちゃんと知り合ったのもね、開化塾。今、西洋服の仕立てを習ってるの。（奥へ）じゃ姉さん、気を付けてね。

宅悦　達者なんですね、お針――長屋の子どもたちの古着ほどいて仕立て直し、あって（ヱ）ま（だ）とか。

手早く身支度して「お願いします」と出て行く。

宅悦　（見送り、薬研と袋を）二つを一つに混ぜなければ、安全と……これと……これを、か……（押し入れか、作りかけの傘や衝立の陰に片付ける……お梅からの薬酒に目が止まる）藤屋のお嬢様が調合なされた……西洋のお酒……少しずつお試しを、なんて言ってたな、おまつさん……貝のように固く閉じたこの口に、ちょっぴりお湿りをくれてやるのも、オツな口止め料……（栓を抜き、嗅ぐ）む、む……（嘗めた）あまい……

宅悦、奥の気配を気にしながら盗み酒。次第に大胆になって茶碗にとくとくと……注いだところへ、奥から希和の声、慌てて一息にとにかく飲む。

宅悦　はい、はいはい、これに居ります、ただいま、ただいま……

すっくと立ったつもりだが、ひょろり、ドタンバタン。衝立や傘の類を倒す。取り繕おうとしてまたバタン。希和、出て来てこの惨状に、

希和　どうしたの、宅悦さん……まあまあ、（倒れたままの宅悦に）宅……（揺りうごかす）嫌だ……鼾かいてる。（半纏の類を掛けてやる）

片付けはじめる。薬研や袋から散乱した火薬の原料を、掃き集めながら、

希和　（鼻歌）なんぼ朝寝が好きじゃといえど、殺し尽くせぬあけがらす……国利民福増進して、民力休養せ……（「ダイナマイト節」の節で）あら、まざっちゃった。

音楽。戦争を思わせる主題を含んで。

藤屋別宅

場面は藤屋の別宅、ガス灯の明るい光が連なり、古い旗本屋敷が俄普請ながら、輝いている。萩山・伊右衛門・関内が客座に。従者らしい位置に小助、そして直吉。主人側は嘉兵衛・梅。

嘉兵　直吉、ここへおいで、ずっと前に。

直吉　へい……（やや前に）

嘉兵　これは熊本の戦地で知り合った軍夫、政府軍の雇った人夫だった男で、直吉と申します。聡いところがあり、皆様のお役に立つのでは、と。

萩山　ほう、何を運んでおられたのかな、人夫とあれば。

直吉　水、薪、米、人……親方（嘉兵衛）に行き合った頃は、の、むくろも。

一同の反応、ことに梅の。

嘉兵　良い報酬が得られるのですよ、嫌われる仕事は、でも誰かがしなければ。

伊右　では、ときには五体、四散した身体を……

直吉　かき集めて、他人の手足と取り違えたかも、見分けがつかねえもんで、

小助　でも、服は、軍服は？

直吉　鉄砲の音が止むと、近くの村の衆が剥ぎに

来るんで、裸同然に。

嘉兵　こいつ、人の肉を食ろうた……

直吉　め、滅相もねえ、そんな、とんでもねえことを、親方……

嘉兵　ははは、でも商おうとした。売りつけようと、私に。

直吉　騙されたんでやすよ。繃帯所に運ぶ死体のなかに、傷口がこう、綺麗に四角く切り抜かれてるのが……外科医の将校さんもおかしいと思ったんでやしょうね、そのあと「いいギュウが入った」って持って来た仲間の野郎のブツを取り上げて、こう日にすかして……亀の肉みたく赤くて、皮と肉の間に黄色い脂肪が……四角の切身なん。あっしもさっきのむくろの傷口と思い合せて……将校さん即座に厳しく「これを食うことならん、すぐ埋めろ」……

梅　やめて頂戴、何のためにそんなお話。なぜですの、お祖父様。どんな意味が、何をおっしゃりたいの?

　　音楽。

伊右衛門浪宅

　　宅悦すやすや眠り、希和は行灯（ランプ）を灯す。鳥飼がうっそりと立っているのに、驚く。

希和　誰?……鳥飼さん……うちの人はみんなとお隣の、

鳥飼　お希和さん……赤い大きな星が見えますか?

希和　え?……ああ、出ましたね、西郷星……って皆言ってますけど……あの星の中に大礼服を着た西郷さんの姿が見える、と……

鳥飼　彼は、死にました。

希和　え?……そう、西郷さんが、テレガラフ……

鳥飼　赤い星はあんなに輝いている……英雄、西郷隆盛はもういない……

希和　でも、これでいくさが終わって……平和が来るんですね。

鳥飼　どうでしょうか。伊右衛門さんは、なんて言うだろう?……そう思って来たんです。
希和　萩山さんは、
鳥飼　彼のことはどうでもいい、なんだか、僕には、理由はつかないけど。
希和　勘蔵さん、関内勘蔵さんは気落ちするでしょうね。
鳥飼　ええ、彼が多数派でしょう、士族たちの。
希和　小助さんも……可哀相に……まっすぐな人だから。
鳥飼　彼は伊右衛門さんについて行くでしょう……鍵はやはり……
希和　(星を)優秀な望遠鏡なら見えるって、ほんとかしら……大礼服の。
鳥飼　人は、見たいものを見る……小助さんには別の顔が見えるのかも……
希和　やめて。
鳥飼　僕、聞かされちゃったんですよ、嘉兵衛さんに。
希和　関わりのあること?　私に。
鳥飼　わかりませんがね、僕には。嘉兵衛さんはね、野望を抱いているんだそうで、土佐商会の岩崎の、海運業独占を阻みたい、それには強力な人材がほしい……魚ごころに水ごころ……
希和　へ?
鳥飼　やっぱり、その気はないんだ、彼には。いや、萩山さんがね、藤屋とは前から知り合いだったようだけど、売り込んだんですよ、ご自分を……だけど嘉兵衛さんの選んだのは、鍵谷伊右衛門氏だった。
希和　何のことやら、
鳥飼　戦争はものが動きます。薩摩軍にも政府にとっても、予想を遠く超えたのは、武器と弾薬の消費量でした。鉄砲もタマも、運ばなきゃ存在しない。運ぶのは、船。
希和　船も、海も好きよ、あの人。
鳥飼　嘉兵衛さんは大きな景品をつけてきた……お梅さんですよ、たった一人の、目に入れても痛くない孫娘。
希和　そんな、まさか、馬鹿な。だって。

鳥飼　お梅さんの両親は、流行り病のコロリ、いや、正確にはコレラで、つまり、この賞品、ひょっとすると、日本の海運業の未来も、かも。

鐘の音。秋の虫。

藤屋別宅

嘉兵　日本は狭い。狭い中の小さな国々、その中でしか動けない、そのように心も欲も、小さくして生きるしかなかった。が、それが壊れた、動き出した、すべてが……それが〈いま〉でしょう。……すべてが動くなら、動かねば。生きる糧を口に入れねば、命が繋げぬ……（膳の菜を口に）これは？

小助　箸。

嘉兵　箸は道具。手がものを運んだ。その手が船です、船は人が動かす。力を貸す気になっていただけませんか、藤屋に、皆様。

……萩山・関内・小助、それぞれに頷く。

嘉兵　鍵谷さまは。

萩山　鍵谷、良い話じゃないかな、実は俺も同意見……

嘉兵　ここは、私どもだけに、鍵谷さまと……失礼ではございますが。（深く礼）

まつ　あちらにお席が。

まつが導き、萩山は残りかけ、関内は膳に未練か、とど、伊右衛門だけを残して一同、ともあれ別室に。
そして伊右衛門にとっても意外に、嘉兵衛も隣室へ去ったらしく、直吉も従って消え、梅だけが伊右衛門の前に。

伊右　お梅どの。

梅　私がお祖父様にお願いいたしましたの……私は、私の願いを叶えたいのです、と。……祖父は何でも梅の言うことを聞いてくれるのです。

伊右　なんです、あなたの願いとは。
梅　とうにおわかりなのでは。
伊右　いいや。
梅　あなたさま。（見つめる）
伊右　……さて、お祖父様は、なんと？
梅　梅を、お嫌いですか？　伊右衛門さまは。
伊右　それは無理なご注文だ。いや、まず私の問いに答えてください。藤屋嘉兵衛どのは、何と。
梅　敵は、大義……
伊右　大義？
梅　お侍がお侍でなくなっても、あの方は、人を超えた何かを、捨てられない、いや、捨てない……そんなお方に骨絡みの、人ではない、人を超えた何か、……それに私が勝てるか、どうか……そんなふうに、祖父は申しました……
伊右　……
梅　そのいくさになら、この爺も加えてもらえるかな、とも。

伊右衛門、虚をつかれた感じで、考え込む。

梅　私、わかりませんでした。英語でなんというのか、聞いても見ました。ぴったり当たる言葉は、ない、ということでした。多分一番近いのは、cause、原因、――あとpretext、口実、いいわけ、reason、理由……国語の字引でタイギを見ると、真っ先に大偽、はなはだしい偽り、大きな嘘、と……
伊右　そうですか。
梅　タイギメッシン、大義のためには肉親をも捨てる、という言葉も出ていました。

伊右衛門の頬に浮かんだのは苦笑いか。それが笑い声になる。

伊右　嘉兵衛さん、藤屋の仕事、お手伝い、させて頂きましょう、仲間たちと一緒に。……そこにいらっしゃるのでしょう？……
嘉兵　（出てくる）ありがとうございます、これでひとまず。ああ、先刻鳥飼さんから、西郷さんが城山で自刃された、と……いろいろひとまず

……（梅に、何も言うな、と抑えた）

音楽。音響。

伊右衛門浪宅

希和が飛び散った火薬原料の粉をなお気にしているが、とりあえず薬研を続けてゴロゴロ。
宅悦、目覚めたらしい。

宅悦　こりゃまた失礼を、どうもどうも、ご無礼ご迷惑……へへ、起き抜けに一服やらねえと、どうも、煙草のみにゃまたこんなうめえものはない……ちょっとおだいどこに火種を。
希和　駄目ですよ、うちは火の用心厳重なの。
宅悦　もっとも千万、先刻承知、おっと、自前で肌身に持っていやした、文明開化、西洋早付け木とも擦り付け木とも、メアッチ、なんていうそうで、便利になりました……いただきものでございますがね……

半盲の寝ぼけ眼で、煙管に煙草入れから刻みを詰めて、マッチを……

希和　あ、あっ……
宅悦　（キョトン、何事もない、と見えた……）

急速な暗転。
暗闇の中で音響、はじめは小さな爆発、それが引火して次々……

藤屋別宅

爆裂音が聞こえる。小助が飛び出してくる。

小助　お希和さん！……（伊右衛門に）爆裂弾ですっ！（猛烈な勢いで走り出ていく）
伊右　（すぐに続いて飛び出しかけるのを、梅が絡みついて止める）放せっ……

動転した関内も出て止める。直吉も。伊右衛門、振り切って駆け去る。

萩山は反対方向に去る。梅は嘉兵衛に縋る。二次、三次の爆発音。

関内　（へたり込む）出来上がった分の小と中の手投げ弾を、床下に……こんなに容易く引火を……が、もう終わりでしょう、当人が請け合います……（また小爆発、腰を抜かす）

硝煙の中、乱れ舞う破れ傘。音楽。

半壊の浪宅とその付近

駆けつけたが途方にくれる邏卒（巡査）たち。そこへよろよろと顔面真っ黒、衣服も焦げた宅悦。たちまち粗暴に尋問、要領を得ないまま連行される。入れ違うように担架（か戸板）の往来。

伊右衛門が、自分も怪我を負って繃帯を巻いた姿で、阻む巡査たちを押し退けて中へ向かう。

出会い頭に中から担架が二つ、希和と小助か。

伊右　希和！　小助！

小助　（戸板の上から、希和のほうを指す）

伊右　希和……（抱きすくめようとする）

白衣の男　いかん、大丈夫だ。命に別状は、が、今は意識が……

強く阻まれる、が、伊右衛門、押し切ろうと……弾みで顔にかけた布が落ちる。無残な月光に照らされて、焼けただれた希和の半面。

伊右衛門の声にならない絶叫。代わりに音楽か。

伊右衛門、よろめいた、その一瞬に担架（戸板）は素早く去る。

我に返って後を追おうとする彼を、関内と鳥飼が固く抱き止める。

当然巡査たちが全員連行しようとするが、上級の巡査、警部が首を横に振り、解放する。萩山も姿を見せていた。上級巡査が敬礼。巡査たち慌てて続く。

このくだり、台詞最小限に、音楽。

休憩

幕間に十人ほどの童女によって歌われる
「一かけ二かけて」(手合わせ歌・宮原芽映編詩)

(歌)一かけ二かけ三かけて　四かけて五かけて
橋をかけ
橋の欄干腰をかけ　はるか向こうを眺むれば
十七、八のねえさんが　両手に花持ち線香持ち
もしもしねえさん何処行くの
私は九州鹿児島の
西郷隆盛娘です　明治十年戦いで
討ち死になされた父上の　お墓まいりに参りま
す
文明開化の砲弾が　一つ体を二に裂いて
手、足、指、爪、散りぢりに　首は何処《いずこ》へ行き
つらん
お空に向かって手を合わせ(西郷隆盛娘です)
南無阿弥陀仏と唱えます(明治十年戦いで)
名もなき者らの魂は(西郷隆盛かたきです)
何処へ帰ればいいのやら(御墓参りにまいります)
名もなき者らの魂は　何処へ帰ればいいのやら

( )内は同時に歌われるか。

第二幕

伊右衛門浪宅

半壊した伊右衛門浪宅に、取りあえずの処置を施して雨露を凌ぐ工夫をしたものの、それだけで後は放置、数ヵ月を超える時間が経ってしまった、という事態のようだ。雑草の手入れも至

って手抜き。が、時は春で、それらしき雰囲気はある。枝折戸などはない。

関内が、鼻歌ながらに内職の楊枝、提灯か、薬研で何かの薬か。

関内　〈民権論者の、涙の雨で、磨き上げたる大和肝……（「ダイナマイト節」）コクリミンプク増進シテ民力休養セ……〉

鳥飼が来て、見ている。

関内　誰だ？……なんだ、新聞屋どのか。
鳥飼　その先をどう歌うか、待ってるんですがね。
関内　先？
鳥飼　〈もしもならなきゃー〉
関内　〈ダイナー〉（と言いかけて）おっと危ねえ、くわばら、くわばら……鶴亀鶴亀。
鳥飼　爆裂弾でポリスに油を絞られたのが大分こたえているようですね、関内さん。
関内　俺には、腰の曲がっちまった両親《ふたおや》もいる……
鳥飼　でも、まだここへ来てる、かつての根城に、同志の。
関内　何の用で来た。
鳥飼　内務卿、大久保利通……殺されましたよ、紀尾井坂で。
関内　何っ。何で？
鳥飼　有司専制、藩閥政府の少数官僚が政治を壟断……
関内　違う、違うっ、何をもって、何によって、
鳥飼　ああ、斬り殺されたんです、刀で。
関内　爆裂弾じゃ、なかったのか……（がっくり）
鳥飼　なるほどね、語るに落ちる……
関内　なにっ。
鳥飼　雀百まで、初心貫徹……ネバー・ギブ・アップ、ですか？
関内　（沈み込んだ、悔し涙かも）なんだ、そりゃ……俺は学がないから……くっ。
鳥飼　いや、感心してるんです、むしろ。ところで――
関内　で、誰が？

鳥飼　犯人は石川県士族島田一郎ほか――
関内　違う、大久保のあと、権力を握るのは、
鳥飼　そりゃ、伊藤でしょうね、長州閥の、博文。
関内　俊輔！　あいつ、百姓生まれの中間あがり、
　俺と同じだ、そっくり……
鳥飼　なるほど。……で、ところで、噂ですがね。
関内　噂、誰の。俺の？
鳥飼　勘蔵さんも含めて。
梅　ほっといてあげたら？

梅とまつ、お供に直吉もついて来ている。

関内　これは、おいでなさい。しかし当家の主は、
　このところ、何処のどなたにも、
梅　わかっています、そのためにあなた、いらっしゃるんですものね、そこに、番犬みたように。
関内　会わせたくないから、ことに、私を。
梅　いや、そ、そんな、けっして、
鳥飼　わたし、嘘は嫌い、見え見え。
鳥飼　あはは、西のいくさが終わってなお日の出の勢いの船問屋、藤屋さん後継ぎのご令嬢にはめったに太刀打ち――
梅　鳥飼さん、あなたが見えているということは、伊右衛門さまもやがて見えるか、もう奥に見えているか……
鳥飼　ふむ、さすがに状況を摑んでいるようですね。
梅　会わせてちょうだい。
鳥飼　やあ、ちょうど必要な人物が見えた。まとめてざっくばらんに行きましょう。萩山さん、どうぞ。……伊右衛門さん、出ていらっしゃい。

萩山、以前と同じ服装で。伊右衛門、奥から。やや憔悴している。

鳥飼　一別以来のかたもおられましょうが、挨拶の類いっさい略で。新聞が中立公平なんて嘘の皮ですがね、いきさつ上、僕が進行を、
萩山　いいだろう。
一同　（頷く。どこか虚ろな感じの伊右衛門も）

鳥飼　まず、警視庁はこの爆弾事件の隠蔽をはかりました。音が大きかったし隠し切るわけには行かなかったけど、僕らは書けなかったし、書かなかった。人の噂も七十五日、倍以上の月日がたちました……しかし、受けた傷は消えない。

梅　心の傷はもっと深いでしょう。

まつ　流産もなさったのですし……（梅に睨まれ）失礼いたしました。

鳥飼　その傷たちを消したい、せめて軽くしたい、と僕は思う。

萩山　理想家だな。失礼。

直吉　人間、傷を背負って一人前……じゃねえですか。

関内　待ってくれ。希和さんの身体の具合は？　それから小助は？

梅　希和さんはもう歩けます。退院を、もしかすると今日にも——ええ、袖さんがついて、ここに、きっと、日の暮れ前には。

　一同にホッとした空気が流れる。伊右衛門、黙したまま深く礼。

まつ　小助さんは、まだ面会謝絶で……（一同に憂色）

梅　費用は藤屋が持たして頂いてます。

直吉　宅悦さんは、元気は元気なんで、ただ、眼が——半分か見《め》ェなかったのがまるっきし、こりゃ流派を替えざぁ、なんて……杉山流から吉田流へですか、あ、逆か、はは……

　梅とまつが持参の茶菓、実は酒肴か、勧めるなど。

萩山　新富座で、さきの戦争を芝居にして上演するそうだ。外題は何といったかな、そう、西南の雲と書いて——

鳥飼　「おきげのくも、はらうあさごち」（西南雲朝払東風）雲を朝の東風が吹き払った。作は黙阿弥。

萩山　四谷の桐座も準備中とか。「四谷怪談」を見たのがつい昨日のようだが。
まつ　怖いものくらべでございますかね。
直吉　そりゃ、幽霊よりよっぽど怖え、戦争は。
鳥飼　そのようですね、どうも。……（発言を促す）伊右衛門さん。
萩山　鍵谷、おぬし、だいぶ入れ込んで通っていたろう、あの芝居に。
梅　どこがそんなに――
伊右　（ようやく口を開く）岩、と言ったな、あの女房……裏切った相手に、一途にまといついて、
関内　祟って。
伊右　決して許さぬ、許そうとせぬばかりか、おのが身の成仏を求めようとも……そのひたむきな様《さま》、有りようが、
直吉　お気に召したんで？
伊右　羨ましかった。

鳥の声。――もうホトトギスが来てもいい季節。

梅　祟りは……大義も、そのようなものでございますか？……あなた様の探し求めていられる〈道〉も。
まつ　お嬢様。
伊右　……わからぬ。ただ、私には、道とは……私などの思い、感じていたより、もっと自然なものではないか、大勢の人が歩くことによって、おのずと道になってくるような……言葉にすれば遠くなってしまうが。――そんな気がしてならない。

鳥たちの声。

梅　よかった。明るいほうを見ていられるのですね。やっと。
伊右　……（首を横に）さて、どこに、光が……
（苦笑）
鳥飼　あの、止めようかと思ってもみましたけど、やっぱり言います。――噂のことです。
萩山　なんだ、噂なんぞ。不要不急のことは措け。
鳥飼　萩山さん、亡くなった大久保内務卿の懐刀、

警視庁長官、大警視にして陸軍少将、川路利良氏がご病気のようですね、ご昵懇《じっこん》の。
萩山　なんだと、貴様。
鳥飼　彼の作った警視庁にあなたは入りこまれた。いや、迎えられたというべきか。そして、このたびの爆弾事件関係者にはお構いなし。なかった事件に関係できませんからね。これ、御礼申し上げるべきなんでしょうかね。どんな取引があったのか……僕も書かなかった、書けなかった、まるで烏か、時鳥《ホトトギス》のうわごとだ。テッペンカケタカ、書けたか阿呆。
萩山　なにを言いたい、書生、それとも新聞屋。
鳥飼　だが、何もなかったことにはできない。とりかえしのつかない傷が残った。希和さんの顔に、たとえば。……言わせてもらえば、隠蔽がさらに無責任な流言を生んだ、十何年ぶりだというコレラの発生、流行という現実の不安が結びついた……希和さんの傷はうつる、伝染する……

イメージ——病院の窓ガラスが割れる。看護婦の悲鳴。頭巾を被った希和、飛んでくる石、逃げ惑う希和。
追う無名の群衆。
音楽、狩の太鼓のような。
（このイメージはやがて拡大されて再現される）
萩山　案ずるな、西で発生したコレラは十分な対策が講じられている。流言による騒ぎも既に鎮圧された。根拠のない不安を醸成するのが一番有害だ。口を閉ざすのも仕事だろう、分を知れ！
鳥飼　質問に答えてください。
萩山　（見回して）なんだ、言ってみろ。
鳥飼　……なぜ、裏切ったんですか、お仲間を……嘘ばかりついていたんですか？……お仲間を、同志を……みんなを！
萩山　何を勘違いしている。俺は裏切ったことなどない、嘘をついた覚えもない。
鳥飼　なんですって？
萩山　いい折りだから話しておこう。俺はその時々に一番必要だと思う選択をして来ただけだ。その尺度が、たぶんお主たちとは違う。お主たちは奇妙な考え方をする。尺度を外に求める。武士なら忠とか、大義、商人なら算盤、金か。なに、そう思っているだけだろうが。

梅　萩山さまの尺度は、

萩山　むろん、自分さ。そのほかに自分を賭ける尺度があろうはずはない。自分のために生きる。誰しものそれが実相だろう。相手はいつも強い、多数で勝てない、となれば多数について多数になればいい。皆、そうやって生きて来たんだ。

直吉　そうでやすね、まったく。

萩山　しかしそうは生きられぬ者もいる。鍵谷伊右衛門、俺はお主のために生きる、お主がそういう男だから、我らの頭領にした。が、それが必要な時は過ぎた。過ぎれば害に、災いになりかねぬ。

伊右　私が害、災い。

萩山　お主はことにあたってまず〈自分のため〉と考える心が薄い、まず〈人のため〉だ、自分の外のもの、自分ではないなにかだ。天然自然にそういう性《さが》の男がいるということを、俺はお主を識って知った。が、それは間違っている。自然ではないからな。

伊右　そうかもしれない。しかし、あなたはそれを——そう、私の妻の前でも……ああ、もう来たようだ。

しかし、来たのは破れた傘のお袖一人。

梅　お袖ちゃん……姉さんは？

袖　それが……行方が知れないの、はぐれちゃって……ごめんなさい、義兄さん……

音楽、狩の太鼓のような。それは犬神憑き、異郷の悪魔憑き、魔女狩りを思わせるような……石が飛ぶ、追われる頭巾の希和、追う群衆。伊右衛門が来た。人の渦をかき分けて希和に……が、群衆に隔てられて近づけない……いや、希和が避けているのか？

袖、梅たちも救いにくる……が、彼女たちの互いに繋いだ手も、引き離される。絆の分断、また分断……入り乱れる錦絵。その中を按摩の笛！……杖をついた宅悦がすいすい通って行く。

まだ遠く犬神憑きのたぐいを狩る太鼓のリズムが聞こえる。
霧と煙の中を、伊右衛門が、蹌踉《そうろう》たる足取りで。
声が聞こえる。遠く、また近く。

伊右　希和……

久万　伊右衛門……伊右衛門……

伊右　誰だ、俺の名を、そのように呼ぶのは？……希和はそのようには呼ばぬ、近しい縁者は皆戊辰の戦いで……女たちは一族の長《おさ》なる人の屋敷に集うて、残らず自らの刃に伏した、生きて敵の、薩摩長州の輩の辱めを受けぬために……待て、幼かった俺の耳を覆った噂が……一族の女のむくろが、一つ足りなかった、と……それが母だった、母の亡骸に俺は会えなかった……祖父は言った、お前の母はあまりに美しかったので、野蛮な薩長の奴ら戦勝のしるしに亡骸を持ち去ったのだろう、と……

久万　伊右衛門……（首に白い繃帯、だが現実的ではなく）

伊右　母者……みまかられた歳のそのままに、若く……美しい！……

久万　私は死にはぐったのです……喉をしたたかに掻き切ったと思うた刃に、力が足りなかったのか……周囲に折り重なって倒れ伏している一族の女たちは、みな見事に自害を遂げていたのに……声が聞こえた……知らない西の国訛り……私は助けられた……そのさだめを、さらに覆そうとする気力は私にはなかった……

伊右　生きていたのですか、母上っ……

抱きしめようとすると、すーっと遠くなる。伊右衛門の体がそのように動いてしまうのかもしれない。

久万　シャグマの鬘をつけた武士は、三月もの間、私を手厚く看護し命の火をかき立てようとしてくれた……ついに私が本復しなかったのは、つづまるところ、私は恥ある身を、生きていたくはなかったのだもの……

伊右　でも、僅かな月日でも、生きていられた、それが大事なことです。敵方の武士にもそういう人がいた……その名は？　藩は？　あ、母上……母上っ……

久万の姿は霧と雲の彼方に消える。
伊右衛門は昏倒する。

病院

やがて彼の側に鳥飼。ここは病院か。医師らしき人たち通行。
伊右衛門は床の上に身を起こしている。看護に袖の姿も。

鳥飼　僕も新聞記者のはしくれだからね。戊辰からひと昔もとうに過ぎて、昔の藩それぞれの犠牲者、戦没者の調査もそろそろ進んでいる。それを利用させてもらって、伊右衛門さんの家族の消息もね、まあ、だんだんに……

伊右　有難う、でも夢に見たお陰で、なんだかすっきりした見方が、いくらかできるような気がして来た。

鳥飼　ふん、それは、たとえば？

伊右　まあ芝居の「四谷怪談」に自分がなぜ引っかかっていたか、もね。主役田宮伊右衛門と自分がたまたま似寄りの名だというだけじゃない、芝居の伊右衛門の母は、赤穂藩士の妻女であったのに仇の吉良、芝居の高師直の家に職を得て、息子の伊右衛門のために師直のお墨付きを得たりもする……という次第が、面白かった。いや何故自分がそこにこだわるか、を、夢が教えてくれた。

袖　考えすぎじゃないの、義兄さん。

鳥飼　現実には仇同士の恨みはちっとも消えない。

だけど芝居では、そこを、

伊右　あっさり越えて、新しい絆を求める人物が出てくる。それが悪役だというのも、いい。

鳥飼　実の世界は、そうは行かない。夢だから、芝居も、しょせん。文化文政の昔だし、今は明治――

袖　姉さんの顔の怪我は、夢じゃないわ。でも姉さんは恨みも祟りもするどころか、義兄さんに申し訳ない、顔を会わせられないって身を隠しちゃったわ。芝居とは大違い。

伊右　俺のせいだよ。俺はあいつの顔を見て――

袖　言わなくてもいいわよ。あの顔を初めて見たら、誰でも、

伊右　思わず顔を背ける。しかし俺は、それを越えたいんだ。

袖　わかってるわ、グズの身上《しんしょう》よね。取り柄、値打ちかも。……私たちも同罪なの。あの顔を見たとき、とにかく私、実の妹の私が顔を背けたの。一緒に会った梅ちゃんもそうだった。誰も越えられやしないのよ。

鳥飼　ちょっと待って、今、希和さんが何処にいるか、本当に誰も知らないの？

不意に重い沈黙。

袖　ここにいる人間はね、少なくとも。

鳥飼　ここにいない人間……

按摩の笛の音。姿も舞台の一隅を影のように通り過ぎて行く。

袖　宅悦さん、あの人あの事故でまるで見えなくなったら、かえって勘が冴えわたっちゃって、すいすい……え？

鳥飼　でも、まさかね、はは、責任感じちゃいるだろうけど。組織がない。

伊右　でも、どこへでも入って行ける……うむ、尋ねてみよう。

鳥飼　待ってください。大事な情報、聞いてください。萩山さんの線。

袖　（いい感情を持っていない）なに、警視庁も探している って言うの？　姉を。

鳥飼　そう。……あの爆裂弾事件、隠蔽されたけど、当局にゃ犯人は必要らしい。

伊右　いいとも、彼が俺を頭にしたのも、こういうときの……え、違うのか？

鳥飼　大警視川路利良の病あつい形勢で、萩山氏が跡を狙うについちゃ、鍵谷伊右衛門氏の参加をまだ諦めてはいないのさ。

袖　で、姉さんを？

伊右　やっぱりこうしちゃいられない。

伊右衛門立ち上がるが、ひょろりとする。

「だめよ」「だめですよ」と、皆寄ってたかって休ませようと――

そこへ、梅、まつが姿を見せる。

まつ　御免ください。あの、うちのお嬢様が、

袖　いまそれどこじゃないのよ、梅ちゃん、すっこんでて。

梅　違うのよ、私が用があるのは、お袖ちゃん、あなた。いい話よ、袖ちゃん。

袖　なに言ってるの、私にいい話なんてあるわけ……え、なに？

梅　我が国がね、日本が、いま一番必要なのは、

袖　やっぱりからかってる、出ていって。

袖、梅の眼から伊右衛門を遮るように、彼女とまつを室外へ押し出す。鳥飼興味を持って追い、聞き耳立てる。

梅　あなた、開化塾のさ、dance の lesson、よく出てたろ。

袖　他の授業、頭痛くなっからね、それと日本の必要と、何の、

梅　これからの日本、外国とのつきあい、うまくやんなきゃだろ？――条約の不公平、正さなきゃなんない、それには、つまり、

まつ　見染められたんでございますよ、お袖さん、あなたさまがっ。

梅　まつっ。いえ、ただ舞踏（ダンス）用のドレスが似合いそうだなってことかもしれないけど、でもまあ、条約改正のための Project、始まるんで、お国のためだから、ねっ——あ、私もさ、長いことほっとかれたのに、声がかかったのよ、ダンスのセンス抜群だったからって、あはは。これからまた修行よっ。（場所柄に気づいて）ごめんなさい……

鳥飼　（口を出して）そうですか、懸案の計画、スタートするんですか、日比谷に上流外人を接待する一大社交場を建設するという話も出ているようですし……伊藤氏が内務卿で、これに盟友の井上馨氏が外遊から帰れば、風俗習慣も西欧化することによって条約を世界水準にという……

華麗な欧風舞踏会を思わせる音楽。
話しながら遠ざかる袖、鳥飼、梅は最後に伊右衛門に心を残しながら。
伊右衛門にも鳥飼の大きな声が聞こえていた。

苦笑を浮かべて疲れたように横になる……ノックの音。伊右衛門のほかに誰もいない。

伊右　はい……どなたです？

邏卒姿（巡査の制服）の男が入ってくる。

伊右　（さすがに驚いた）関内さん……噂は本当だったのか。

関内　いかにも。なにも言わんでくれ、屈辱に、耐えられねえ……

伊右　ご両親は……お達者なのか？

関内　まだ……生きてる。俺がお上の——政府に職を得たことは嬉しいようだ……警視庁も、入ってみれば、元幕府の直参や、新撰組も、京都見廻組も……あ、上官が見えた。（直立不動で敬礼）

萩山が来た、上級警部の制服。

萩山　そのまま、そのまま……

伊右　萩山さん……俺なら、喜んで逮捕されよう、犯人として。

萩山　ばかな。事件のとき貴公は俺と一緒に藤屋にいたじゃないか。

伊右　火薬の原料を調達してきたのはあんただしな。それともあの頃から、あんたは川路大警視と通じていたのか？　政府に反抗する心情の言わば若芽まで根こそぎに摘み取るために。

萩山　その時々の最善の道を俺は選んできた、と言ったはずだ。政府の強権に抵抗する根性は、あるとき容易く国を守る気概に、熱情に転化する。少し話をしよう。

伊右　御免だ。

萩山　そう言うな。まあ、俺の話を聞いてくれ。

お伴の巡査から徳利などを受け取り、さらに顎で関内を部屋の外へと指示。関内は従う。伊右衛門は無視して横になる。

それからどれほど時間が経ったのか、伊右衛門にははっきりしない。

萩山が熱心に語っている。

萩山　やはり鳥羽伏見の戦いで、十五代様、慶喜公の裏切りが、一番大きかった……大阪城に拠って戦えば勝てる、逆転できる、誰もがそう信じた。大樹公はそう信じさせて、味方をすべて偽り、ひそかに会津と桑名両候だけを連れて脱出した……上様にはなんの後ろめたさもなかった……それから、徳川の家中をはじめ、日本中が割れた。譜代も外様もない、どんな小さな藩にも、錦の旗を掲げる官軍に恭順という名の降伏をするか、それとも抵抗か、和平か戦争か……その選択が、昨日の同志は今日の敵、血を血で洗う抗争に拡大する……この世は裏切りだらけだ、世界は一皮むけばそれが実相だと知ったよ……人の心は、俺の心も、二つに、いや、さまざまに割れて裂けた……おぬしも同じじゃないか、伊右衛門……

伊右　う？……眠っていたのか、俺は……すまないな、萩山さん……

萩山　俺の目は節穴じゃない。お主も同じものを見ている。俺たちは同じ種族の人間だ。俺たちが上に立って導かねば、この国も長くはない。

伊右衛門、枕元から三味線を引き寄せ、弄りはじめた。

伊右　一つとや……人の上には、人はない……

萩山　なにをくだらぬ世迷いごとを。人の上には人、下にも人、それで人の世は築かれる。揺るぎない世界が出来る。今のところ、歴史が証明した最も賢い人間たちの命を繋ぐ道だ……

音楽。そして角隠しに白無垢、花嫁の手を引いて羽織袴の藤屋嘉兵衛。

これは、いやこれも、伊右衛門の夢あるいは幻想か。

伊右　そなたは……希和か？（しかし角隠しを取ると、梅）梅どの……それに嘉兵衛どの……

嘉兵　（酔って）伊右衛門どの伊右衛門どの、嘉兵衛が参りました、参りました……

伊右　これは、どこかで見た……芝居の中に入っているのか、俺は？

嘉兵　この孫めが、貴方様と添えねば死ぬと申しまして、いやまったく、実のところ、この孫の言うことに私はさからえず、さりとて離れることはなお出来ず、お笑いくだされ婿殿……

梅　伊右衛門さま、あなたのやんちゃの炎は、どこへ向かうのですか？　あなたは人のために生きるとおっしゃる、ではその人が、私で、梅であっては何故いけないのですか？……私は死ぬと申したら死にます。昔、品川の海へまっすぐ飛び込んだことがあるのです。藤屋の手代たちが夜なべで博打を打っていたのに助けられてしまって……十二歳でした。それから祖父は、私に逆らうことがなくなりました……恥を申し上げているのです、梅は！……

伊右　あなたは十分に魅力を持っている。私の中のもう一人の私が、動かされたことを素直に認めよう……しかし、なんと言ったらいいか、私はグズだ、そして欲張りなんだ、だから……人と人の結び合い、絆は、きっと、もっと違うものじゃないか、ないかと思うんだ……グズだからだろう、きっと……

梅、泣く——悔し泣きだろう……嘉兵衛に縋る。

梅　じィじ……振られたよ、わーん……
嘉兵　じィじがおる……離しはせん、もう、金輪際……過ちは過ちでないものにしよう、よしよし……よしよし……

嘉兵衛固く抱きしめる。嬉しそうだ。二人去って行く。
梅の泣き声に呼び覚まされたかのように、赤子の声！
伊右衛門、そっと呼び起こされて目覚める。赤子の声は遠くに。

伊右　ここは病院だったな……誰だ？
直吉　しっ……直吉でやす……聞かれちゃなんねえことで、藤屋のほうにも……
伊右　何の用だ、こんな夜分に。
直吉　（寝静まった気配を確かめて）……伊右衛門の旦那……御新造のためなら……
伊右　なにっ……
直吉　しっ……お希和さんのために……命をかけやすか？

伊右衛門にとっても意外なことに、すっと言葉が出た。

伊右　いいとも。
直吉　しっ……

音楽。

薮ケ森

舞台に筵たちが動く。彼らが作り出すさまざまな意匠は、森か、バリケードか。そしてそれらの中に頭巾を纏って希和がいる。

希和の数え歌

ひとつ　人目を逃げ隠れ
ふたつ　二目と見られない
みっつ　みためを指さされ
よっつ　世の中爪はじき
いつつ　いつもの悔し泣き
むっつ　むりやり笑い顔
ななつ　泣き場所どこにある
やっつ　やけくそ笑い泣き
ここのつ　心が石になり
とおで　とうとう　ハハッ　あの世行き……

希和の姿はバリケードの中に消える……

そこここに、さまざまな形の旗か、戸板か、立てかけてある。
これは動くバリケード。焚き火などがほのかに明るい。
直吉に導かれて、伊右衛門、三味線を手に、ふと足を止める。

直吉　どうしやした？　旦那。
伊右　いや、ひょいと、また芝居の中にいるかと……俺の気に入ってた芝居は、序幕から、こんな筵の衣や……文政の昔に出来た芝居だそうだが、
直吉　今は蜂の頭も平等、ないことになっていますさ。が、お触れで身分や名前が消えても、
伊右　そのようだな。この人たちが、希和を匿って……
直吉　名前のねえ、でもれっきとした生きている人間どもでさぁ。
伊右　（膝をつき、手をつく）かたじけない。
直吉　おっと、もとの御身分の、地が出やしたね、

いえさ、お侍だ、やっぱり。

筵たち、森の樹木が風にそよぐように、反応を示す。笑っている。

伊右 そうか、妻は以前、瓦解のあと、家の暮らしを助けるために、芸事を習おうとしたと——その師匠にあたる人々が、ここに……

直吉 宅悦さんがね、病院から逃げ出した、か、追ん出されたか、夜道を彷徨ってる御新造さんと行き会って、この、ご一新このかた、支配の取り締まりが、怪しくなってる辺り——あっしたちは藪ケ森、と言ってやす……ま、八百八町、広うござんすから……巡査邏卒も滅多にゃ顔を出せねえ茨の奥山も、あっちゃこっちゃに……ああ、御新造をご案内した当人が……どうした、宅悦さん、お希和さんは?

宅悦 (出てくるが、首を横に振る)

直吉 どうした? 御新造がやはり……

宅悦 直さん、つけられなすったね。

直吉 何だって、おいらそんなヘマは——

宅悦 旦那、ちょっとの間、御免を、(と、伊右衛門を筵の蔭に。小隠れに)

藪ケ森の住人に囲まれて、突き出されたのは、鳥飼。

鳥飼 僕は、お希和さんの友達なんだ、会わしてくれりゃ、すぐ、

藪甲 男が、女の?

鳥飼 そうだとも、あの人の旦那さんを僕は好きだし——

藪乙 なんだ、そういう——

鳥飼 い、いや、だから新聞記者だって。不偏不党、中立公平、独立独歩、

藪丙 何、それ、あほだら経?

鳥飼 いかん、ごめん、反省する。福沢先生に怒られる、あ、伊右衛門さんっ。

伊右 鳥飼さん、どうしてここに。

鳥飼 いや、萩山氏が希和さんの逮捕を警視庁の

トップに了承させて、今日、巡査隊の精鋭がここを囲む……（一同ざわめく）その前に伊右衛門さんに会いたかった。
伊右　なんのために？……（冷静に）取材か。
鳥飼　取材なんてどうでもいい、いや、よくはないが……逃げてほしい、伊右衛門さん、希和さんと。逃げて、日本が駄目でも、世界のどこででも、生きて欲しい。
伊右　気持ちは嬉しい、しかし……何より、希和はこの藪ケ森にいながら……私を許していない。
鳥飼　それは……（反論しかけるが、宅悦・直吉に抑えられる）

音楽、長くはない暗転。

夜明けの近い闇。ほぼ同じ場所、人物。

焚き火を囲んで、この森の主だった住人たち、中に蓬髪の藪ケ森のおばば、チマチョゴリを思わせるアジア系の衣服がいいのでは。

藪ケ森のおばば　踏み込んでくるのは、夜明けじゃろう……まだ多少の時は……
直吉　暗くちゃなにも見えねえからね。
宅悦　憚りながら拙が、森を落ちようて方のご案内。へへ、昼も同じだ、こちとら。
藪甲　散る前にはっきりしとこう。ポリスの筋に、ここを売ったな誰だ？
藪乙　素直に考えりゃ……直吉ということになる。
直吉　けっ、おいら、ここの生まれ――捨て子でおばばに育てられたんだ。な、おばば？
藪丙　それが裏切り者じゃねえって証に？
藪甲　お前は牢を出て佃の寄場で軍夫の募集に乗った。金になるからだ。
直吉　金、欲しくねえ奴がいるのか？
藪乙　それから廻船問屋の藤屋に入り込んだ。
直吉　ああ、おいら、嫌えなものは沢山あるけど、犬は一のでえ嫌いなんだ。どれだけ自分がドジでヘマで間抜けでもよ、何でえ、出てけってのか？
宅悦　慌てなさんな、拙は信じやすね、直さんを……わけは、匂いだ……

藪丙　においい？

直吉　どんな匂いが、おいらにするってんだ、按摩さん。

宅悦　地獄を見た、お人好し、かな、ふふふ……伊右衛門の旦那……旦那、侍の匂いより人の匂いが、大分強くなって来やしたね……ん？（顔を顰《しか》める）

伊右　どうした、俺にそんな嫌な匂いが――

宅悦　生木の燃えるような……乾いた木と紙で出来た家はぱあっと燃えてしめえだが、生木はいけねえ、ぶすぶすと煙で息が出来ねえ……やっぱりそうだ、奴ら、火をつけやがったんだ、ポリスが、この森にっ……くそ、燃え上がりゃ昼間も同じ、おいらの取り柄がねえ……

音楽、人びとの混乱。筵を纏った三人ばかり、筵を脱すると、邏卒。

上級巡査　この森の住人ども、根こそぎ引っくくれっ、御用だ、いや逮捕じゃっ……

希和が出て来た。

希和　待ってくださいい……あなた方の逮捕なさりたいのは私でございましょう？……元お先手組与力、鍵谷右近の娘、伊右衛門の妻、希和にございます……私が御手配の爆裂弾準備事件の犯人、どうぞ私ひとりを――

上級　ふんっ、なにか証拠があるか？

希和　ございますとも。

頭巾を取ろうとした、その手を巡査の一人、関内が止めた。首を横に。

上級　何を出過ぎた――新入りっ。（乗馬鞭を振るった）

関内、うずくまる。
伊右衛門が、袋に入った三味線を手に、割って入った。

希和　お前様、

巡査　なんだ貴様は、

伊右　この女に、忘れ物を……お前、師匠のところに来たのに、道具を。

希和　そうね、そうだった……（微笑む）ありがと（受け取る）

上級　なにをこいつ、人前で――（巡査たちに）おいっ。

伊右衛門、巡査から三尺棒をとると、瞬時に叩き伏せる。

上級巡査、サーベルを抜く。と、叩かれて倒れた巡査の警棒が、伊右衛門の手から飛ぶ。上級巡査は脾腹を抑えて海老のようになりながら笛を。伊右衛門、希和の頭巾を外し、大きな青黒い傷に唇を当てる。どよめく筵旗。

伊右　お帰り、希和……

もう煙が地を這って……以下、映像で森が次第に炎に包まれる様を。

関内　（巡査たちに）なにをぼけっと……火を消そう、年寄り子どもを助けようっ。

巡査乙　し、しかし、命令が、上官の、

関内　俺は新入りでも年かさだ、人助けが先だろうがっ。

巡査たち　（動揺）は、はっ……

「待て！」と声。筵から萩山、巡査、倒れていたのも跳ね起き、敬礼。

萩山　上官命令に違反は重罪。……本件は重大反乱計画の捜査、長官直々のご命令状もこの通り。さらに、犯人隠匿容疑に加えて、この藪ケ森は帝都美観の上からも焼き払い不逞住民を一掃するのがお上のかねてよりの方針である。焼け、焼け、焼き払え、焼き尽くせ！……その焼け跡から新しい時代が、世界が生まれる！……

伊右　反対だ（空を見ている）

遠く赤子の泣き声、女の悲鳴、姿を消していた宅悦、直吉もいる。

萩山　鍵谷、お内儀一人に止めようというのは恩情だぞ。

伊右　空が赤くなりはじめた……幼かった俺が熱で床に就いていた夜更け、障子が明るくなった、朝かと思ったら、違った。燃えていたんだ、町が、森が、……お城も。

萩山　ふん、だからこそこの国が、新しくなりつつある。愉快だとは思わないか？　そこに棹さす一人になりたいとは？　男なら！

伊右　俺もあんたに似ている、長いこと、俺は家の燃えるのを見て愉快だった。世界が焼け尽きてしまえばいいと思った、いまのあんたを見て、ああ同じだと思った……

萩山　いまなら遅くはない、帰ってこい、心の通じる仲間のもとに……（言いながら懐に手を。じりじりと近づく直吉たちの動きを目の端に入れている）

伊右　大義……という言葉がわからなかった。JUSTICE、とも洋語で言うと聞いた、正義と……正義、大義、それは何だ？……

萩山　俺が大義だ、信じろ、伊右衛門！

伊右　嘘だ。

萩山　嘘をついたことはない、と言ったはずだ。（拳銃を出した）これが正義だ。名は好きなようにつけるがいい。レボルバー、六連発だ。

映像の森の炎、広がって舞台いっぱいに近づく。煙も、音響も。

関内　おい、萩山——いや警部どの、これ以上は——（巡査たちにも）みんな、消火と救助だ！

動きかける巡査も。萩山、轟然一発。みな凍りつく。

赤子の泣き声！——伊右衛門だけに聞こえたのかも。

伊右　命だ！……俺にわかったのは、ようやく……
人の命……

伊右衛門、煙に咳き込む、希和が伊右衛門の前に出て子どもの喧嘩のように足元の土を掬って投げる。

関内　希和さん、危ないっ。

萩山、今度は狙って射撃。急速な暗転。

音楽、西洋舞踊の稽古。
梅と袖が汗だくで稽古中。
外人教師の声が響く。「はい、もう一回、un, deux, trois……」
銃声……森に戻る。
銃弾は関内に命中。崩れる彼を希和が支える。

希和　勘蔵さんっ。
萩山　（構えたまま目を配る）

伊右　萩山っ。

伊右衛門、上級（一等）巡査のサーベルを萩山に振るう、脾腹を右から左、左から右と、狂気のように、繰り返し叩きつける。

関内　殺すなあっ。
伊右　殺してはいない……剣の腹で叩いた。骨は砕けたろうが。（太く、大きな息をつく）

鳥が渡ってゆく。いつか煙は止んだ。

直吉　風が変わったんだ……
宅悦　となりゃ、助かりやしたね、また……

鳥飼が来た。

鳥飼　川路大警視が亡くなりました……社の僕に懐《なつ》いてくれる給仕が、この騒ぎの中で、探し当てて……電信を……

希和　ああ、テレガラフ……

鳥飼　外遊で病を背負ってずっと寝ついておられたようですが……直前の命令書の類はすべて無効……萩山さんのお手盛りだったらしい、この機会に、東京警視庁を一大独立国化する賭けに出たんでしょうが……

ようやく森の朝らしく、戻ってきた鳥たちが姦しく……

音楽。例えば「舞踏への勧誘」を思わせるような。

洋館二階

舞台に世にも華やかな美しいものの塊が出現する。それは洋風な舞踏服の男女の群れだ。それは音楽とともに華麗に二列に分かれ、更にさまざまに、集まっては離れ、変化する、その中心に、生き生きと二羽の蝶のように、舞踏服の梅と袖。

曲のイメージとしては、『社会契約論』の思想家としてより音楽家だったというジャン・ジャック・ルソー作曲と伝えられる「結んで開いて」のメロディを思わせるのもいいかもしれない。

外人の声が響く、「ハイ休憩、休憩（仏、または英語）……休むときにきちんと休む、これも文明開化の大切な条件です……ベンキョウしてください、これもろもろのガイコクと友好深めて不公平な条約改定する、御国の当面の目標、イチバン、違いますか?」（手を叩く）ハイ、休憩、休憩、文明の習慣です……

梅・袖、そして珍しく正装の鳥飼、まつ達を残して人々去る。

ここは控室の一つ、大きな窓があり、閉じていたそれを開くと、内外航路の船の汽笛がとりどりに流れ込んでくる。港ヨコハマの風情。

ここは港と海を見渡せる洋館の二階。寺院の鐘の音もまじって。

梅・袖　（ため息とともに）とうとう……

鳥飼　（懐中時計を手に）ええ、鍵谷伊右衛門さんと希和さんご夫婦の乗られた日本郵船シアトル航路の船は、定刻に出航した模様……

袖　いつ、帰ってくるのかしら？……

鳥飼　あの船自体が戻ってくるのは、そう、一年、と、何ヵ月ですか……

梅　追いかけるつもりなら、瀬戸内の小さな船会社が合同して大阪商船て会社ができたのね。外国航路にも力をいれててタコマ航路とか。

鳥飼　諦めていないんですね、藤屋嘉兵衛さん……

梅　まず香港まで別の会社の船で行って乗り換えれば、

袖　（悲鳴のように）お梅ちゃん、あなたまさかっ。

梅　もしって考えたのよ、夢よ。私には任務があるもの。諸国友好、条約改正。ああ、それにしても山川のさっちゃん、捨松さん、アメリカから大学卒業してすごい美人になって帰って来たわよね、くやしいーっ。

鳥飼　あの方の参加で友好親善事業が目に見えて進んだのは事実です。やはり美人の力は、あ、むろんお二方のご尽力も、

まつ　縁談も進んでいられるのですね、薩摩の、西郷隆盛さんのお従兄弟の、大山中将とか。

梅　それが会津の元ご重役山川さまのご令嬢と。凄い騒ぎになるわね、きっと。

鳥飼　ええ、もう地元では絶対反対の気運が高まっているようですけど、でもいい話だと思うなあ、僕は。（この洋館のボーイに合図されて）え？　僕に用？（階段口に行く）

梅　彼、今日はおめかししてるのね、

まつ　わかるような気も――何事も切っ掛けというものが必要ですし、今日は第一回合同舞踊練習会、お二人ともよくお似合いでとってもお綺麗ですし、

袖　そう？　私ギヨームのプロポーズ、受けようかしら？

鳥飼　（聞きつけて）え、ダンス教師の？（ボーイに促されて去る）

船の汽笛が様々に聞こえる。海鳥の声も。

袖　あの汽笛一つ一つに、別れと旅立ちがあるのね。

梅　ねえ……伊右衛門さまと、ほんとう――に何もなかったの？　お袖ちゃん。

袖　……（汽笛に促されるように）一度だけ……

梅　あったのね？　やっぱりっ。いつ、どんなとき？　吐け、みんな、吐いちめえ！

袖　……義兄の繃帯変えるとき、小指が、絡まった――ような気が、しただけ……

梅　そうね、きっと……気がしただけよ、きっと……（なぜか、泣く）

袖　（声を立てて泣く）

まつ貰い泣き、鳥飼が帰って来た、その後に、身幅の狭い縦縞の着物の下に白い晒しを巻いて、粋に決めたつもりの直吉、首に鳥飼のネクタイを巻きつけた珍な格好で。みな、びっくり。

梅　直吉！　お前お供して船に――

直吉　へい、乗り込んだんでやすがね、お二人は働きながら海を渡りたいという強いお気持ちで、さいわい、サンフランシスコにクリーニングの店を持ってるチャイニーズのご夫婦に気に入られなすって、船旅の間もじっくり修行をすると、で、この藤屋さんからのお餞別も、恐縮ながらお返し申し上げたい、とこうで……あっしもそうなると、船には仲間も罐焚き、水夫から、食堂にもしっかりいるんで、奴らが請け合ってくれましたし、あっしには日本に未練の種も、へへ、で、これはあっしの頂いたお餞別も、こう、生意気かもしれませんが、ひとまずお返しを……（と、袱紗包みなどを）

まつ、複雑な対応をしていたが、やっぱり嬉しそうだ。船の汽笛、一際大きく、寺の鐘も。

鳥飼　（時計を振って）ああ、今が予定の出航時刻だ……乗組員として二人の日本人労働者を増やした船の汽笛はこれでしょう。ちなみに、僕、鳥飼武司、このたび慶應義塾を中退、郵便報知新聞の正社員に採用されました……伊右衛門さんと希和さんに一番早く会う機会に恵まれるのは、特派員としての僕かも、そのときは生涯の伴侶と行を共にしたかったけど……(洋館のボーイが、また鳥飼を)なんだ? また僕か?……(急いで出てゆこうとして、全身白い繃帯やギプスだらけの松葉杖の男と衝突しかける)あ、危ねえっっ! ……き、君はっ——小助君っ、そうか、今日この時刻にここへくれば皆に、伊右衛門さんと希和さんの船を見送ることもできるかも、と、僕が病院に言伝てしたんだったたっ。

みな狂喜してミイラの化け物のような小助を迎え、寄り集まる——

小助 ぼ、ぼく、昔伊右衛門さんにお供して観た芝居、四谷怪談……そのとき隠亡堀で主役がいう台詞、忘れられなくて、……〈首がとんでも動いてみせるわ〉——これをお二人に言いたかったんだ……

まつ ああ、汽笛も船も遠くなっていく……

鳴き交わす海鳥、遠近の汽笛——

直吉 あっしのうろ覚えだが、船は港から外海に出てゆくとき、最後に向きを変えて、岸の方向に向かった別れの汽笛を鳴らしやす……そのとき目いっぱい、さよならをおっしゃってください……

外人の声「さあ休憩は終わりです、頑張って練習しましょう!」窓は閉められ、音楽が鳴り、溢れ出てくる舞踏服の群れ。梅と袖をまきこみ、そのままカーテンコールになる……

いわば圧倒的な文明開化の迫力に、登場人物の声も姿も飲み込まれながら、ともかくお客様への挨拶を、ほぼ終える——

老人がひとり、舞台へ迷い込んできたように登場、手に葬祭用の写真額と見える袋を手にしている。

老人　あの、これ、劇場《こや》の人だと思うんだけど、あなた方にって。（渡す）

上演主体のメンバー、袋から出すと、子どもの死に顔と、その上を飛ぶ大編隊の航空機の合成写真の額。

メンバーの一人　（額縁の表記を読む）「スペイン、1937年、」、未来じゃないか？……待って、付箋て言うの？　丈夫そうな紙に針金がついていて、送り主からのメッセージかな？（読む）「子どもたちには、幽霊になる時間すらなかった」……

彼らは劇場の真ん中に、その子どもの写真額を飾る。一筋の光がそれをとらえれば、たちまち爆撃機の編隊と爆撃の音響に、その写真は包まれるだろう——劇場自体も。

希和が写真を抱き締めようとする。名前もつけてやれなかった自分たちの子どもに見えたのかもしれない。

音楽は弔歌か、それとも反抗の狼煙か魂の燐火か？

幕間に歌われた「一かけ二かけて」のロックバージョンか。

2023・12・16福田記す。

前頁舞台写真「文明開化四ツ谷怪談」（サルメカンパニー）　撮影：坂本彩美
（右＝石川湖太郎、左＝小黒沙耶）

京 近江屋 龍馬と慎太郎
――夢、幕末青年の。

■登場人物

坂本龍馬
中岡慎太郎
おかよ（白拍子）
白石屋
飯炊き婆
案内役
髭
息子・世良敏郎
黒い笠甲・与頭佐々木只三郎
黒い笠乙・渡辺一
黒い笠丙・今井信郎
黒い笠丁・高橋康次郎
密偵升次
上士福川
岡本健三郎
桐間蔵人
川嶋総次
新井竹次郎
母（世良敏郎の）

元忠勇隊清原
陸援隊隊員田中
陸援隊隊員山下
町人・七五郎
藤吉
峯吉
赤子を抱いた女

その他、村人、居酒屋の客、隊員、福川の従者、菰の密偵、街の人々など様々な役を演じる。

前頁舞台写真「京 近江屋 龍馬と慎太郎――夢、幕末青年の。」（Pカンパニー）　撮影：鶴田照夫
（右＝平田広明、左＝林次樹）

暗い舞台に、ときおり稲妻のように光が走る。
声「はい……はい、ＯＫ……」など。照明合わせか。
そして、殷々たる鐘の音、重層的に。音響テスト。

案内役　（現代服の女）舞台稽古を初めて見たのは、私がまだ幼いといっていい年頃でした。伯父貴、母の兄が演出をしていたんです。
髭　（男、助手らしい）僕は学生でした。先生――チーフの伯父貴さん、お元気ですか。
案内役　寝てる、たいがい。寝て本読むか、テレビか。
髭　なぜこの仕事だけ受けたんですかね。だって、いまどき、

闇の中から裂帛の気合。
舞台に黒っぽい衣服、袴の青年たちが、木剣など振る。稽古か鍛錬か。しかし日常的なそれにしては、激しく、殺気立った雰囲気。

案内役　怖わ。（台本を手に）仕事をしますか、スタッフのはしくれとしちゃ。――あのさ、チャンバラ映画、好きだったんだ。
髭　あ、先生が。
案内役　阪妻とか。私も影響受けた。でね、チャンバラありそうなのに、ない時代劇、に、腹立ったんだって。
髭　だけど気になる。もっと腹が立つ。次はただのチャンバラじゃ物足りない。
案内役　で、いつのまにか生涯経っちまったかなって。

二人笑う。黒い袴たちの鍛錬、高潮する。バンドも加わるか。

髭　おっかねえ。
案内役　（読む）慶応三年、一八六七年、次の年が明ければやがて、明治――といったって明日のことは、一寸先だってわからない、人間には。猫にだってたぶん。鼠なら、キナ臭い匂いに逃

げ出すかも、ええ、戦争が、本格的な――先進的な外国勢力が東西それぞれのバックについた、全面戦争が、匂うと。

髭　なにやら慌ただしく、隠鬱な、京の都、いわば明治ゼロ年の。河原町四条上ル――上とは、交差点から北、御所のほうに向かうこと。目抜き通りです、いまも、この時代も。

ひところ都市の盛り場で流行った絨毯バーのような、凸凹な、見ようによっては入り組んだ空間――最終的に上手のやや高みに八畳間、適当な所に中二階や階下への階段、二階奥は屋根また屋根の甍の波。その一部に物干し台――などが想像できれば――そしてやっぱり焼跡が。

髭　神のいない月、と呼ばれたのは旧暦の十月、これは霜月、十一月。その十五日、月があれば満月。

びっくりするような大きな月が、背景に。じきに消える。雨と霧はスモークと、たとえば暖簾様の紗幕で表現。

案内役　残念ですが、この日は一日雨模様。寒かった。あの人は風邪を引いていて――でも、ひょこひょこ飛び歩いていた。

髭　あの人。

案内役　私、ファンだもの。彼の。

髭　ですから（心配だ）チーフはデータとか、ご自分の興味に偏る――

案内役　間違える権利、誤解の自由、おお！

髭　ちょうど一月前、この十月、徳川最後の将軍十五代慶喜は大政奉還を朝廷に奏請、

案内役　ソウセイったって大揉めに揉めると思いきや、意外や意外、翌日勅許が下りた――ふふ、あの人が、ふっと息吹きかければ、

髭　あの人。

案内役　二百六十年だよ、一口に徳川三百年。その歴史あの人、たった一人で、

髭　しっくりけぇした。ふうん。

案内役　常識でしょ。失礼じゃない？

　本舞台は、寺の本堂か庭らしい空間で、黒袴の青年たちの稽古か鍛錬かが続いていた。そこに様子を覗いていたらしい町人の若者が、「こやつ、我らを見廻組と知ってか？」と、引きずり込まれ、むりやり木剣か竹刀を持たせられて、あわや袋叩きかというところへ、見廻組与頭《くみがしら》佐々木只三郎たちが来て、救う、など。

髭　（案内役に）すんまへん。じゃ、ご一緒に、あなたの、あの人のお名前、

二人　（同時に）坂本龍馬――

　音響、鐘の音たち、遠く近く交響楽の如く鳴り響く。

案内役　彼、三十三歳。当時は数え年。この日十一月十五日が誕生日。

髭　それから。

案内役　それだけよ。あ、一緒に襲われたのが中岡慎太郎、三つ下の三十歳、陸援隊隊長。

髭　どうして無視するかなあ。歴史は一人じゃできない。でしょ？

案内役　面倒なんだもん。近年じゃ、犯人説も。龍馬を斬ったのは彼じゃないかって。

髭　それから龍馬の従僕藤吉、元力士、推定十九歳。この人は七ヵ所斬られて、事件の翌十六日に死んだ。彼の犯人説はさすがに出ていない、僕は知らない。

案内役　（首を振る）私も。

髭　整理します。大政奉還の一月後、慶応三年十一月十五日夜、坂本龍馬は襲撃されました。ほとんど即死。全身に三十四ヵ所の刀疵。

案内役　中岡は？

髭　二十八ヵ所。翌々十七日に絶命。

案内役　事件現場が京河原町四条上ル――蛸薬師下ルといっても同じです――近江屋という土佐藩御用達の醤油屋さんの二階。

鐘の音。または音楽で、事件の進行を示し、ときに促す打楽器など。
黒シャツに黒スラックスといった、この芝居のスタッフか出演者か区別がつかないのが何人か、もう疲れ果てて、楽屋も狭いのだろう、舞台に寝そべるなど。

案内役　あ、龍馬さんたちが斬られるところ、先にやって貰っていいですか。
髭　理由は？
案内役　この事件、確かなこと何もわかってないから。いま確かめたいのは、土佐藩の藩医も立ち会った検死の報告、龍馬が全身三十四ヵ所、慎太郎が二十八ヵ所、藤吉には七ヵ所の刀疵があった、と。
髭　それが？
案内役　あっという間の犯行だったことは、多くの証言が一致しています。なにしろ土佐藩邸が通りを挟んで目と鼻の至近距離、通りの幅はほぼ五メートル。
髭　騒ぎが起きれば聞こえない筈はない距離。
案内役　聞こえればすぐ藩邸、土佐屋敷から屈強の武士たちがどうっと——
髭　で？
案内役　（黒装束の一人に）あの、すみません、ちょっと。
黒装束甲　はい……（何やら聞いて承知した）。
髭　あ、お一人でいいです。

黒装束の一人、任意の相手を龍馬に見立てて斬る。凄いスピード。それでも多少の時間はかかる。
打楽器の伴奏よろしく。

髭　はい、三十四回、結構です。ン秒。
案内役　斬る真似だけでも、これだけ。実際には血糊とか、粘つくそうですね。
髭　で？
案内役　故津本陽氏の傑作長編『龍馬』（角川文庫ほか）の最終部分に、津本先生が自ら剣を振るって——人は斬れませんから巻藁、藁を束ねて巻いたものを試斬、試し斬りされた記述があります。尊敬に値します。

髭　で？　秒数。

案内役　文庫版流星篇四四三ページの文章の限りでは、十七秒、ただし刀傷三十四ヵ所との関係はわかりません。

髭　ふむ。

案内役　この事件の、証言とか資料とか——少なくとも、当てにならないけど、さりとて確かめようのない部分を含んでいる、のは、どうやら確かでは？

髭　そりゃまあ、ま、新資料の出現は今後、これからも。

案内役　ですからね、資料をひたすら一途に追っても、それは私たちに可能なことじゃないって思う。いま私たちに出来ることは——

髭　夢、ですか。先輩得意の。当たりました？

案内役　（首を振った）才能がいると思うの、夢を見るにも。それが私にはどうやら、

髭　そんな。

案内役　じゃ、まとめて下さい、ゲヒさん。

髭　ご一緒に、チーフ。

　　鐘の音で、場面は小さいながら武家の住まい。
　　母と息子。つつましい朝食か。

母　で、今日のお役目は？

息子　知らないのです、知らされてはいないので、私も。

母　極秘の。（深く頷いて）父上のお跡を継がれてから、まだいくらも日が経たぬに、有り難いこと。

息子　私は、剣のほうには自信がないのに、渡辺様が——正直、不安なのです。

母　父上のご朋友であられた彼の御方が御推挙なされたのであれば、お前の得手不得手はご承知の上、案ずることは要りますまい。

息子　はい。——ですが母上、この度のお役目に選ばれたは、見廻組の中でも、選りすぐりの、

手練れの方々ばかり、
母　そなた、まだわかっておりませんね、私ども武家が、どんなに危うい、いわば崖の淵に今、立たされて居るか――
息子　それは、よく。現に、薩摩と長州の大軍が、
母　明日にも、この都に寄せてくると、
息子　はい、なればこそ、大事なお役目には、申さば、適材適所の、
母　当家は、代々桑名藩の俸禄を頂く家柄、ご当代定敬さまは京都所司代の司。その手足たるべき京都見廻組は正しく名誉のお役目、
息子　その儀は、十分に、
母　しかあるに近時、将軍家お膝元の江戸はまだしも、草深き諸国の出の者が実力優先の名の下に多く採用され居るとか。嘆かわしきことにこそ。
息子　母上、
母　適材適所とは、そなたが渡辺様の知遇にお応えし、会津のご出身と聞く与頭佐々木只三郎様もあっと驚かれるような手柄を立てること、そのほかにはありませぬ。
息子　（頭を下げる）いかにも。

音響または音楽。

息子　ですが母上、ですが母上……続くのでしょうか、いまの、この、
母　変わるのでは、と、世が、世界が？――ありますものか、そんなことが、たとえ、天が裂け大地が割れようと。ほほ。
髭　この若い侍、世良敏郎。歴史に現れるのは多分この一日だけ、一八六七年十一月十五日の。

黒い笠の男たちが姿を見せた。

黒い笠乙（渡辺）　世良氏、在宅めさるか。
息子　は、ただいま、ただいま……（折り目正しく）お待ち申しておりました。
黒い笠丙（今井）（見張りのように道との境に）与頭。何か、聞こえませんか。

黒い笠甲（与頭・佐々木）　う？……
なるほど、人々のざわめき、気配……大地を踏み鳴らすような。
与頭　あれか。下々の者が、大神宮のお札が天から降ったというて、踊り騒ぐのさ、ええじゃないか、ええじゃないか、と……ふん、この都にも、とうとう。
黒い笠丁（高橋）　今日は雨ですからね、静まるでしょう、じきに。
与頭　その程度のものさ。却って好都合だ。時が移る、参ろうか。
黒い笠たち、息子をまじえて、出掛ける。母、見送る。
案内役　鴉のような群れが、動き出しました……
打楽器を中心とする音楽と、薄明の中での多少の転換。
髭　意地を張るようですが、私、この事件で中岡慎太郎の存在を無視あるいは軽視する流れというか風潮または常識に、違和感があって……
赤子の引きつったような泣き声。
髭　いらいらしますね、個人的に子どもは嫌いじゃないすけど。
案内役　私も。あの声、お腹減ってる。
髭　慎太郎は、あの声に追われ続け――逃げ続けていたような気がします。
案内役　遡るのね、時代を。
髭　何、ごくわずか。
袴の股立からげて、若い慎太郎、走る、走る……
打楽器と。
髭　彼の長くはない生涯の終わりから、ほんの十年足らずの近い過去。安政五年一八五八年一月土佐も大地震、疫病、飢饉。中でも中岡家が村役人を勤める北川郷、小島・和田・平鍋の三村落の状況が酷く、村役を束ねる立場の慎太郎の父、小伝次は病に倒れて、人々は庄屋見習いの慎太郎に声を絞って訴えます。(走る慎太郎に併走しながら)俺たちは木の根っこを齧っても生きようが、女たちの乳が出ない、赤子たちのために、来年蒔く穀物の種まで磨り潰して汁にしてもうた。もう明日はどげんしたらえーがか、お役人様、なんとか、どうにかしてつかあーさい、助けてつかあーさい!……

声　「おーい、慎太、待てえ……」

髭　追って来たのは慎太郎の姉婿川島総次。

総次　(喘いで)慎太郎……どこへ行く? おい、逃ぐるな慎太!……お前ン、もしや、お上の、非常用の穀物倉を開けて——そ、そりゃあ、藩の命令によってしか出来ん。我ら村役人の分際を越えた仕事じゃ。おおごとぜよ。

慎太郎　知っちゅう。(言い捨てて、足を早める)

見る間に総次は取り残され遠くなる。

髭　次に追いすがって来たのは、北川郷村役の同僚、新井竹次郎。

竹次郎　(息を切らして)お前ン、藩の蔵を開いて飢饉を救う気かや。

慎太郎　(流石に息を乱して)藩の穀物蔵は、非常の時のためにある、違うがか?

竹次郎　ち、違わんろう。

慎太郎　非常の時とは、子どもが飢えて、病にバタバタ倒れて死んで行く、こげな時のほかにゃ、ないろう。違うか?

竹次郎　聞け、慎太、俺の言うことを聞け——俺は志があるキニ村役人にはならん、言うて乳飲み子からの友達のお前ンの誘いを断ったとき、お前ン、何ちゅうた?……お前ン、この俺に、こげん言うた——志とは何だ?

慎太郎　心の指す方向……それに従いたい気持ちの、どげんしてん消えん、鎮まらん、諦めきれん、それが志ぞね、勝手にそげん思うて勝手に俺ゃそげん言うた、竹次郎、お前ンに、確かに。

竹次郎　お互い大きな志を抱くもの同士、役所仕事を繰り合わせて、半季ぐらいは交代で上方や江戸へ遊学も行けるようにしよう、ち言わざったか？

慎太郎　言うた……

竹次郎　なら、こげん無茶をしよったら、肝心の志が遂げられんごとなるぜよ。なあ、天下に志を述べるためには、いわば、大事の前の小事——

慎太郎、手を挙げて制した。赤子の声が聞こえたのかもしれない。

竹次郎　何じゃ？　どげんした？

慎太郎　そこじゃ。何が大事で、何が小事か……わからんがじゃ、わしゃ、鈍じゃキニ。

村人たちが、赤子を抱いた女（千代）も、二人を囲むように。

竹次郎　何じゃ、何じゃおんしたちゃ。

村人たち　……わしら、若旦さん方のほかにゃ、頼る当てちゅうもんが、もうはや……

竹次郎　（逆上）あのなあ、俺たちにも出来ること、出来んことというもんがあるキニ。

赤子が弱々しく、しかし喘ぐように泣き出した。親が叱る。

赤子火のついたように泣く。慎太郎、飛び上がるように立った。

慎太郎　きっと、明日までに、なんとか……まっこと——（走りだす）

竹次郎　おい、慎太！……

音楽。走る慎太郎。飛ぶ雲。

案内役　そんなシーン、伯父貴も書いてたっけね。どうなんだっけ、それから？

髭　慎太郎は走りつづけて、高知のお城下へ。この問題に関する担当重役、国老桐間蔵人の門前に座り込む。門番も相手にしてくれない。慎太郎の耳には赤子の泣き声がついてはなれない。結局そのまま徹夜して、早朝にご家老に会う。結果として彼の並外れた執念さに負けたか、ご家老は、官倉の鍵が老化して危険という理由で、藩の倉を開くことを認めた。

案内役　よかった!……けど、あとに祟りそうな。

村人たち、狂喜して穀物俵を担いで通り、国老桐間に土下座。慎太郎にも。赤子を抱いた女が脆いて拝む。慎太郎飛び上がって逃げる。若く身形のよい武士（上士福川）、国老桐間の前に。

若い福川　叔父上、どうされたのですか。無駄な仏心は却って仇をなす、とかねて我らに。

国老桐間　うむ、どうしたのかな……ふいに、風に吹かれたような……奴に理はある、むろん、理よりケジメが第一、ではあるが——

福川　北川村の中岡と聞きました。庄屋見習いの。——捕らえて、責めを負わせましょう。（刀に手をかけ、走りかける）

桐間　（首を振る）捨ておけ。——今日は、奴め、ははは、運がよかった、と、

髭　慎太郎は一人息子でも親の後を継がなかった、か、継げなかったか。ま、所詮彼は彼の選んだ道を、走った……

案内役　その点龍馬の家はお城下で一、二を争う豪商才谷屋の分家。

髭　二人とも脱藩して——当時藩を抜けるって大罪、親兄弟、親族、友人朋輩にまでしばしば累が及んだ。

案内役　そろそろ本筋に、話を、

髭　走り続ける慎太郎の前に、大柄の男が立った——

音楽、慎太郎走る、いつか木綿の羽織など、大人の雰囲気に。大きな影が、その行く手に立ちふさがる。

龍馬　慎太よ……なし、そげに急ぎゆうがか……
慎太郎　龍馬さん……わしゃ、あんたを追いかけて来たがかもしれん。
龍馬　なら、もう走ることはないろう。
慎太郎　待て、ちっくと、待っとおせ……わしゃ、龍さんに言われると、そげな気のしちくる、そげな癖ちゅうか、そげなわしを、わしゃ好いとらんキ……おい、龍さん、わしを何処へ？

二人の移動中に舞台転換、打楽器。たとえば居酒屋。小女「おいでやす」など。

龍馬　おんしゃ、自分ちゅうもんが、まだわかっちょらんがか。
慎太郎　――何を言いたいがか、わしに、龍さん？
龍馬　わしゃ、おんしの考えゆうことを言うちゃる。違うたら言え。
慎太郎　な、なんじゃと？
龍馬　大政奉還は成った。けんど先が見えん、その先が、誰にも。深い霧の中ぜよ。
慎太郎　龍さんが、それを言うがか？――いま、天下の坂本龍馬が？　おっと（周囲に目を）――
龍馬　なんちゃあない、わしゃ、福井の殿様、松平春嶽公にも、若年寄永井玄蕃――まあ、幕府のえらいさんにも面が通りゆうき、いまわしを狙う馬鹿もんはおらんぞね。

居酒屋の客たち（少しずつ、二人の会話に耳を立てる）

龍馬　幕府は長州征伐にどん負けしたが、フランス公使のロッシュがなんぼでも金や力を貸すキニ言うて尻を叩きよるキ、その気に成りはじめちょる。フランスの力を借りて昔の力を取り戻そうとしゆう。薩摩と長州にはエゲレスがついとる。メリケン、オロシヤはそれぞれ国の事情が、いまのところ先じゃ。さあ、いっち強いのはどこじゃ、どの組じゃ？
居酒屋の客たち　（乗り出して、慎太郎の答えに注視）
慎太郎　――幕府。

居酒屋の客たち（同感、落胆、さまざま）

龍馬　ほう、なぜ？

慎太郎　陸で負けても、幕府海軍はなおほぼ無傷にかあらん。日本六十四州にゃ頑固な佐幕の藩がいくらでんおる。いかに中国筋で惨敗しても大公儀の面目に、なんちゃあ疵になるみゃあてわしゃ思う。

龍馬　おんし、長州と長く行動を共にして、長州が幕府に都から追われ、

案内役　文久三年八・一八の政変、いわゆる七卿落ち。

龍馬　その都落ちした公卿さんたちと、中岡、おんしゃ三田尻の招賢閣で行き会うて気に入られて、

慎太郎　国へ戻ろうにも戻れんごとなったキ。

髭　お国元の――藩政府の方針がガラリ変わって、土佐勤王党は続々逮捕、投獄、

案内役　脱藩した人は皆手配されて――

髭　長州は挽回を図って御所に攻め寄せたが、中立を唱えていた薩摩が会津と組んだからボロ負け。

龍馬　幕府の号令した全日本三十六藩の、長州征伐軍に攻められて、絶体絶命、剣が峰の徳俵から大逆転、大勝利までの経緯を、つぶさに見たろう。――どうだ、長州は幕府より強かろう。違うか？

居酒屋の客たち注目――（京の庶民には長州贔屓が多かった）

慎太郎　違わん。けど、違う。

龍馬　何？　禅問答のごと。禅坊主にかぶれたか、おんしゃ。

慎太郎　待て、待ってつかい。わしの思うに、長州の強かったがは――

龍馬　奇兵隊。あの高杉晋作の作った――そげん言いたいがか。違うか？

慎太郎　ほいたら、なし、奇兵隊は強かったがか？

居酒屋の客たち、わかる者も、興味を失う者も。
土佐藩下横目岡本健三郎、いつか参加している。

岡本　百姓、町人から博徒まで、ふん。

龍馬　身分の軽い者、ない者……つまりは侍でない、ないと同じ者たちの隊、か。違うか？

慎太郎　（頷く）違わん。武士はもう、駄目じゃき。

居酒屋の客たち　〽ないない尽くしで申そうなら、あ、チャカポコ――チャカポコ――

白拍子のおかよ、上士福川の手を引いて来る。
福川の従者も。
岡本、福川を待っていた、早速席を小女たちに手伝わせて。
居酒屋の客たち、身なりのいい武士にぺこぺこ。

福川　臭いな、臭い……

岡本　汚いところで、まことに……しょせん坂本も郷士・軽輩。

福川　汚いのはよい、ああ、臭いの元は、芋掘りがおる、山の。

慎太郎　呼ばれたですかえ、ご重役。

案内役（と髭）　この人、土佐藩上士福川虎三（仮名）、この時藩政府中枢の大幹部。彼女は彼のいい人、白拍子（髭「この時代の京では遊女の俗称、国語大辞典」）のおかよさん。こっちは土佐藩下横目、まあ下級警察官。職務は龍馬さんの監視、でも、たちまち龍馬さんの熱烈ファンになって、この十一月初旬も龍馬さんの護衛よろしく越前福井までお供して来たところ。「おっかけ」って言ったほうが感じかも。

この間、打楽器と、舞台転換を含めて、龍馬が睨み合う双方を宥めるが、上士福川とその従者たちはあからさまに反感を示し、結局店を移す。小道具の転換（行灯・屏風・脇息など）、同行を渋る慎太郎を強引に龍馬が放さない。

龍馬　ちっくと、整理をしようかえ。慎太よ、幕府は強い。そして長州も奇兵隊が強い……で？

慎太郎　奇兵隊には百姓・町人から博打打ちまでおる。続いて成った諸隊には屠勇隊ちゅうて——

（岡本が「おっと、その先は」と制止）

おかよ　なあに？（福川の指示か、龍馬にしなだれて）

龍馬　ないない尽くしで申そうならば、何より大事な身分がない。

岡本　（ごまかす）身分がなければ、自分もない。あ、チャカポコ、チャカポコ——

おかよ　え、なに、どうして？　何故？

岡本　しっ、その先は、

おかよ　先は、（囁かれて）先じゃない？……先じゃなくて、上？……下？　嫌だ。（けたたましく笑いだす）

龍馬　（慎太郎に）おんしの惚れゆう松陰先生なら、その先は狂の一字——狂う、いう意味ぜよ——ち言われたかもしれん。

おかよ　（けたたましく笑う）

三味線が鳴って、舞台は上士福川の行きつけらしい小洒落たふうの店。福川、龍馬、慎太、岡本、おかよ。従者たちはやや距離をおいた別室。

慎太郎　馬関での戦争のとき——

髭　馬関、下関のこと。

慎太郎　異人どもの黒船に、攘夷ちゅうて大砲撃《う》ちかけて、まるで歯が立たざった。完膚なきまでに破壊された長州軍の砲台から、彼奴ら、戦利品か記念品と思うてじゃろう、大砲を分捕って行きよった。木造りを黒く塗った見せ掛けばあのもんは、軽すぎてうっかり海に落とすとぷかぷか波に漂いよるし、寺の釣り鐘逆さに据えたばあのもんは、これはえろう重うして、運ぶに難儀じゃ。

岡本　恥じゃ、醜態じゃ！

福川　う、うーむ……

龍馬　ボロ負けに負けたがやき、しかたないろう、唸っても。

慎太郎　そのおり、付近の里の民百姓たちは、合戦の音がせんごとなったら、ぞろぞろ出て来て、その分捕られた大砲を異国の船に積み込むがを手伝い、助けた、へらへら笑うて。
岡本　やつら、日本人か、長州の百姓は！
おかよ　どうしたの、お侍たちは？
龍馬　逃げちもうたがじゃ、長門武士は、尻に帆かけて。
慎太郎　最後まで戦うたは奇兵隊と諸隊の一部だけじゃ。――松陰先生は言うちょられたげな、欧米諸国が日本を植民地にしたら――
おかよ　（聞き慣れない言葉）え？　何？
慎太郎　日本にゃ乞食が多いキ、やつらまず貧民院を作るろう、捨て子が多いき、孤児院を、病院を作るろう、日本人はどんどん外人を慕い、尽くすじゃろう……
岡本　植民地、言うことですのう、それが。
おかよ　ああ……
龍馬　それも長州の人民、強い奇兵隊も長州の、いや、日本の、日本人ぞ。手伝うた者の中から、奇兵隊に投ずる者のおったがかしれん。
慎太郎　わしが言いたいがは、龍さん、その心はあしの中にもある、言うことぜよ。
おかよ　へええ。（くすくす）
慎太郎　皆、強いものにつきたい、誰しも。ほじゃき、龍馬さんは人気がある。わしも好きじゃき。はは。
おかよ　あらあ。（龍馬に密着）
龍馬　妬けるか、慎太。
慎太郎　龍さん、背が高いき。
岡本　あ、やっぱ、妬いちゅう！

一同、笑って、冗談で終わるかと見えたが、打楽器。

龍馬　慎太よ、ほぼ見えた。おんしゃ幕府三百年を向こうに回して相撲を取ろうち考えゆう。陸援隊五十か七十だかをネタにして、わしらの海援隊も巻き込もうと。
慎太郎　おお。
龍馬　勝てるとしたら、いまだけが、その機会じゃ。幕府にゃ金と船はあっても人気がない――

いまを逃したら、いま叩き潰さにゃ、機会は遠い時の彼方に滑って行きよる。ふん、それがおんしの、薩摩の西郷や長州の桂と一致したいまのところ唯一の策か。——正しいが、違う。間違っちゅう。勝ってはならん、勝てても。
福川　（苛立った）これ、身共にわかるように話せ！
岡本　そうです、わしにも霧の中で、話が。
龍馬　（手をあげて制し）わしゃ、反対ながですよ、中岡慎太郎の意見に、合戦に。
福川　む、む、そうか、それを身共たちに、
岡本　やっぱり、坂本さんにはレッキとした答えがあるがじゃ。ねっ！　で、それから？
龍馬　（首を振る）わしゃ、ほとんど同論ぞ、慎太と。
岡本　そ、そげなあ。
龍馬　ただ一点、大樹公、十五代さまの処遇。
案内役　十五代将軍徳川慶喜を維新政府の中枢に、おそらく関白に。
髭　入れるか、入れないか。戦か、和平か。

しんとなる。打楽器、たとえば遠い潮騒のように。

慎太郎　……（頑なに首を振っている）
髭　慶喜本人はおそらく、自分抜きでは日本の政治が動かぬと信じていたでしょう。
案内役　——じゃ、彼入れる？　関白って実質的に首班、総理よね。でもそれじゃおんなしじゃない、それまでと、江戸時代と。
髭　なに言ったって後出しジャンケンだからな、俺たち、百五十三年遅れの。
案内役　へ、そんなもん？（自分の電子手帳の類を）私、算術弱いんだ。

髭、ちょっとタイムのTを示す。打楽器、協力。

髭　あの時この時、どうすりゃよかった、イヤこうすりゃよかった、のに、ああしたから駄目だった、とか、とかとかとか、大体意味ない。少なくとも乏しい。整理します。有害だったかそ

れともせめて無益無能で無害だったか、
案内役　何が？
髭　この時代のこんな議論が。ひいては、勤皇の志士なる者の存在が。ええ、言っちまうか、志なるもの、そのものが、どんだけ、
案内役　意味があったか。それとも……（髭、頷く）反対、極端に走るの、嫌い。

打楽器、その他。霧が出ている。

髭　マンガを含めて諸説紛々。何が正しいとか証拠がどうとかより、人気で決めたりとかのほうがよかったんじゃないか、なんて。
案内役　維新新政府の首班を？
髭　そ、共犯はわかってる（案「駄洒落か」）、勤皇の志士だか虎だか、狛犬だか、全員。
案内役　私戦争は嫌い。ゲヒ兄、あんたは？——男はほんとは皆好きなんだって説あるけどね、戦争。ほんとのほんとは。
髭　馬鹿な。
案内役　だってうんざりだもん、そうとしか思えないもん。好意的解釈だけどね。あ、伯父貴言ってた、過ちは二度とってての、あるでしょ。
髭　伯父さん、何て？
案内役　（胸をたたいて）必ず繰り返しますからって、人間は。それを証明するためにあるみたいだろ、世界の歴史。

龍馬と慎太郎は密度を増しつつある霧（スモークと紗幕）を、かき分けるように、か、かき回すようにか、歩き続ける。案内役たちは見守る。
音楽。

龍馬　慎太。何しゆうがな？
慎太郎　歩いちょる、霧でよう見えんが、ときにゃ、走る。
龍馬　慎太よ、お前ン、自分がわかっちょらん、ち、言うことは、人間がわかっちょらん言うことぞ。わかっちょるか？——人間は、利得でしか動かん、自分の利益になることしかせん。そ

うでないように見えても、実は廻り廻って自分の得になるキニ、する。それ以外ありようはない。嘘じゃ。こりゃ、大地を掛矢（大きな槌）でドン！　と叩くと同様、外れっこのない事実じゃ――

慎太郎　龍さん、海援隊のいろは丸が紀州藩の大船と衝突して、いろは丸は小さいキニ沈没した。……その賠償金を、八万両とったそうじゃな？……積み荷は最新式の小銃四百挺……嘘じゃろう、わしゃ龍馬さんは好きじゃ、けんど嘘は嫌いじゃ。

龍馬　下手じゃキニ、嘘が。おんしゃ。

慎太郎　ああ、固い約束も、破らねばならんとき、そら嘘になる。わしゃあどれだけ嘘をついて来たか！

龍馬　嘘のほうがずんと役に立つ、としたらどげんね？――

慎太郎　嫌じゃ、好かん、嫌いじゃ。わしゃそげん自分が許せん。

龍馬　お前ン、ひょっとして、いまも、安政の飢饉の時の北川村の、赤子たちの泣き声が耳について離れんのかえ？

遠く、赤子の餓えて泣く声たち――

慎太郎　……

龍馬　赤子のお袋さまの一人に惚れよったがと違うか？……はは、怖い顔するな、冗談ぞ……長崎にえい蘭方の医者がおる。診て貰うたほうがえい。（霧の中に歩み去る）

慎太郎　（素直に）ああ。そげんしよう、思いゆう。あしの頭痛も長いもんじゃき……ふいに、霞のかかったごとなって……ほいじゃき、へんしも書物を読みゆう、けんど……（ふと）龍さん、おるがか？……

霧の中から数人の武士が。互いに透かし見る、鯉口を切って。

若い隊員田中　中岡君か？

慎太郎　どなたかえ?

隊員田中　隊長の声じゃ!……陸援隊の田中です!……

　武士(陸援隊隊員)たち、呼び交わして、慎太郎を囲む。

慎太郎　何じゃ?……白川の屯所じゃ話せんことか?……おお、忠勇隊以来の、おお、清原君、山下も……

　遠近《おちこち》の鐘の音。人々が無住の寺の荒れた庭を、植え込み・石などで設営。

　慎太郎に近しい隊員田中は隔てられ、硬い表情の隊員が周囲を囲む。

案内役　この頃、京には無住の寺が増えていました……その一つ、ここは。夜が明ければ、死体が一つ、あるいは二つ、三つころがっているかも、それも近頃珍しくはない京の都です。

　鐘の音。重なり合って。打楽器も。霧は薄れた。

慎太郎　わしに腹を切れと?

隊員田中　話し合いじゃなかったがか?

隊員山下　(田中を小突き、遠ざける)

慎太郎　腹は、ちっくと、いかん、先約があるキニ。

髭　たとえば薩摩と土佐の倒幕密約。

案内役　でもほんとこの時代の人すぐ腹切るとか、切れとか言ったのよね。

慎太郎　ここで約束を破ったら、嘘をついたことになるキ……嘘を重ねて、嫌なもの、嫌いなものどもに押しつぶされて、あたら三十路に入ったばあの命を、はは……

隊員山下　こやつ、情けをかければ、ええ気に、

慎太郎　えいよ、斬らるるがなら、なるべく痛うないよう、斬ってつかあーさい。

　慎太郎、両刀を脱して、どかりと前に。跳びすさる山下たち。

清原　ふん。裁きに服する気か。案外往生際がえいの。
慎太郎　裁き、何の。
清原　陸援隊などと……禁門の変で忠勇隊に属してわしら共に戦うた……その生き残りの我らを利用して、藩の上士どもと結託し、行きどころのない浪士たちを、うぬは、自分の私兵として抱えこみ、隊長などと反り返って……
山下たち　この取引の値は？　何じゃ、なんぼじゃ、正直に言えっ。
清原　中岡、わしゃわかっちゅう。おンしが家の中岡家は、北川村の大庄屋ちゅうてん、姻戚のなかで不祥事があって、家の格も職務も断絶、郷士でもなく村役でものうなった——
田中　不祥事？
山下　（吐きすてる）色事の刃傷沙汰じゃちゅうわ。
慎太郎　そりゃわしの生まるる前の事ぜよ。やがて郷民大勢の嘆願で復職したと、
清原　じゃけんど、暮らしは楽にならざった——
隊員たち　（「えいぜよ、そげなこと」「何年昔じゃ？」など）
清原　おンしゃ、家の恥を雪ぎたかった——身分ちゅう制度の壁を攀《よ》じて、郷士の上に、あわよくば、武士の身分にへ登る——それが目的じゃろう。素直に吐けっ。
隊員田中　隊長、家が貧しいがは恥じゃないぜよっ！
清原　若僧、口を出すな。
山下　時が移っては邪魔の入りかねん。片付けよう。（仲間に目配せ）
清原　待て。
山下　何なっ？
清原　中岡、おんしゃ、ぜんたい、恨み、憎しみちゅうもんの、ないがか？
慎太郎　あるぜよ、そらあ。
清原　（吠える）嘘をつけっ！
慎太郎　嘘は嫌いだちゅうに——ま、勝手に話せ……泣きゆうがか、おンし？
清原　お前ンや才谷屋の龍馬らは、藩の重役どもにオッポ千切れんばかしに振って、茶屋酒奢ら

れ嬉しがっちゅう。その重役どもに、わしの兄貴も、お前ンの姉上の婿の川島総次も、役所の同僚の新井竹次郎も……皆騙されて死んだがぜよ……茶屋の勘定のおこぼれのハシタ金で、陸援隊なんちゃ、恥ずかしゅうないかが？

照明も、音響も、変化がある。音楽も。
死者の総次と竹次郎が人々に混じってしんと座っている。

髭　野根山二十三士。勤王党に心を寄せながら、慎重に穏健かつむしろ保守的な態度をとり続けた慎太郎の長姉の夫、川島総次たちも、禁門の変の影響で藩政府が勤王党弾圧に踏み切り、首領武市半平太らを逮捕投獄するに至って、ついに、寛大な処置を請願する建白のために動きだし、野根山に参集しました。

案内役　総次の妻の縫が心配して「あなた」、

総次　案ずるな、慎太郎を助けるためぜよ……あいつを、国に戻れんままにしとくことはいかんちゃ。

案内役　（縫として）でも、貴方様ももう、お年じゃきに、

総次　そうよ、ほいじゃき……何もせんで、終わりとうはないがやき。

案内役　縫に握り飯を包ませて、走るように出て行った、そうです。――これが、お城では、上を下への大騒動になりました。

髭　土佐では、関ヶ原の功績で山内家が領主として入府以来、山内家の上士が、進駐軍のように威張っていて、下の者、郷士以下には「道の端を歩け」「雨にも下駄を履くな、傘をさすな」「無礼者切り捨て御免」の特権さえあったと――しかし、関ヶ原、一六〇〇年から何年？――こんな場合、A、歳月とともに上下しだいに融和する。B、恨み憎しみが積もり重なり内攻して……

案内役　いろいろあるでしょ、そりゃ。二択？――じゃ、この場合B。

髭　東西に長い高知県、当時の土佐の国で、東と西、そしてお城下と、相呼応していっせいに立

つ、という夢は勤王党にとってあまりにも遠いいわば空想、殆ど妄想だった。それがまさに上士たちにとっては、その分現実的な――下の者を抑圧し、無意識にせよ苛めた、という父祖代々の記憶が、見えない恐怖と化して彼らを襲ったのでしょう。

鎧兜に身を固めた複数の武者、長槍を抱え、息弾ませて歩き回る。

案内役　（抜き刷りを読む）維新土佐勤王史によれば、野根山とお城の距離は十六里もあるのに、あたかもすでに敵の包囲まったただ中にあるごとく……狂ったように抜き身の槍を提げ、東西に馳せ違い、馳せ下り、馳せ登る……

髭　一方、新井竹次郎さんは言われた――

竹次郎　笞打たるるなら、同志の皆と打たれようぞ！

案内役　しかし、土佐藩は、一切の吟味（取り調べ）なく、ただちに――

打楽器。上士福川が、高位の役人として。総次、竹次郎は平伏。他の人物も慌てふためいて、小さくなる。――岡本、龍馬もこの景を見ている。

福川　（書類を）郷士清原径之助等、二十余人徒党を結び（打楽器）……事を構え強訴に及び（同前）……不届き至極、その罪吟味を待たず……速やかに首はねべきものなり……藩主公の御直書、当時お側監察の身共が草した。

総次　高知城下へ行くどころか、奈半利《なはり》川の河原に幕を張った中へ追い入れられ、

竹次郎　辞世の詩句を読む間もなく、

総次・竹次郎　斬首されました。

霧が濃くなって、うなだれた死者たちを飲み込むか。

清原　ええ、重役ども、許さん、何があってん、ぬしらわしの敵じゃ！　敵と手を組む奴ら、みな敵じゃっ。

龍馬　それは、幕府よりも憎いカタキいう事かえ？
清原　坂本！……
龍馬　清原君、ひょっとかすると、わしが違うちょったら勘弁じゃけんど……あんたのいっち憎い敵は、あんたのまっと近くに……すぐそばに……もしや、あんた自身の中に、おりゃせんか……わしゃそげに思えてならん……
清原　（山下と顔を見合わせるなど）ええ、何を世迷い言を、お前ん……本町の質屋の、才谷屋の分家の、寝小便たれがっ……
龍馬　おお、いかにもわしゃ寝小便たれじゃった、わっぱの頃——姉者の話では十四の歳まで。はは。（清原にずいと近寄る）あんたは餅を商いよるかが、いまも。こんがり焼いた餅を。

一瞬、呆気にとられる多数。が、若い田中がどっと吹き出す。
岡本も。笑いが拡がる。

清原　な、何っ……こ、この、

龍馬　気をつけてものを言いや、わしゃもう子どもじゃないキニ。
慎太郎　（間にさっと入る）わしゃ、カタキの大元、元凶は幕府じゃち思う。けんど、ほんのところ、いっち憎いがは、大殿——土佐の山内容堂公かもしれんのう。
岡本、福川、従者たち　（飛び上がる）「ええっ」「しっ、口がすぎる」「言うに事をかいてっ」など

——

龍馬　慎太がそれほど国を、土佐を大事に思いゆうちことぜよ、のう。あはは。

また霧。その中に消える人も、うろうろ来る人も。中に、おかよ。

おかよ　どないしたん、うちを一人でほっぽらかいて、あ、旦那さま、うちの殿様ぁ……（と福川に縋り、続いて龍馬にまといつく）
慎太郎　いっち憎い、カタキを——わしゃ土佐の大殿じゃちゅうた。しかしこの敵討ちはたかで

難しい。
岡本　当たり前です。そりゃ謀叛で、あんた大罪人じゃ。
慎太郎　西洋じゃ謀叛・反乱で世は動いちゅう、ち聞いたが、まっこと易うはない。なら、誰を斬れば――わしを斬れば胸がすく奴がおるがなら、わしゃ斬られてもえい。けんど、わしの胸は、誰を斬れば晴れる？――上士の誰を？
福川　む、ふふ、はは……坂本、そなたと、中岡は、どっちゃが上、その、腕は？
岡本　そりゃ、龍馬さんは、北辰一刀流免許皆伝、江戸は桶町千葉の……
龍馬　いかにもわしゃ道場剣法、人を斬ったことはないぜよ。
岡本　え、でも伏見の、寺田屋で、
龍馬　ああ、わしのいま女房にしちょるお竜が、風呂につかっちょったとき役人が、
慎太郎　まる裸で裏階段駆け上り、二階の龍さんたちに知らせたちゅうて、評判に、
龍馬　はしたない女やけんど、心を酌んでやっとうせ。いまは下関に預けゆうき、わしもよう会えんけんど。ああ、逢いたいのう。
慎太郎　お竜さんは、えいおなごぜよ。
龍馬　慎太は仲がえいのう。ありゃ、易うは人に懐かん猫のごとあるに――
慎太郎　素っ裸か、それとも、
岡本　はあはあ、で、どっちなんです？
龍馬　そげなこと、わしに言わすがか？（岡本の襟を絞め）逢いとうなるろう。
おかよ　あほか。（ぷいと立ちかけ、福川に止められる、など）
龍馬　ああ、わしゃ長州の高杉に貰うた洋式拳銃で、役人を撃った――
福川　いま、その拳銃は、
龍馬　……死ぬとは思わざった……人斬りのことなら、わしより慎太が、
慎太郎　（手を振る）度胸剣法いう奴で、わしが流儀は。
おかよ　の、免許皆伝？
慎太郎　御重役。（福川に）話を、聞いてくださる

か。
福川　中岡。……我らは、真実、この乱れた世に生き抜く道を、求めゆうがじゃ、すなわち、我が藩の生きる道を。……大殿様の御心とて、同じじゃ。
慎太郎　……（見つめる）そうですかえ。
福川　このままでは、薩摩、長州に、遅れをとる。かつて薩・長・土と、勤王の三本柱と呼ばれた我が藩が、いまや、世に忘れられつつある！

打楽器。福川の高声に若い陸援隊の田中らが、姿を見せる。

おかよ　（発見）焼き餅ですか、殿様。アラ、堪忍どすえ。
福川　忠義じゃ！　君に忠、これより他に武士の生き方はない。
龍馬　チュウも餅が好きで、よう齧る。
岡本　坂本さんっ。
福川　坂本とその配下、亀山社中の面々は、すでに海援隊として重役後藤象次郎が責任を、中岡の一党は陸援隊、藩としての責任担当は参政の、この身共である。すでに決まったことぞ。しかるに、隊長の中岡が身共を——嫌うておる。
龍馬　慎太が、なーんの、好きの嫌いのと、おなごンごと。……おい、何とか言え、慎太郎。
慎太郎　あんた（福川）も、もし上士に生まれ育ちもせず御重役でもない、なら——
岡本　これ、中岡さんっ。
慎太郎　えいお人かもしれん、ち思うことは出来ますぜよ。
龍馬　（岡本を制する）
慎太郎　そこでわしゃ思うたがです、あんたをえい人にするには、まず上士でなくすることじゃないろうか。
福川　何を申す、そのほうは——
慎太郎　殿様が憎いなら、殿様でなくして差し上げりゃえい。侍どもが憎けりゃ、全部なくして、均して、サラ地にしてしもうたらえい……違いますろうか？

打楽器。また、鐘が聞こえはじめる、遠く近く。

おかよ　均してしもたら……それから？

龍馬　（夜空の塔を指す）たとえて言えば、あっちゃこっちゃに高く聳え立ちゅう塔……それがある日ある時ガラガラと崩れ壊れたところで、地べたに近く暮らしちゅう者たちには、見ゆる景色がさして変わるわけではない、目の高さが変わらんキニ……が、見晴らしのえい高殿に住み暮らしておられた方々には、世界がすべて変わる……

岡本　それは、天地の逆さになったごとありましょう……ふうん。

福川　それで、世が治まると思うか？――異国は知らず、この皇国が。

おかよ　コーコク？

福川　武士が、上に立つものが居らなんだら、立てるべき世の筋目が……（抑えて、懐から書類）「時勢論」「窃かに知己に示す論」そのほうの草したものじゃな？

慎太郎　それが……どうしてあなたの手に、誰が？

福川　忠義は、誰がしても立派な行いぞ。いや、この文に、異論はある。が、率直に申さば、身共は動かされた……ここに、今日の事態の解決に向かう道の、まだ芽にすぎないものにせよ、幾つかがあるのでは、と。……これをそのほう、誰から学んだ？

慎太郎　友です。

福川　いかなる友に吹き込まれた？……土佐に招きたい、その御仁にも師と呼ぶべき方があろう、その師匠をも招いて、教えを乞いたい……

慎太郎　異論を、まず、言うてつかさい……

福川　むろん、報酬は、十分に。

慎太郎　師は、吉田松陰先生。

福川　（色をなした）その者、安政の、

慎太郎　大獄で。……わしゃ、ついにお目にかかってはおらん。が、心は弟子です。そして友は、その第一は、久坂玄瑞。

岡本　禁門の変で……長州勢の敗北が明らかとなった鷹司公邸で、自刃した、と調べが――ええ

っ、も、もしや実は、生きて、（福川の憤怒の形相に、言葉が震えて消える）
福川　嘲弄するか、身共を！
慎太郎　久坂は、わしを松陰先生の教えに導いた恩人であり、友です。そして、高杉晋作。
おかよ　死んじゃった人ばっかし。
龍馬　（座持ち）慎太、伊藤俊輔の通弁で、サトウちゅう外人と話し込うどったな。
慎太郎　ああ、わしゃ、外国へ行きとうてならん……
田中　サトウ言うたら日本人——ああ、あいのこ、え、それも違う？
慎太郎　率直に言うなら、わしゃ、何事も、ただ人の言葉に従ういうことが出来ざったがです、鈍い頭で、ぐるぐる考えて、ぐつぐつトックリかえしコックリ返し……
龍馬　慎太は、こげな奴です、中岡は……
田中　慎君は、いえ、隊長は、はい、まっこと。
福川　（持て余した）相わかった。
おかよ　かわいいわ、色は黒いけど。
慎太郎　御重役。異論があると言われました。どうぞ。
岡本　まあ、えいじゃないですかえ。
福川　いや、ここは言うたほうが。（岡本に一喝）下がっておれ。……中岡は、この「いま」を変えねば、「これから」の我らの世界はない、と言う。——しかし「未来」は、「今」の中からしか紡ぎ出せはせぬ。生まれぬ。いわば「これまで」の経験と記憶の中から「これから」は生まるる。……身共は土佐二十四万石を預かる重役（参政）の一人として、慎重ならざるを得ぬ。……のう、坂本よ、中岡よ、経験と知識の積み重ねこそが全てではないか？……それが人の踏むべき大道、人間の知恵であり、歴史ぞ。

福川の説得力ある熱弁に惹かれ、近づくものもいる。

田中　（かなり感銘した）まっこと……考えちょられますのう、御重役も。

福川　むふ、ははは……

龍馬　（慎太郎を抑えて）言うてえいですかえ。

福川　むろんじゃ。

龍馬　いまの世の有り様は、これまで誰も経験がないですろう。

慎太郎　知識も、のう。

龍馬　先の見えず知識経験もないところに、真先かけて踏み込うで行くがもまた、上に、また先に立つものの責任ではないか、とわしゃ思えてならんちゃ。いかがですかえ。

福川　なればこそ、力を集めねばならん。そのほうたちも知恵を貸せ。悪いようには致さぬ。……身共に一案がある。……海援隊、陸援隊、併せて翔天隊、とはどうじゃ？

龍馬　しょうえい話ですのう。

慎太郎　龍さん、土佐二十四万石を抱き込む気か？

龍馬　抱き込まれて溶けて消ゆるか……ふふふ……

おかよ　どの道、博打やさかい、生きるって……うちら、弱い者にゃ、ね？（龍馬の肩に凭れる）

打楽器。

案内役　一八六七年、慶応三年、十一月十五日。

七人の黒い笠の武士、登場。

菰を被った乞食のような、実は密偵、慣れた動きで擦り寄って、与頭佐々木と何やら囁きかわす。

密偵升次　（押し殺した声で）雨が上がって、また出て行きましたえ、玉は。

与頭佐々木　どこへ？

密偵升次　三軒南の、大和屋。土佐藩参政の福川が、女を囲うて。——おかよいうその女に、あいつ、思し召しが、どうも、へっへ。

佐々木　坂本がか。

黒い笠丁　踏み込みますか、そっちへ。

佐々木　（首を振る。密偵に）近江屋に、彼奴が戻ったら、知らせてくれ。

密偵升次　よろしおす。

黒い笠丙　近江屋のほうが、土佐屋敷と目と鼻で（危険度が高い）、

佐々木　さればさ、彼奴ら、油断を。（仲間に）もう少し待とう。（顎で指示）

それぞれ、散る。

案内役　この夜について書いた文章は無数にあります。でも、私が好きなのは、この夜の事は実は書きたくない、と、あるいは、その気持ちが滲んでいる文章なのです。

髭　一両日中に薩摩長州の大軍が都入りするだろうと見られていました。この月五日に、龍馬は福井から帰京、同行は数人、それが瓦版には海援隊三百名を引き連れてと書かれたようです。しかし龍馬は、この頃幕府の要人と交渉があり、その一人若年寄格永井尚志通称玄蕃頭は、新撰組の近藤勇と親しく――

案内役　当時幕府側の危険な暴力グループとしてはまず新撰組でしたから、永井と親しい自分に危険の可能性は乏しい、と判断した龍馬に、油断があったことは否めません。

髭　むしろ当時は、陸援隊のほうが武力蜂起のための暴力部隊と見なされて、慎太郎の危険度は高かったと言えるでしょう。そして問題は、合戦か、

案内役　和平か。

髭　反幕府勢力の大方は、幕府を倒すことには一致していても、その手段が、武力で打倒するか、それとも、

案内役　和平の努力によって解決するか――

髭　慎太郎の陸援隊が、武断派、

案内役　龍馬の海援隊は、平和解決派をそれぞれ代表する勢力と見なされていました――ですから、この双方の争い、いわば内ゲバが近江屋事件だった――

髭　という見方は当然、成り立ちます。

案内役　でも私は、だからこそ、この二人がこの夜、何を話し合っていたのか、

髭　むろん、斬り合った、という説も。風邪で火

鉢を抱え込んでいた龍馬を慎太郎が（ずばり、斬る真似）。

案内役　おお、厭。

髭　実のところ、事件の起きた時刻さえも、正確に詰めることができません。識者研究者の方々の文章でも、その元になった原資料、即ち同時代の日記記録、手紙書簡公文書の類が、どれも正確さを欠いていているためでしょう。結局諸説紛々の印象が強いのです。

案内役　いいのよ、細かい時間なんて。

髭　でもこの日の夕暮れ、または夕刻、

案内役　同じじゃない。

髭　または、一日を昼と夜に分けて夜、中岡慎太郎は坂本龍馬に招かれて、ここ近江屋を訪れた——というくらいしか、確かには言えないんです。やれやれ。

黒い笠乙（渡辺）、気分が悪いか遅れがちな世良敏郎と——

黒い笠乙　世良うじ、どうなされた？

世良　いえ……私、生来酒を好みませぬゆえ、いえ、もう、大丈夫です。

踊りのための笛、太鼓など、チューニングのつもりか、聞こえてくる。

黒い笠乙　ふふ、雨が上がれば早速お出ましか、大神宮の御札に浮かれて踊り騒ぐしか能のない愚民ども。

二人、やって来た慎太郎とすれ違う。慎太郎は近江屋の内へ。

黒い笠たち音もなく寄り集まる。密偵も。

黒い笠丙　いまのは、陸援隊の。替名を石川誠之助などと。

黒い笠甲（与頭・佐々木）しっ……

鐘の音。

案内役　五つの時の鐘。おおまかに、日が暮れると六つ、暮六つ。それから一時《いっとき》、二時間経った時刻が五つ――ええ、数を引いて行くんです……

髭　龍馬はまだ近江屋にいません。三軒南隣りの、大和屋。土佐藩重役福川さんの妾宅、おかよさんの家です。あれ、なんだかもちゃもちゃしてますね。

龍馬が、おかよの手を引いて、連れて出ようとしている。おかよは行きたいのだが、飯炊き婆さんの目が怖い。

おかよ　でも、うちの殿様が、

龍馬　お前ンの旦那孝行はようわかった。でも御重役は、今夜早うは戻らんぜよ。わしにも関わりのあることじゃキ、ええか、旦那は他の重役どんたちと大事大切な相談事がある。これは旦那一人では決められんことじゃ。けんどほかの重役どんたちゃ、今夜芝居を見に行っちゅう。

おかよ　あん、うちも行きたかったのにい。

龍馬　芝居のはねるまで、わしがとこで、飲んで待とうぜよ、な?

飯炊き婆　(おかよの動揺に鋭く) これっ。

龍馬　(婆に) あのなあ、わしらは土佐の町人郷士いうて、百何年このかた、上士いう生まれついてのお侍さんと憎しみ合うて来た。それを今ここで、仲ようなろうと、

婆　へへ、そないなこと、上は上、下は下……

龍馬　難しいのう、易うは越えられぬ切り立った壁のごとある……けんど、越えがたいものを越えたい、それが、わしの、なんちゅうか、生きる頼り、張り合い――意地、ひょっとかすると、ココロザシでのう……現に、ここの殿さん方まで怖がりよった陸援隊の中岡とも、なんとか話がつきそうなところまで、いま……ほじゃき、ちびっとでも早う安心させたいと……(時の鐘) や、あんまり待たすと、あのヘコむつかしいイゴッソウ、出臍ブンねじ曲ぐるき、たまるか……ほんじゃ、気の変わったら……あんた、ほにほにえい女子じゃのう……

龍馬、出て行く。おかよ、追おうとしかけるが、婆に抑えられる。

福川が隠れ場所から、そっと顔をのぞかせる。

打楽器。

近江屋前の道。打ち捨てられた菰の堆積としか見えない密偵たち。

その間を縫うかのように龍馬小走りに、近江屋へ。

婆が姿を見せ、密偵升次に頷く。

近江屋二階。上手八畳間は龍馬の居室、この部分を中心に、少し高さが。稽古舞台か、何かの結界のように。

反対側（下手）に龍馬の従僕藤吉（元力士雲居竜）、楊枝など削る。

龍馬　（入って来る）中岡、いや石川……慎太……（うろうろと）何処ェ行きよったがか……こげな時、約束を袖にする奴じゃないが……

慎太郎　おーい。（物干し台に寝そべっている）

龍馬　何じゃ。何をしゆう、そげなところで。

慎太郎　龍さんは海が好きじゃのう、お城下は海が近いき。

龍馬　おンしの生まれ里の柏木は、山また山の奥の奥。

慎太郎　けんど空は見ゆる。鳥の声も響き渡る。わしゃよう思うた、あげな高い空を舞いゆうものたちの目には、わしらはどげん見ゆるろう、わしたちの国は、里は。

龍馬　山ばかり、樹々ばっかしぜよ、土佐は。……狭うて苦しうて、せちこせちこばあ皆しゆうが。（咳き込む）ほいたら慎の字、そっから空の見ゆるかえ？

慎太郎　見えん、何も見えん。甍を競う都の海の暗い景色ばっかしぜよ。

龍馬　ほいたら早うこっちゃ来い。風邪引くキニ、わしがごと。

慎太郎　ほいでもわしゃ、物干しが好きじゃ、なんぼうにも……

八畳に来て、火鉢を抱えた龍馬と向かい合う。
習慣のように、衝立の陰に大刀を置き、龍馬の
前に座る。龍馬、その様子を見ている。

慎太郎　や、いつもながら、世話に……

龍馬　なんちゃあない、なんちゃあない。

髭　この日、二人が会った用件は、もと土佐五十人組の宮川助五郎が三条大橋の高札を引きぬいた咎で、昨年から奉行所の牢にいたのを白川の陸援隊に引き取ることになり、その手続きその他いろいろ面倒があったのは、いつの時代も同じ。その話自体は事務にも堪能な龍馬と、以前は村役人見習の慎太郎ですから、簡単だったのでしょう。

岡本健三郎、菊屋書店の峰吉と、襷などして、おっかなびっくり、覗いて、二人が談笑しているのに、びっくり。協力に消極的だった藤吉は「ほらな」といった顔。

龍馬　何だ、おンしたち、あぽんと口を開けて。

岡本　いえ、私、も、もしや斬り合いに、

慎太郎　岡健は役目柄じゃき、しょうがない。けんど、峰吉、子どものお前ンまで。

峰吉　いえいえ、私は岡本さんが心細がりますよって。でも、わて、お二人とも大好きどすさかいに……

龍馬　斬り合いを見とうない、か？

慎太郎　せんならん時は、せにゃならぬ。そればあの事じゃ。

峰吉　そうかて、

一同　（笑う）

打楽器。ささやかながら酒宴の趣。茶碗酒に香の物。大徳利。

岡本　で、承知したんですか、ヘコいごっそうの中岡さんは。

慎太郎　何を。

岡本　何をちゅうて、上士たちと手を組むんです

か、あんたまで。陸援隊も。

慎太郎　龍馬さんはそげん言うちょる。わしゃへコいごっそうじゃキ、ちくと別。

峰吉　そやけど、薩摩と長州の連合のときは、慎太さん、足をすりこ木にして、東に西に、南に北に、走って回って——中岡の足にゃ羽が生えちょるのか、言われて、

岡本　うむ、薩長連合の功労の一は、中岡さんと土方楠左衛門どのはじめ、大勢が、

龍馬　おお、わしもそげん思う。ほにゃほにゃ、そげん言うちくるる人は多い。

慎太郎　（首を振る）わしゃ、走って回るうち、いくらでん説教されたがよ……薩摩と長州の間にゃ、肉親を失い友を殺され、長の年月、降り積んだ恨み憎しみの重さが大地を穿ち、いつか目に見えず底の知れぬ深い谷と淵を作った……まともに覗きこうだら、手足がすくんで、呼びかくれば声も吸い込まれて、谺も返らん……

藤吉　わしも聞きました、薩摩と長州の縁組は、親の仇と子の仇が祝言するようなもんや、て……盃ごとは終わっても、新床に九寸五分持ち込んで、血の海が関の山、明ければムクロが二つ……

龍馬　かもしれんのう。おおきにそうじゃろう。

峰吉　それでええんですか。

慎太郎　わしが五百人千人居たっちゃ、最後の詰めは龍馬さんぞね。将棋でいうなら飛車が敵陣に入って成ったら、なんちゅう？

峰吉　龍。

慎太郎　角が成ったら？

嶋吉・藤吉　成角、馬。

慎太郎　龍馬《りょうめ》ちゅうがぞ。（一同、感嘆）千里を走り、かつ自在に動く……

岡本　坂本さんピッタリじゃ。

龍馬　（首を振る）縁の下の神楽舞いちゅうが、誰の目にも見えんく（所）で一心に舞うおンし（慎太郎）がごと、汗と涙と鼻水鼻クソを肥やしにやっとこ開く花が、人の心を、ひいてはこの世を、一寸でも、もし動かしうるものなら、きっと動かすろう……

慎太郎　（手を振る、怒ったように）わしゃ、禁門の

変では、大事大切の友を亡くしよる。薩摩に殺された、ち思いよった。いまも思っちゅう。けんど、その薩摩と長州が手を組むために、わしゃ駆けずりまわった。土佐の上士にゃ、幼馴染みも、親族も殺された……

岡本　それでも、日本のためには、こらえよう、と。

峰吉　大義のためどっしゃろ？

慎太郎　言うちょくがのうし、そげん利いたふうなことを言う奴を、俺ゃ好かんぜよ。

岡本たち　（震え上がる）……

慎太郎　世の中が音をたてて動きゆう、唸り声を立てて。――あいつら、多寡をくくりゆう。新しい時代の担い手たちに話を通して、うまいことやろう、やれる、と思いゆう。――その薩長の担い手たちに通じる細道けもの道を、坂本龍馬や格は落ちるが中岡が、多少案内を勤めることが出来るなら、使うちゃろう、多少の出銭は止むを得ん――

龍馬　慎太、あいつら、俺らの仲間を、友を、親族を縁者どもを、牢獄に、また奈半利川原に、無慈悲に殺してのけた詫びを――ひと言でも言うち思うか？

慎太郎　できんろう、悪いことをした覚えが、やつら、ちびっとも無いがやき。それが役目じゃ、務めじゃ義務じゃ――人の皮かぶりゆう、人でなしぜよ。

龍馬　そんなもんぜよ、人ちゅうは。

慎太郎　人は、人でないじゃと？

龍馬　ああ、そうじゃ。けんど、土佐二十四万石を、その人でなしどもに任せて、捨てるわけには行かん、わしゃ商人の息子じゃキ。――なんじゃ岡健、尻もぞもぞしよって……帰りたいがか？

岡本　（いざりながら階段口のほうに近づいていた）いいや、ちくと、野暮用が、

慎太郎　はは、例の亀田へ行くがか？

峰吉　ほら、生薬屋の娘の、

龍馬　おお、美形で評判の。岡健が釣り上げたがか？

藤吉　わし、話しましょうか？
岡本　（小さくなって拝む）そ、それは、ご勘弁を……
龍馬　待て。腹がへりよったキニ、軍鶏鍋でもち思うてのうし。
慎太郎　そらえい、わしも呼ばれよう。
藤吉　お使いなら、わしが、
峰吉　いえ、鳥新は私、親しゅうしてますよって、ほな、岡本さんとご一緒に。
龍馬　そうか、すまんな。雨は上がったが、ぬかるんで難儀じゃろう。
岡本　（ほっと）それでは、ご両所。

笑声に送られて岡本と峰吉、提灯を手に、階段から道へ。鐘の音。打楽器。
菰を被った連中が音もなく動く。

案内役　時の鐘で、京都見廻組（髭　今日ほぼ定説）——の、何人かは定かではないのですが、この劇では、烏のような男たちが、再び動きだします。

道。または小さな居酒屋の一隅。密偵の菰が臨時の塀だったり。

世良　待ってください、私は、不束者《ふつつか》で——
黒い笠渡辺　これっ、与頭の佐々木様と我らが定めた手配、従えばよい、貴公は。
世良　し、しかし、私は、ぜひ、斬り込みでなく、見張り役のほうに。
渡辺　これ、土佐屋敷の目の前、気づかれて土佐藩のものが繰り出しては忽ち多勢に無勢、万事休する。されば、上の、お指図、下知のままに
——
世良　は、はい……
黒い笠今井　（耳をそばだてて）お頭……例の愚民どもが、性懲りもなく……

なるほど、例の笛や鉦、太鼓がまた聞こえだした。

黒い笠丙　ちっ、どうでも一騒ぎ、やらかそうと、
黒い笠丁　邪魔だな、道を替えさせましょう。
佐々木　待て、ことは密を要する、うむ……うむ、これを利用せん手はない――（仲間を集める）

近江屋二階、龍馬の居室（八畳）。笛や鉦の音はやや遠く。
龍馬と慎太郎、対座して茶碗酒。香の物程度。

龍馬　お前ン……白川の屯所でも、我が居室の入り口近くに衝立（屏風）を立て、その外側に刀を置きゆうげな、いまここでも、やりゆうがごと。……自分は丸腰じゃキニ、斬りたい奴は斬れ、いう心かえ？　いつからそげん肚の座った？　隊長。
慎太郎　白石屋ちゅう下関の商人、回船問屋、知っちょりますろう。
龍馬　おう、わしもようけ世話に――白石屋正一郎どのにお世話をかけちょらん志士も虎も、熊や狼も、猿もおるみゃあ。
慎太郎　あるとき、こげん言われたがじゃ、わしに――

白石屋正一郎の姿が浮かぶ。痩躯の老人。

白石屋　さて、ここに一つの秤があるとして……一つの皿には、利益、損得、また名誉、誇りなど、一緒に載せるとしましょうか。そして、もう一方の皿には、何を？……
慎太郎　それらに釣り合い、張り合うだけの重さがなくては、と？……
白石屋　さあ、あなたなら、なにを載せます？
慎太郎　……
白石屋　一方に、利益、損得、名誉、誇り……恥……
慎太郎　わしゃ、そのとき、答えることが出来ざった……

注目している案内役、髭、耳をそばだてた。赤子の泣き声――

龍馬　慎太、おンしにゃ、いま北川村の赤子の声が聞こえゆう……おンしの岡惚れしちょったに手も出せざった村の娘の、嫁に行って出来た赤子ン子の。（立ち上がった慎太郎に）当たりかえ、やれ、また当たってしもうたがか……座れ。座れっ。

慎太郎　皿の上に載するにゃ、わし自身そのもの、いやそれ以上の、大事大切の宝――

龍馬　おお。それは？

慎太郎　何も持っちょらん、わしゃ、みごとに、わしちゅう奴は。（龍馬が何か言いかけると）聞いてつかい――聞けっ。

龍馬　お前ン、一方の皿に載するものを、はなからわかりよったがじゃないがか。

慎太郎　ああ。捨てらるるもんが、ほかにゃないキニ。

龍馬　ふん。ひょっとかすると……一緒に言うてえいかや。

二人　（同時に）命。

龍馬　ふん。

慎太郎　さきは言わんでつかさい。わしゃ龍馬さんに訊きたいことのあるがじゃ。順序不同で恐縮じゃけんど、聞いてつかさい。

龍馬　おお、何を？

慎太郎　龍馬さんは言うた、人間は利得でしか動かん、自分の利益になることしかせん。そうでないように見えても、実は廻り廻って。――そりゃ、人は、人をほんにほんに好きになることはない、ちゅうことかえ？　そげん意味になりゃせんかえ？

龍馬　……

慎太郎　その人のためになるなら――生きる、死ぬ、ばあじゃないキ――その人が旨いものを食うて、おいしいと思うちくるるがなら、

龍馬　おンしが我が心をしっかと覗き込うで、それがいっち嘘偽りがないち思えたなら、それでえいがじゃろう。ああ、（迸《ほとばし》るように）わしゃ、お竜に逢いたいっ……

慎太郎　なし、下関に預けて来ちもうたがですかえ。

龍馬　慎太、あいつの願いは、生きる目的は、欲は……何か、おンし、わかるか?
慎太郎　（苦もなく）まず願いは、龍さんとおること。
龍馬　（頷く）当たりよった。
慎太郎　生きる目的は、と、龍さんと一つになること。（頭を掻きむしる）
龍馬　おお。
慎太郎　欲は、出来るだけいつでも、そげんあること……龍馬づくしじゃのう。
龍馬　わしゃ、お竜づくしぞね。……あいつ、少しは本も読む。月琴も弾く。そら、わしが喜ぶきに。

打楽器、いらいらと、しかし控えめに。

龍馬　あいつ、昼日中、手をつないで歩こうとしよる。町中でも、里でも。
慎太郎　えいがじゃないですか、龍さんもそれをしたいがなら。そうか、龍馬さんにゃ、しょう忙しい仕事が待っちよる。こりゃ難儀じゃ。
龍馬　霧島山の頂に登ったら、天の逆鉾、あるろう。作り物じゃろういうたら、本気で引き抜いて、放り出しよった……大騒ぎぞ。わしも手伝うたけんど、実は。はは。
慎太郎　可愛いが、難儀ですのう。
龍馬　難儀じゃ。……遅いのう、峰吉は。軍鶏が羽ばたいて夜空を飛んで逃げたか。

時の鐘。例の「ええじゃないか」の囃子も、やがて近づく。

案内役　私は、二人が軍鶏鍋をつつきながら、何を話したのかに興味がありました。でも、軍鶏鍋は実現しません。残るのは私たちの空想あるいは妄想だけです。
髭　私にも、二人に訊きたいことが。それは、未来について、です。この少し前、龍馬は越前福井へ、行っていました。三岡八郎、のちの由利公正に会うのが目的、そして主な話題は、貨幣の鋳造権を、反幕府側で抑えることでした。財政の大元をこっちへ握ろうという。

案内役　そして、のちに「五箇条のご誓文」に発展したとされる「船中八策」広く会議を興し、万機公論に決すべし、民主主義の基礎ですね。もっともこれ龍馬さんが空中からマジックみたいに取り出したアイデアではなく、横井小楠、岩倉具視等々大勢の頭を絞った積み重ねが、まあ。

髭　福井でも相談した由利公正が文章にして、土佐の重役福岡孝悌が修正を加え長州の木戸孝允が加筆訂正した、とされています。

案内役　ゴチャゴチャ言わない、ナニあの人が息をふっと吹き掛けりゃ。

龍馬　ほたえなっ。

しんとなる。案内役たちと龍馬たちの見えない壁が、壊れた？　照明などの変化あるか。

髭　聞こえたんですかね、百五十三年昔の人に。

案内役　知らない、私知らない。でも、歴史を読むって、つまりは過去の人間と対話することだから――

髭　（即）その夢を見ることだから。――そうか。しっかり自分を覗き込むことが出来れば、同じじゃなくとも、少なくとも、近いかも。

案内役　大きく叩けば大きく鳴るって、龍馬さんが西郷隆盛さんの印象を先生の勝海舟さんに問われて語った言葉、あれ、龍馬さん自身のことだったかも――

龍馬　のう、わしを持ち上げ過ぎんでくれ、わしゃ、ときに女子に狂うて、他に何も見えんようになる、それだけの男じゃ。

案内役　どうして、そんなに女を、女ごときを（本音ではない）。

龍馬　天下国家が大きゅうして、おなごのことはこまい、ちんまい――そげなことはない――ち、乙女姉さんに叩きこまれたぞね。

慎太郎　本町通りの坂本のお仁王さんですな。

ふいに、夏の盛りの蝉しぐれ。

龍馬　夢だったかしれん。たぶん、夢じゃ。眠り込うじょったあしが、乙女姉さんのふとか胸にきつう抱きしめられて、息の出来んがごと……おおかた、母者の身罷られた、あしが十四の歳の夏じゃ……おと姉さんは十七。

慎太郎　ははあ。

龍馬　ちんちんが、固うなったぜよ、痛いくらい。

慎太郎　わしゃ、聞いちゃいけん話を聞きゆうがか？　ほいたら、いらん。やめてつかさい。もう一つ。いまの道は、一つしかないがか、それとも……合戦か、平和か。

龍馬　道は、一つしかないのか、それとも……

髭　やっぱり聞きたい。俺、雑な人間で雑に生きてますから、雑に言います。龍馬さんの魅力あるいは人気の理由は、滅茶苦茶大ザッパに二つ。一つ、日本を今一度洗濯する。（案「センタク宣言」）二つ、平和主義。

案内役　で？

髭　この二つ、矛盾します。「日本を今一度せんたくいたし申し候ことにいたすべく」この宣言、いやいや出典は文久三年一八六三年六月二十九日付け姉乙女宛書簡。ただしこの言葉のすぐ前に彼は書いています。「姦吏、くされ役人どもを、一事に軍《いくさ》いたし打殺《うちころし》」うんぬん。〈洗濯〉の内容です、これが。

案内役　ま、姉さん宛の私信だから、わかりやすく、とか。

髭　矛盾は矛盾です。かなり古典的な。俺、龍馬さんが死ななかったら戊辰戦争も西南戦争もなくて、日本を平和に洗濯できたんじゃないか、いま彼がいたら――とかって期待する龍馬ファン（案内役の眼に脅え）は、は、犯罪的、いえ、ひ、贔屓の引き倒し――

案内役　ふ、ふん。へ、屁理屈。嫌い。（一撃で倒した）ほっ。

　打楽器、ほか。場面は道か。雨が上がって、霧。黒い笠、敏速な移動。「ええじゃないか」の音響。

佐々木　あの愚民どもの浮かれ踊りは、四条通りを河原町で曲がる。幾組も続くあの騒ぎがもっとも近づき、賑やかに、そして遠くなったとき、我らは役目を果たし終えて、あの唄や踊りに和して、紛れながら、引き揚げる――よいな。
黒い笠一同　（低く）合点。
黒い笠渡辺　手配の振り分けを確かめる。階下に住居する町人どもを制圧の担当、（何人か挙手）見張りの担当、（同前）二階へ斬り込む組。（最後に世良も挙手）お頭は、
佐々木　身共は、二階との間に位置をとり、検分と指揮をとる。
世良　卒爾ながら……上《かみ》のお指図を、いま一度。
佐々木　（渡辺を制して）土州坂本龍馬には不審の筋あり、先般伏見にて捕縛せんとしたが、短銃を放ち、伏見奉行組同心二名を射殺した。近時河原町三条下ル土佐藩邸向かいの町家に旅宿、此度は取り逃すことなく捕縛せよ、これがお達しである。
世良　（頷く）捕縛。

佐々木　万一手に余らば、討ち取れ。
世良　手に余らば、万一。
佐々木　拳銃の所持は、これまでには確かめ得なかった。各自心して臨むがよい。

「ええじゃないか」の音響、音声、地響きと近づいて来る。

黒い笠今井　お頭。
佐々木　（頷き、合図）

黒い笠の武士たち、また菰をかぶった密偵たちも動く。

案内役　昔、東京の地盤のゆるい下町に住んだ私は、大型トラックの通過でも、地震のように地面や家が揺れて、怖かった記憶があります……大勢の人々が大地を踏みならす迫力は、慶応三年の河原町四条でも、かなりのものだったでしょう……

この「ええじゃないか」音響は、適宜遠く近く——

打楽器。近江屋二階上手八畳。

慎太郎　わしゃ、将軍家が土佐の大殿名義の、実は龍馬さんの手になる大政奉還の建白に乗ったがは、ミソは上下の二院制にあるち思う。上級の武士は役に立たん、物の役に立つがはどの藩でも身分の低い、松陰先生の言われる草莽《そうもう》ぜよ。その力を使わねばもろもろ外国の圧力に抗い得ぬ。つまり下の力を利用して上の者が仕切る。これで当面の危機は、と、

龍馬　許せんがかや、それが。慎太。

慎太郎　勝つ味を覚えた草莽は、昔の武士に仕切られちゃおらんぜよ。

龍馬　奇兵隊か。お前ン、世界の奇兵隊を造りたいがじゃ。そうじゃろう。

慎太郎　「なにとぞ、乱麻となれかし。乱麻の行く末、お見据え候」か。ランマ。麻のように乱れもつれた世、世界。

龍馬　松陰先生か。けんど、上も下もなくて、戦が出来るか。船頭の命令なくして船は動かん、山のごたる荒波を、手懐け騙し乗りこなし、

慎太郎　命令じゃのうて約束じゃ。約束は守る。決めたら命に懸けて、上の命令じゃキ従うがじゃない、人と人が、人間同志交わし合うた約束じゃキニ守る——

菰の密偵たちが動き、黒い武士たちが来て、配置に。

慎太郎　次にはまた新しく約定を結ぶ……平等の資格で論じ、入札で伍長を決め、進退その令に従う……

龍馬　待った。そりゃ夢物語じゃないかえ。ユートピーとかいうた。サトウいう日本人より日本語の達者なエゲレスの若いのから聞いた。

慎太郎　ユーは無、ないちゅう意味、トピーは所、場所。どこにもないところ——

龍馬　それを作りたい言うがか、慎は？——殷鑑

遠からず、海のすぐ向こうの太平天国は――人間の、男女の平等、土地の均分などえい事ばあ語って南京を占領したが、三年前に消えた、無うなったぜよ。

慎太郎　消えた？

龍馬　メリケンやエゲレスの将校の指揮する常勝軍に歯が立たざった。

慎太郎　消えやせんろう……どこぞで、どうにかして、どうひても（ぶつぶつ）田有リテ同《とも》ニ耕シ飯有リテ同ニ食シ、衣有リテ同ニ穿チ、銭有リテ同ニ使ウ……

龍馬　（深く重なって）江戸の銀座を京に移す、この一箇条さえ行われるなら、将軍職はそのままでも名ばかりで実が無ければ恐るるに足らんぜよ、なあ？　乱れ縺れた麻のごとき世よ、さあ来い、海はいつも荒海じゃ！

慎太郎は呟き続け、二階八畳の議論は続く心。

黒い侍たちは佐々木が訪《おとない》を入れ、藤吉が怪しみもせず、というより、外は「ええじゃないか」の人々で喧騒を極め、ともかく藤吉は佐々木を中へ入れた。すかさず滑り込む斬り込み組。藤吉は階段を二階へ。

案内役　待ったっ。――龍馬さん、逃げて！

すべてがいったん止まる。二階に走って急を知らせようとする案内役を、髭が必死に止める。

髭　いけない、歴史が変わるっ、変わることになっちまうっ。（二人は粘りつくような動き）

案内役　ええ、変える気よ、変えたいのよっ。（照明・音響・スモーク等も総動員）

髭　どう変えたいんですかっ。む、無責任っ。

案内役　知らない、知ったこっちゃない、私は坂本龍馬って人を死なせたくない、それだけっ……

髭　変わった世界に、チーフ、あなたはいられないかもですよ！

案内役　覚悟の前さっ。常識だろ、そんなん。放してっ。

髭　俺は、どう変えても、面白いとは、いまより面白いた思えないんですっ。ま、あんたのいない世界がっ。
案内役　うるさいっ。放してよ、放してっ！
髭　(放さない)へん、何が悲しくて、生きなきゃ、生き続けなくちゃならなくちゃ、かもでしょ。嫌ですよ、そんなの、御免ですよっ……勘弁してくださいよ、この我が儘女っ、いい加減に……
(抱きしめる)

煙は残っても、音・照明等部分的に前に戻る。八畳の対話も。

龍馬　慎太よ、お前ンとは事ごとに意見が合わん。気も合わん。うんざりぞね。けれど共に事を図るには、お前ンのほかにはおらんちゅう事実を、どげんしたらよかろうかのう、あはは。
慎太郎　見えた気のするぜよ、龍馬さんと居ると苦労心配の絶えん――
龍馬　で、なんじゃ？
慎太郎　安楽平和な世界は見えん。たぶんこれが――
龍馬　これが？
慎太郎　アーネスト・サトウがこの国で見た夢――
二人　ユートピー、か。
龍馬　その破片か、
慎太郎　陽炎……
案内役　ないのよっ、どこにも、そんなもの……ネヴァー、どこにもないところ、なんて……

音、照明、前に戻る。
龍馬たちのいる八畳から戻りかける藤吉、行灯が暗くてよく見えないらしい。暗がりから白刃一閃、(下手人は佐々木か桂早之助)

藤吉　うわっ！……(階段半ばまで転がり落ちる)
世良　(震え出す)ほ、捕縛を、ほ、法の定めるところ……
黒い笠渡辺　(世良に)抜け、抜いて構えておれ！
龍馬　ほたえな！

音楽。殺戮シーンは、例えばスローモーションに。黒い笠の桂と今井信郎は八畳に。渡辺はその後詰。

黒い笠今井　や、先生、しばらくでしたな。

龍馬　どなたでしたかのう。

今井　（動きはスロー）「ソレ」と言いさま、手早く抜いて斬り付けました。最初、横鬢《びん》を一つ叩いておいて、体をすくめる拍子、横に左の腹を斬って、それから踏み込んで右からまた一つ腹を斬りました。この二太刀で流石の坂本もウンといって倒れてしまいましたから……（中略）それから中岡のほうです。坂本をやってから、手早く脳天を三つほど続けて叩きましたら、そのまま倒れてしまいました。（下略、明治三三年『近畿評論』五月号）……

音響照明等、概ね元へ戻った、と見えた。

検分役の与頭佐々木只三郎、引き揚げの合図。

しかし、世良敏郎、抜き身を下げたまま、震えている。

渡辺　これ、鞘はどうした？

世良　手に余らば……相手、抜きもせぬに……ひ、卑怯だ、我らが……

渡辺　鞘はどうした、どこへ置いた？

世良　（歯の根も合わない感じ）わ、わかりません……

今井　早うせんと、浮かれ踊りの連中が通りすぎる……

渡辺　歩けるか。世良うじ？……

世良　わ、わかり……（しゃがみこみかける）

渡辺　（世良を抱き上げるようにして、腕を肩にかけ、世良の抜き身の刀を鎖帷子に巻き、自分の袴の中に入れる。『渡辺家由緒歴代系図履歴書』）

藤吉　（死んだと見えた元力士の大男が、ぬうっと立ち上がる）先生……

桂早之介、手早く斬る。藤吉、階下へと落ちる。

戻ってくる「ええじゃないか」の喧騒。

渡辺・今井　（謡曲「船弁慶」の一節を）そのとき義経、少しも騒がず……

音響と提灯の作る影、踊る人々。「ええじゃないか」の群れの流れに、黒い笠たちは溶け込んでいく。

このとき、三軒南の大和屋では、走り出そうとするおかよを、抱き留める老婆たち。

おかよ　放してっ、間に合うかもしれへん、助けな、あの人を助けな――

老婆　あかん、あかんて、間に合わへん……もう済んだことや――

菰で変装の密偵を勤めた人々も大和屋に。

升次　御前、御前……

福川　（隠れた場所から出て来る）しゅ、首尾は？

升次　万事。（頷く）

福川　散れ、急いで。言うまでもなく、他言、固く無用。固く。

老婆　これを。（報酬らしい金包み）おおきに――

密偵たち　（人々、押し頂いて去る、と見えた）

おかよ　知っておったんやね、あんた……

福川　う？……む、な、何をじゃ？……わしは、見ても見えぬ、聞こえぬ……

群衆の声、遠くなったと思うとまた近く……

おかよ　うち、こうなったら、離れへんさかいな、あんたを……な、殿様。

福川　み、身共は、何も知らん、そうであろう、な？　な？

おかよ　そうや、奥様に、御正室にしてもらいますわ、ははは……

老婆　それがよろし……な？（と変装していた女たちに）

女たち　（皆、大いに頷く）

福川　この、女狐どもっ！……（小さくなる）

聞こえてくる「ええじゃないか」……

鬱屈した心情が噴き出した、と聞こえる。

歌詞は、いつの間にか違う意味にも「ええこと
あるかいな」「どうでもええもんかい」など、多
様に。

「ええやないか」踊りの波がひとまず過ぎ去って
行くと近江屋二階では、龍馬が刀を杖に幽鬼の
ごとく身を起こす。

龍馬　石川……

案内役　こんなときでも、彼は慎太郎を変名で呼
んでいます……

髭　まだ周囲に敵がいるかも、と気づかったので
しょうか——

襲撃者最後の一撃を尻に食らっていた慎太郎は、
失神から意識を回復していたが、なお死んだふ
りをしていた。

慎太郎　才谷うじ……（呻く）

案内役　才谷梅太郎が、龍馬の変名です——

龍馬　手は利くか、おンし……

髭　辛うじて、左手だけは、右は皮一枚で、

慎太郎　（強がって）手は利くぜよ、左は。

案内役　龍馬さんは、行灯を提げて、階段口へ這
いずって、にじって行きます。人を呼ぶつもり
だったのでしょう。そして、行灯の光に、自分
の刀をかざして鏡の代わりに——

龍馬　脳をやられた……脳漿が、吹き出しちゅう、
しろく……

慎太郎　龍さんっ。

龍馬　わしゃ、もう、死ぬる。

慎太郎　龍さん、死ぬなっ！……

龍馬は、どさっと倒れる。

髭　慎太郎は、とっさに階下は危険と判断したの
か、逆に、屋根へ、物干し台へ向かいます。

慎太郎　だれか、医者を呼んでくれっ。早う、医
者を、おーい。

答えはない。物干し台に崩れるように座る。

慎太郎　龍さん……死んじゃいけん、あんたは、なあ……わしが世界の奇兵隊ちゅうたら、あんた世界の海援隊ちゅうた……それから何を言いたかったがか、それから?……

突然、龍馬の声。幻聴か。

龍馬　何ぞね、聞きたいこととは。

慎太郎　薩長の連合で働いた陰の連中を、わからず屋どもが無分別に斬り始めた。元忠勇隊の初代総督真木和泉殿のご子息、菊四郎まで殺された。わしも危なかった。龍さんは、その手柄、誉れも、妬み、恨み憎しみも、自分一人に集め、引き受けることで、わしらを、無数のわしらを救おうとした、違うか?

龍馬　言ったろう、わしを買いかぶらんでくれち……(笑い声遠くなる)

空に星が見えてくる。京の甍の波もやがて。

髭　慎太郎は、ただ空を見たかった。星もない、真っ暗な空でも、空は土佐の、北川郷の空に続いている……

慎太郎　見ゆる……見えてきたぜよ……おうい……やつら、わしに目交ぜをしゅう……しょう柏木の星ぞ……おーい。

隣家の屋根へ転がり落ちた、と見えたが、足が物干し台の手摺りにかかって、逆さ宙づりの形に。

烏の群れが、低く近く、羽音を鳴らして過ぎて行く音響。

赤子の泣き声が、その中に掠めて聞こえたようだ。

髭　目交ぜをする、とは、ウインク、この場合瞬くことですね。慎太郎はこの後二日息がありました。が、犯人及びその黒幕を暗示するような彼の発言は、残っていません。

その京の屋根瓦の波を、すべるように小舟が来る。操っているのは龍馬。やがて大きな月も。

慎太郎　あれ？……どげんしたがか、龍馬さん、何をしゆうがかえ？

龍馬　何をちゅうて、迎えに来てやったがよ。お前ン、わしの操る舟なら悪酔いせん、いうたろうが。こまい舟でも大船に乗った気分じゃて。

慎太郎　そうかのう、覚えがまるでないのう。龍馬さんは話を面白う語る名人じゃキニ。ひょっとかすると、わしも嘘こきになったかのう。はは……

龍馬　てんごのかあ、ぬかせ。それにしても、油断は大敵じゃったのう。

慎太郎　ああ、いきなり熱う燃えるものの、頭の後ろに叩きつけられてのうし、まず第一に思うたがは――

慎太郎　ああ、わしも、ああやっぱり、ち思うた。こげなもんぜよ――

二人、笑い出す。げたげた笑う。腹を抱えて笑う……

案内役、涙に暮れながら笑っている。髭が、彼女の肩を抱きしめている。

案内役　私は、自分がどうなっているのか、よくわかりません……でも、私たちの坂本龍馬と中岡慎太郎は、きっと、悔しくて、心残りがいっぱいあって、恨めしくて――でも、笑っていたのじゃないか、と私は信じています。

龍馬と慎太郎の、それぞれの写真、とくに慎太郎は笑顔の。月や紗幕に映写。

髭　慎太郎の笑顔の写真があります。幕末の侍たちの写真は、ほぼ例外なくしかめっ面をして、威張っています。当時の写真技術の問題も――

案内役　諸説紛々ですが、被写体、写されるほうは二分から三分間、動けなかったとか。

髭　しかし慎太郎は、笑っています。いい笑顔だと、私は思います……龍馬は写真が好きでした。実はなかなかお洒落だったとも……あ、また「ええやないか」騒ぎがやってきました……

舞台に、踊る人びとがどっと登場。男は女装の、女は男の衣服と仮面。

「ええやないか」の歌詞は、突然突き刺すように放たれるごく少数者の〈違う、逆の歌詞〉「ええもんかいっ」など含めて。多様に。

人々　タコ　タコ　お前タコなら俺もタコ

同じタコなら　ええやないか

エピローグ、または蛇足として、登場人物のモデルとなった実在の人物について、可能な範囲で注釈的解説を。例えば、

髭　龍馬・慎太郎襲撃の実行犯は、京都見廻組、与頭佐々木只三郎ほか。

案内役　今日のほぼ定説。佐々木を含む全員が、この直後の鳥羽伏見の戦いで戦死。

髭　もちろん彼らも奉行所関係の、あるいは無関係の、町の人々の「協力」を得て可能だった犯行です。

案内役　あ、刀の鞘を落とした世良さんの消息は、依然不明、母君も。

岡本　（しゃしゃり出て）私は役人として職務に忠実だっただけです、見て見ぬ振りも含めて。これが、いつの世も、時代を超えて——古今を通じて悖《もと》らぬ真理だと信じています。満足です。以上。

案内役・髭　（同時に）見て見ぬ振り——（二人、譲り合う）

案内役　ありがとう。思うのですが、こうした場合、それって、どれだけ違うのでしょう？（踊る人びと、注目「え？」）ええ、その、見ているのに、見ない……

踊る人　それが、似ているの？

踊る人々　何と？　誰と？

案内役　ほとんど同じじゃないかって……犯人と。

人々　（即座に）おまえ犯人　わて犯人　うちも犯人　俺犯人

ええやないか、ええやないか、そうかてええやないか……（踊り、高潮）

案内役　（憤然と）最後は明るくシメなきゃって、なんて、出来ますかどうか……白拍子という当時遊女同様とされていた仕事のおかよさんは、無事新政府高官の正妻におさまり――え？　ご主人のお名前はちょっと、五箇条のご誓文を、彼が？……はい、忖度しなきゃですね。

など、など。最後の踊りは、役柄を離れても、引きずっても。――もうカーテンコールだ。

港町ちぎれ雲

■登場人物

お蝶（港で一番人気の娼婦、生国不明）
石（浜に流れ着いた記憶喪失の若者）
長（網元の伜で、無頼の若者たちの頭、通称ゴロ長）
お花（長の妹、のち八五郎の妻）
若い浪士（倒幕派のオルガナイザー）
女浪曲師
橋桁の六助（博徒の親分、二足の草鞋で、お上の御用も勤める）
法印（おらんだ坊主、ヴァイオリンを弾く）
富造（富裕な商人）
立派な武士（お目付、この藩の重臣）
八五郎（お花の夫）
子分たち
港の女たち
子守の少女（菊）
ほかに、旅人・富造の手代・西の親分・用心棒の侍・長一家の女たち・橋桁一家の女たち・捕り方・落武者たち・祭りの人々・街道筋の人々、等々を代わり合って演ずる。

前頁舞台写真「港町ちぎれ雲」（木山事務所）　撮影：鶴田照夫
（右＝菊池章友、中央＝旺なつき、左＝長谷川敦央）

1

舞台上手に、女浪曲師、それらしき扮装。が、まず口を開けば、意外に素朴に、含羞の微笑で。

女浪曲師　わたしの育った家に、あれ、祖父のものだったと思うのですが、古びたＳＰレコードがありました。清水次郎長伝・石松三十石船。そんな題だったと思います。

ふいに広沢虎造「旅行けば――」の一節が、すりきれ古びた感じで聞こえ、すぐに消える、一瞬の風のように。

女浪曲師　（ぼそぼそと）船が川の半ばへ出る、何処へ行っても変わらないのが乗合衆の話、利口が馬鹿になって大きな声でしゃべる――いま海道一の親分は、誰でがしょうねえ――

意外に言葉が続いて出て来たので、自分でもびっくりした風情。

女浪曲師　（もう少し続けてみようか）跨ぐ敷居が死出の山、雨垂れ落ちが三途の川――そよと吹く風無常の風、馬鹿は死ななきゃ――（これはあまりにも有名、と感じたからか、止めて、にっこり）そんなきれぎれな記憶と、時代が大きく変わるときの多少の歴史的事実などから、いつのまにかふくらんで出来たこんなお話を、できれば（ほんとうの謙遜）楽しんでいただければ、と――

（にっこり、会釈）

音楽で、歌。

『旅行けば（浪曲プロムナード）』（女浪曲師とコーラスと）

旅行けば　空の青さと陽の光
旅の匂いは　街道筋を
足の向くまま気の向くまま

名所古跡もよいけれど
人の情けは　港町

舞台中央に視線を送る。

砂浜。舞台奥へ行くほど高くなるスロープだが、中程に平たい部分が多少あるなど、屈曲が砂丘に見えるといい。

夜明け前の闇で、霧。波音。

男の影が、正面奥の高みからよろめきながら現れ、ばったり倒れる。腰に布らしきものをまとったきりの裸身。髪はざんばら。寺の鐘。

若い娘（お花）が手桶など持って登場。

お花　だれ？――どうしたの？――酔っぱらってるの？――やだ、土左衛門――（一瞬、尻込みするが、惹かれるものがあるように近づく。耳を胸に押し当てる）生きてる――ね、しっかりなさいよっ――おいっ――（裸の男を抱くようにしている自分に気づき、狼狽）誰か――誰かっ――（走り去る）

お花と入れ代わるように、派手やかな港の娼婦たちが、つい先刻まで営業していたとおぼしく、酔い痴れてか、草臥《くたび》れすぎて眠れないのか、自棄っぱちの鼻歌、長襦袢の裾を引きずるなどして、ひょろひょろと来る。

倒れている男に気づき、取り囲む。砂浜に、ふいに色鮮やかな花が咲いたようだ。波音高く、照明も変わって行く。


音楽『港町のテーマ』（娼婦たち、あと男たちも）

女たち　ようこそ港町　入り船出船
港の女は　はぐれたかもめ
風に吹かれて　吹き寄せられて
くるくる回るは風ぐるま
泣いてなんかいないよ
ざんぶり波しぶき　かぶっちまったのさ

女たち男たち　ようこそ港町　出会いと別れ
港の男は　明日を白波の

男度胸よ　渦潮越えて
張った賽の日　水ぐるま
抜けば玉散る白刃《しらは》
はらりと雨しずく　襟に落ちゃあがった

まず、二一世紀の今日からすれば、むしろ古風に感じられる色合いでありたい。その匂いは劇の進行につれて漸次、あるいは急激に消えてよいのだが。

この歌や間奏の間に望ましいのは、

① 港の女たちが通りかかる旅人を引き留め、絡み、あちこちから登場する港の男たちにも戯れる。持てるやつ、持てないやつ、女も男も。

② そこへ、網元の息子で愚連隊の頭、ゴロ長、漁網を肌着に紺地の長ラン、などというトッポイなりで、それなりの貫禄っぽく登場すると、港の男たちはいっせいに彼に従い、肩を揺すり、ヤクザ歩きを気取って蟹のように突っ張らかってのし歩く振り。女たちは一緒に踊るものも、顔を背けて旅人らと囁きあうものも。

③ そして「筋売り」情報を、例えば旅人との会話で、

旅人　ほな、この港の自慢の名物いうたら、一番目は、何だす？

女1　おや、二番から聞くの、どして？

旅人　そら、一番は決まっとらい、駿河茶どころ、茶の香り。（皆に首を振られて）へっ？　ほんま？

（一同、頷く）ほな、一番は？

子分〇　（小指を立てて見せる）

旅人　へ？

一同　（どっと笑う）

子分たち　（口々に）「でもなあ、あの人の歌が聞けるのも」「姿が見られるのも」「今夜かぎり――」

（など）

旅人　へ？――その、あの人、というのは？

寺の鐘。

子分たち　「あ、七つの鐘だ！」「約定の刻限だ――」

「お蝶さんが、とうとう――」

旅人　へ？　お蝶さん――その、お蝶さんたらいう方が――港で一番の――

のように、あってもいいが、振りや動きで不必要になれば、ないほうがいい。

④　②にすぐ続いて、女たちがわっと一方に流れる――手代たちを先に立てた富裕な商人富造を迎える、としてもいい。その場合は長一家と富造や女たちの位置が定まってから、お蝶の出になる。

男たちの中から「お蝶さん、お願いしますよっ」「待ってました、お蝶さん、海道一《いち》っ」「おい、坊主（と呼ばれたのはヴァイオリンを持つ乞食坊主）オランダ三味線やれっ」わっと歓声があがる。「おっ、お蝶さん出て来た。ようようっ」拍手喝采。

この港で知られるお蝶、ひときわ美しく、どこか異国の情緒がある。法印のヴァイオリンを伴奏に歌う。

音楽『遠い国の蝶』（作詞宮原芽映）

お蝶　遠い空の道をどこから　ちぎれ雲に揺られどこへ
いいえ　わたしは行方知らず　明日も知らずただ今日も
痛む胸を抱いて　命の終わりまで
羽ばたき続けるわけもなく

人の心は変わるもの　儚い命を抱きしめて
波と雲の重なる果てに　行きつけるまでただ今日も
明日は菜の花か　それとも曼殊沙華
風のうねりに身を任す　風のうねりに身を任す

歌の間に――④のようにお蝶の歌の前にではなく、この間に動きを作るとすれば、まず、身なりの良い旦那ふうの商人（富造）、手代をお供に姿を見せると、チンピラたちは一方へ避け、女たちは媚を売り移動。そして、商人と反対側に、ゴロ長や子分たちが集まる（基本的にヴァイオリン坊主も子分）。

そして冒頭の裸で流れ着いた青年が、娼婦たちに面倒を見てもらったらしく、女ものの下着など纏い、頭には病鉢巻き、お蝶の歌に惹かれたかのように登場し、見物の中に。

さて、歌が終わった。拍手は、何やら緊張の気配にすぐ止む。

鐘、近くゴーン。

旦那富造、五十がらみ、余裕の笑顔で。

旦那　お蝶や、いつもの通り結構な歌でした。——そちらは浜の五郎次網元の息子さん、長さんとお言いなすったか、約定の刻限を違えずよく来て下さった。回船問屋の富造、お礼を申しますよ。——さて、と改まるほどのこともないが、お蝶、決心はつけておくれだろうね。

全員の目がお蝶に集まる。彼女は無感動な表情で、海を見ている。

旦那　皆さん事情はあらかたご存じだろう。年甲斐もないと笑われてもしかたがない、このお蝶を私は見染めて、抱え主にも話をつけて、さあ引き取ろうというところに、この長さん。——俺に断りなく身請けも下請けもあるものか、と来た。（女たちの笑い）

長　（虚勢を張って、凄む）そうよ。港はおいらのシマだ。縄張りよ。

旦那　はっはは。なぜ正直に、俺もお蝶に惚れてるんだ、とは言わないんだね。

長　けっ、こっ恥ずかしくって。（周囲から笑いが起こる、赫となるが、こらえて）おう、お蝶は俺の——男だ、（?.となる一同）いや、女だ、笑うなっ、（どっと笑いが起きる）まちげえたんだっ。みっ、みりゃわかるじゃねえかっ。

旦那　（ゲラゲラ笑っている皆を制して）まあまあ、そう奴凧みたいに突っ張らからないだっていい。聞けばお蝶とお前さんも馴染んだ仲とか、そんなことはいい、浮き川竹の身だろう。が、間夫《まぶ》があるなら添わしてやろうと、しがない商人風情が気取っても役違いさ——どうだろうね、私は揉め事が大きらい、悪いようにはしたくない。このさきあんたや子分衆の面倒を、纏めて私が見ようじゃないか。

長と子分たち　ええっ。（驚愕）

旦那　失礼ながら、いまは潮の変わり目。ペルリの蒸気船このかた諸式高騰、経済発展、港は物の流れの要だ。そこで東西の大手のやくざが、この港にも手を伸ばしたくて舌なめずり。悪いが、あんたと子分衆の組はせいぜい小さな賭場が一つか二つ。いわば風前の灯火。

長　なにをっ。ふざけるねえ、いうに事を欠きゃがって。

子分たち　（止めて「親分」「怒っちゃいけねえ」「でぇじな話だ」など）

長　だってあの野郎、フーテンの何とかかって言やがった。

旦那　はっはっは。私はね、さる大手の大親分さん方と商い上の付き合いがある。だから私と組めばあんた方も、ね？

子分たち　（顔を見あわせて「悪い話じゃ」「なさそうだよなあ」）

この間、お蝶は海の見える位置で、鼻唄など。

旦那　（お蝶を見やって）こんな世の中、弱いものには住みにくい——弱いなりに生きて行くにゃあ、それなりの知恵、才覚が、ね——それをよく知ってるのは、この連中（娼婦たち）かもしれないねえ。

子分たち　（旦那に、お世辞笑い）えへへ——（長に同意を促して）親分——

長　（今度は妙に落ち着いて）旦那——ちっと、伺いてえことを、伺ってもいいですかい。

旦那　いいとも、何でも。

長　旦那が組むのは、東の大手ですか、それとも、西の。
旦那　ははは。それは私にまかせて。そのほうが、
長　お断りさせてもらいやす。
旦那　なに？
子分たち　親分っ。
長　理屈はねえ。ただおいら、旅の人相見に人相見さしたら、言葉を濁しやがるから引っぱたいてやったら、お前は長生きしねえ、三十まで生きねえとぬかしゃがった。（女の一人が「やだ、戦争でもあるのかしら」）長くは生きねえなら生きてえように生きてえ。それでおいら、権現さまに両の手合わせて願をかけた。きっと海道一の親分になって見せやすって。（ぷっと吹き出す女たち、子分たちさえも）――せっかくのお話だが、勝手にさせていただきとうござんす。
旦那　ふうん。あんた、たしかに馬鹿だが、
長　馬鹿を承知でなった稼業で。
旦那　だが、見かけとは違う種類の馬鹿のようだね。――まあいい。時が移る。お蝶、行きましょう、もう。
お蝶　（ほとんど初めて振り向いた）まだ、お返事をしてません――
旦那　おおきにそうだったな。引導を渡しておやり、昔のいろに。

お蝶、こっくり。やや酔った風情だが悠々と、しかも派手さを失わぬ動きで、長に近づき、すいと身を寄せる。

お蝶　私、あんたといるわ。（一同、耳を疑った）長とお蝶。お蝶と長、ははは。
長　（感激）お蝶っ。

音楽。旦那、顔色を変えたが、さっさと去る。わっと子分たち、女たちも騒ぎながら寄る。長、実はよほど緊張していたと見えて、ふらっといてすーっと倒れる。子分たち、あわてて彼を木陰（など）に運ぶ。
ちょっと取り残された形になったお蝶が、楽し

げに笑って、なお酔いのせいかちょっとよろめく。じっと彼女を見つめていた例の青年が、それを支えようとして抱き留める感じになる。

お蝶　おや、ごめん……

　　離れようとして、手を取り合う形になった。

お蝶　……お兄さん……私に用？
女1　（他の女たちといっせいに割り込んで）あんた、大丈夫なの？
女2　起きちゃって、もう、
女3　そんな、歩きまわったりして。
女1　お粥、ぜんぶ食べた？　あたしの、
女4　あたいの作ったお粥――

　　青年はそれぞれに微笑むが、彼の見ているのはまっすぐお蝶。一同、二人を見比べる感じになる。

お蝶　ははは、なにさあ――

　　が、無視できないものを感じたようだ。女の一人が、彼女に何か囁く。青年についてのことだろう。

お蝶　そう、あんた――
青年　――（じっと見つめている）
お蝶　いやだ、顔の真ん中、穴が開いちゃう――（職業的に受け流そうとする）あんた、人相見？　私の運勢、占ってくれようてんだね？　ははは――どう？　私やっぱり早死に？――
青年　（どきりとしたように――我に返った感じで、首を振る）すみません。私は、歌を聞いていたんです――
お蝶　ああ、さっきの。
青年　あなたを見ていると、歌が聞こえる。（頷いて）いまも。――遠い響きのような、でも、はっきりと呼んでいる、呼びかけている声が。
お蝶　誰を――誰に――あんたを？　ふふっ。（笑おうとしたが、できなかった）――

青年　わからない――でも、私かもしれない――そうだ、きっと私だ。

長が回復して、割り込む。

長　手前、何の真似だ、口説いてるつもりか――俺の女をっ――

お蝶　（きびしく止める）あんた。

お蝶の表情が、確実に長を刺激した。長、いきなり青年の横っ面を張る――が、ちょうど青年が頭を下げたところだったので、彼の鉄拳は青年の頭に当たった。青年は当然よろめいて、倒れる。が、

長　（自分の拳を）あいててて っ――（苦悶）

子分たち　親分っ。

長　こ、こんにゃろ、ひ、ひでえ、石頭でやがん――

青年のほうは、ちょっとふらふらするが、大したことはないようで、立ち上がる。

青年　ごめんなさい――あの、大丈夫ですか、手は？

子分たちが色めきたって「野郎、畳んじめえ」と取り囲んで滅多打ち――になるところが、ならない。青年にまったく戦意がなく、無心に動くのが、結果的に相手の攻撃をぎりぎりのタイミングでかわすことになる。彼としては謝るつもり、または転んだ相手を助けおこすつもりで、屈んで下げた頭が偶然振り向くと相手のボディに入ったり。子分の二人が左右から彼を捕まえようとすると、自分たちの頭が鉢合わせになったり。――ただし一瞬のことで、皆には何が起きたのかわからない。女たちは心配したり喜んだり。

長　（貫禄をつけて）待て待て待て――待ててんだ、

俺が。面白え野郎だ、名前は？（青年がなぜか口ごもったので）こいつあ順序がちがった。おいらは長。網元五郎次の伜だから五郎長と人は呼ぶってえと体裁はいいが、ほんのところはおいらガキの頃から、三度の飯より喧嘩が好きで、だからゴロまきの長太、つづめてゴロ長。はっはっは。（子分たちも追従笑い）さあ俺は名乗ったぜ。名前名乗んなよ。いいなよ名前。あるんだろ？

青年　実は――

長　なんだ、実は？

青年　よく、覚えていないんです。（一同、少しこける）――あやふやなことを言っては、みなさんに、失礼だし。

音楽。『気づいたら檻の中』（大意）

青年　気がついたとき　檻の中でした
座敷牢だと　後で知りました
その前のことはまるで覚えがなく
それからのことも　なかば夢のようです
誰かが　私に言いました
この世には　謎がいっぱい
なぜ　生きものは生きているのか　山は山　川は川なのか
雨上がりの虹は　なぜあんなに美しいか

コーラスも加わる。

人々と青年　すべてをそのままに　受け入れなくてはならない
そしてお前のありのままを　そのままに
受け入れてくれる人　人たちを　探すことだ
謎を解こうとする前に　愛そうとする
そういう人　人たちと出会い

青年　心を通わせること　そのほかに
お前の生きる道はない

一同、顔を見合せ、女たちにはことに受けがよかった。

女たち（口々に「それで、旅に出たのね？」「どのくらい旅をしてたの？」）

青年　よく、わかりません―すぎたことですから。いまは、もう――

女×　会えたのね、そういう人――

女たち　人たちに。

青年（お蝶を見つめたまま、こっくり頷く）

お蝶　それが、私――

青年（頷く）はい。

長　野郎っ。

お蝶　やめてってばっ。長っ。

長、こんどは狙いすました一撃、たとえば肘打ち。連打。さらにしたたかに蹴られて青年、膝をつく。お蝶、かけ寄ろうとするが止められる。

長（目を乱暴に光らせ、肩で息）さあ、来やがれ。

――おいらお前を殴った、蹴った。こんだお前の番だ。――（子分に）手を出すんじゃねえっ。男と、男の勝負だっ――

青年（鼻血に汚れた顔で、微笑む）いいんですよ――

長　なにっ――ヤッパがほしけりゃ貸してやる。やられたらやり返す、これが男だ、この世の掟よ――でねえなら男じゃねえ――さあ立て。立ちゃあがれっ。

青年（素直に立った）はい。――でも、いいんです――

長（逆に、異様な興奮状態に）恰好つけやがって――腕に自信がねえのか？――教えてやっから、来い――きやがれっ。

青年が、素直に長に近づく。長、虚をつかれて思わず尻餅。転がって逃げる。

青年　あなたが、来いって――（周囲に笑いが起きる）

長　（せっぱつまった感じ）ふ、ふざけやがって、この、この、こけにしゃあがって、人をっ！（懐に手を入れた）

ドスを抜くかと見て、皆に緊張が走る。お蝶がすっと間に入った。

お蝶　（長の身体に手をかけて、宥めるように）あんた——
長　お蝶——お前、おいらを——ん、うんうん、すまねえ——

見る見るうちに険しい雰囲気が消えて行くこと、嘘のよう。
ほっとした雰囲気が流れ、坊主のヴァイオリンが鳴るなど。長とお蝶、べたべた。それを見る青年を女たちはわっと囲んで無理やり傷の手当てなど。

子分子之吉　おうおう、そこの、名前のねえ人——ねえったって何かありそうなもんじゃねえか。え？　座敷牢で目が覚めたか我に返ったかしらねえが、それより昔ぁいいや、それからあとは、なんて呼ばれてたんだい？
青年　——（考えて、思い出した感じ）そう、「への三番」——
子分たち　「下足札だね」「（法印）大勢患者がいたんだね、きっと、その牢屋敷にゃあ」「ほかには？」
青年　気がついてからも、ずっと朦朧としてましてーーよく呼ばれてたのは——言いたくないな。
子分たち　（口々に「いいじゃねえか」「聞かしてくれろよ」など、など）
青年　（お蝶に）知りたいですか、あなたも。
お蝶　——うん。
青年　（決意して）馬鹿。（一同「へ？」「なにをっ」）馬鹿、馬鹿ってばかり、言われて来たような気がします——（ずっと昔から——）
子分寅市　何だ、馬鹿って呼ばれてたのかい？
青年　（頷いて）この馬鹿、おい馬鹿、やい馬鹿、抜け作、頓馬——

子分たち　（どっと笑う。「こいつぁいいや」「そうか、馬鹿かあ」など）

女2　馬鹿言ってら。手前たちだって立派な、

女3　馬鹿ばっか。

長　違ぇねえ。こりゃ、馬鹿のなかに馬鹿が舞いこんできやがったんだ。あっはは。（と、子分たち、女たち、喜んで笑う。長も）

お蝶　どうでもいいけどその人、そう言われるのあんまり嬉しくないいんだろう？　そんなら可哀相じゃないか。（長に）ねえお前さん。

長　そりゃそうだ。だいち右も左も馬鹿じゃ紛らわしくっていけねえ。そうだ、こいつぁえれえ石頭だから、これからはおいらお前を石って呼ぶことにしよう。どうだい。いいかい、石さん。

青年　ああ——私のことですね、いいですよ、（言ってみる）私は石……（にっこり）はい。

一同、げらげら。音楽。

見物の中にまぎれこんでいた女浪曲師が進み出る。

女浪曲師　こうしてゴロ長一家に石と呼ばれる男が加わり——むろん事がこれで片づくわけもなく——ゴロ長が恋しいお蝶さんを得た代償は、高いものにつくかも——

子分△、血だらけで転げこんでくる。

子分△　たた、大変だ、親分っ。松原の賭場を、西の組が荒らしに来たっ——こっちゃ無勢、相手は大勢、どうにもならねえ——（口から泡を吹いている）

子分☆　（同じように、反対側から）権現様の境内の芝居で、木戸を突かれたっ。これからは、西の大手が仕切るって言いやがる——（悔し泣き）

女浪曲師　（大いに頷く）そう、そう、大変ね——

子分の武闘派が竹槍など喧嘩支度の道具を△や☆に渡して促す。

女浪曲師　あら？――何するの？――で、何するの？　何が始まるの？
子分武闘派　出入りよ。
女浪曲師　デイリって（何だっけ）――ああ、喧嘩――え、戦争？――

音楽。

2-A

長一家の住居。額を集めて協議中の長と、主だった子分二、三。
立ち働いている長の妹、お花が時折出入りする。
喧嘩支度の一環として、刀の手入れに余念のない子分もいる。

子之吉　親分――葦の原から鴨が飛び立つように、西の大手がにわかに動き出したなあ、ただじゃありませんぜ――
長　（大きく頷く）ただじゃ、ねえ――
子分丑　（武闘派か）富造旦那ですよ、回船問屋の。糸を引いているのは、裏で。
子之吉　旦那は、やっぱりお蝶さんを――
長　（大きく頷く）うむ、やっぱりお蝶――
寅市　だからね、お蝶さん、いや、姐さんにここはひとつ――
長　（不気味に）――ここはひとつ、何だ？
寅市　親分、ここはひとつ、虫を殺して――大の虫を殺して、小の虫を、あ、反対か。
長　男が立たねえ。
寅市　立たねえなら丁度――（壮烈になぐられた）いてえ。
丑　（研いでる刀を気合とともに振った）
長　（頭を抱えた）人の上に立つってことは、つれえなあ。

ヴァイオリンの音が聞こえる。

子之吉　姐さん、どうしてます。
長　（ちょうど来たお花に）どうしてる。

お花　離れで、石さんと――
長　なにしてる。
お花　さっきは、見つめあってました。（立って行く）
長　――（ため息）
寅　大丈夫なんで。
長　夜になあ――女どもの中で達者なのを、奴の床にやってみた。――（首を振る）
丑　（大いに頷き）もったいねえ。
寅　一人の人を一途に思い詰めてるてえと、ほかの女じゃあ――でもその本人なら――（長に、頭を張られた）いてえ。

長、悠然と煙管を銜えるが反対だった、あちち、となる。
お蝶の歌声が聞こえる。一同、聞き耳を立てる。

2-B

奥の離れか庭に、お蝶が歌っている。ヴァイオリンは法印。側に石。あとからお花。
音楽。（お蝶ソロ。ここでは、彼女の定かならぬ故郷の匂いを、より濃く漂わせたメロディ）

（歌詞の大意）
日の出よ　夜を奪うのか　あなたは去り行く
私を残して　日の出よ
（歌詞音訳例）
ピトジオ　パミ　オチイ　タミ　イミ　セニ
イミ
ガネ　アサネ　ガネ　ピトジオ

歌が終わる。鳥の声など。

坊主　どこの国の歌なんです？　姐さん。
お蝶　あんた、謎を解こうとしてばかりいるの？　おらんだ法印さん。
坊主　（頭を掻く）やあ、悪い癖で。
お花　（横から口を出した）私、知りたいわ。だって、知りたいから人間でしょう？　法印さん。
坊主　(笑って) ええ。で、私は長崎まで知りたいことを知りに行って――はまりこんでしまったのが、こいつ (楽器) だった。はっは。
お蝶　(も笑って) よく覚えていないのよ、お花ちゃん。たぶん親から聞きおぼえたんだろうけれど、でも、私のは朦朧としてて、石さんの話と同じで――おっかさんの顔も、おとっつあんのも――夢のなかで――ただ、歌だけ。
石　ほんとに、空をはばたいて来たのかもしれませんね。
お蝶　私が？――歌が？――
石　(真剣に考える) ――よく、わからない――
お蝶　いいのよ、そんなこと。
石　でも、あやふやなことを言うのは、ほとんど嘘だから。私は、嘘は好きじゃないから――
お花　(不意に) 石さんは、義姉さんを好きなんですか、お蝶さんを。
石　(はっきり) はい。
お蝶　お花ちゃん、何を言うつもり。
お花　兄のことは？――(放り出すように) ゴロ長。
石　あの人は、いい人です。好きです。
お花　嘘。
石　嘘じゃありません。

お花、石を見つめる。石は微笑んでいる。お蝶は何となく離れた位置で二人を見る。

お花　私には、よくわからないけど――矛盾、という言葉をお寺で和尚さんに習ったわ。なんでも突き通してしまう矛、槍。そういうものが、世の中にはある。――それと、なんにだって決して突き破られない楯がある。――その矛でこの楯を突いたら？
石　そうですね。――突き破れて――破れない。
お花　どっちもほんとだって言うの。
石　――はい。
お蝶　ははは。
お花　(睨んだ) ――私は石さん、嫌い。(走り去る)
坊主　矛盾は、お花さんもだね。

お蝶　（不意に）石さん。――おっかけて、お花ちゃんを。
石　え？　はい、でも、なぜ……
お蝶　何だか、ほっとけない気がする。……お願い。
石　（お蝶には逆らえない）はい。
お蝶　（蔑んだかのように）はいなんて。――とにかく、早く。
石　（素直に）うん。――いいよ、い、いくよ……（お花を追って）
坊主　なんだ。矛盾て――つまり、皆してるんだ、なあんだ。

楽器を弾きだして、長脇差を提げた長が来ているのに気づく。

2-C

もう夜。同じ庭を、喧嘩支度の子分たちが通る。忙しげに女たちも。

長は子分に手伝わせて支度をいま終えようというところ。お蝶はそれに背を向けて、徳利と五郎八茶碗を手にしている。
石が戻って来た。

石　ただいま。――なんだか、ざわざわしてますね。
お蝶　ご苦労さま。行き違いだったのね。
石　お花さん、隣り村の親戚のところへ行ったとか、いま――
お蝶　出入り沙汰に巻き込ませたくないし――帰ってこなければよかったのに、あんたも。
石　そう――え？――どうして？

長が喧嘩支度に身を固めながら出てくる。

長　よう、石。お前は客人だがヤクザじゃねえから、助っ人にゃおよばねえ。縁があるならまた――あの世で会えるかしれねえ。達者でな。
石　なんだかわからないが――なにか、出来ることはないんですか、私に？
長　（首を振って）万にひとつも勝つ見込みのねえ出入りだ。
石　じゃ、逃げたら？——お蝶さんと、船に乗って。そうなさい。
長　（首を振る）ここで背中を見せたら、六十余州行きどころがねえ。おいら権現さまに顔向けが、（出てきた子分丑が「親分」と何か囁く）西の使い、よし、俺が会おう。

長、急いで子分と一方へ入る。

石　お蝶さん——なにか、させてくれないか、私に。——何でもする。私は、お蝶さんが好きだが、何故だか、長さんも好きなんだ——
お蝶　（いらいらと）私のせいなんだ、私が富造旦那を選んでりゃこんな、いいえ、いまからだって、私は旦那のところに行くって言ったんだ。子分たちも皆、姐さんそうしてくれたら助かる、ぜひそうしてくれって言いやがった。でもあの人は、馬鹿だから——そのくらいなら、死ぬほうがましだって、馬鹿だから——
石　お蝶さん——私も、死んだっていいような気がする、べつに——
お蝶　ああっ、あんたって、いらいらさせるよ、そういうとこ、ほんとに——
石　（悲しんで）お蝶さん——
お蝶　石さん。
石　はい。——あいよって言うほうが好きかい？
お蝶　どっちでもいい。あんた、私の言うことなら何でもきくのね？——
石　はい、あいよ。
お蝶　ほんとうね？
石　あいよ。嘘は好きじゃないから。
お蝶　なら、西の組へ行って、親分を殺っといで。——川向こうの河原に手勢を集めてかがり火たいて酒樽抜いて、大層な気勢をあげてるとさ、ゴロ長の一家なんざ一ひねりだって。お前さんはヤクザに見えないから見張りも通してくれるかもしれない。

石　ああ、私はヤクザには――おいらって言うほうが、いいかい？
お蝶　どっちだっていい。さ、行ってずぶりとやっといで。
石　わかった。
お蝶　わかったって何さ。
石　だから、いいよ。やってくるよ。
お蝶　だからいいよ、やってくるって――ああ、なんて馬鹿っ――死んじまえ、おまえなんか――死んじまえ――（大の字に寝転んで天を仰ぎ、呟く）死ね――皆死ね――
石　（悲しそうな顔になる）行くよ――おいら、行ってくるよ――（去る）
法印　（喧嘩支度で、向こう鉢巻き）どうかな、俺、似合うかな、お蝶さん――俺も斬られて死んじゃうかもしれないし――
お蝶　死ね――皆死ね――
法印　あれ、どうしたの？　泣いてるの？

法印、肩を震わせているお蝶を覗き込む。

女浪曲師、ほっといてあげたほうが、と。

3

河原に幔幕を張りまわし、あかあかとかがり火の照り返し。
酒樽に腰をかけた西の大親分、ゆったりとした貫禄。
そして装備も十分な子分たち、見るからに強そうな用心棒の侍。

浪曲師とコーラス　川向こう
河原に総勢二百人　たすき鉢巻き　長脇差
竹槍　本槍　弓鉄砲　威風堂々　本格派
聞けばゴロ長一家とは　たかが港の愚連隊
ただ一揉みと待ち受ける

女浪曲師　「親分、変な野郎が来ましたぜ。叩っ殺しちまいましょうか」「待て待て待て、早まるんじゃねえ。万が一素人衆だったらこっちの咎になる。怪しいものは持っちゃいねえな」「へい、しっかりボディチェックいたしやした」なんていやぁしない。「針一本身につけちゃあいません」「よし連れてこい」てんで大親分の前に連れてこられた石が、口には出さない心の中で思うよう「ああ親分と人に立てられるほどの人だ、貫禄がある。俺は秤じゃないから目方をはかることは出来ないが、相当な貫目だろう」「なにをモジモジしてやがる娘っ子じゃあるめえ男だろう、さっさと用を言いねえ」「へい、ちょっとお耳を」「なんだ耳を貸せ?」

俳優たちは女浪曲師の言葉に合わせて——いや、まるで合わないことをやって、しかもカンどころではピタリと合う、という具合に——よろしく工夫あること。

石の内面の歌になる。その間、他の人間はスローモーションか、フリーズか。

石　（内心の思いが歌っぽく）ああ　いやだなあ　嘘をつくなんて
でも　あの人との約束だ
ゆるしてください　西の人

女浪曲師　「いいだろう、貸してやろう」「親分、気をつけて」「わかってらあな、何も持っちゃいねえんだろう。さあ、耳を貸したぜ」

音楽・音響とともに照明も変化、人物の動きはコマ落としとか。

女浪曲師　「へい、失礼を」と自分の頭を相手の頭にぐっと近づけた。針一本持っていなくても大変な武器があった、名代の石頭でガツーン。親分たまらず目がくらくらっ。その差していた脇差を石がひっこぬいて、ぐさり、したたかに抉った！

言葉通りに石が奪った刀で親分を刺す。周囲の西の子分、スローで周章狼狽、用心棒らしい浪人も驚きのけぞっていたのがさすがに立ち直って抜いた。が、刺された親分の体が石に凭れて、抱き合うような形になっているのが、やりにくい。

石　（内心の思いの歌）さあ　これでいい　あとは
死ねばいい
もう　思い残すことはない
どうってこたない　死ねば——

石と死んだ親分とが例えばタンゴの如く移動し、西の子分や用心棒もそれを中心に動く。殺陣の型を誇張的に取り入れた真剣かつ迫力あるダンスナンバーになりたい。

女浪曲師　むろん、ゴロ長も、石を一人だけ死なせるつもりはなかった。わずかな一家を率いて、ひそかに川を渡り、葦の間伝いにこの辺りに忍び寄っておりました——

葦の束《ぼさ》などを頭の前にかざして、長と子之吉らが、虫のように匍匐《ほふく》前進。石と抱き合っていた西の親分が、ついにどさっと崩れるように倒れた。さっと散開する敵方。あわてて首を竦める長たち。
折からの月光に照らされて、仁王立ちの石、血刀を手にしていても、まるで無防備な子どものように見える。

女浪曲師　石の構えを見て用心棒の侍が驚いた。まるで隙だらけ。このとき石は心のうちでつぶやいていた——

石　（内心の声）ひとつだけ、髪の白い侍から教わったことがある——たぶん、旅の船の中だ——真剣で向い合ったら、上段に構え、目を瞑れ——体に相手の刃をひやりと感じたら、振り下ろせ——それで相討ちにはなる——（自分に）うん、上出来だ、これで。

石、刀をゆっくり大きく大上段に振り上げる。

しかし風が吹くと、柳が風に揺られるごとく、ひょろひょろっと左右に動く。

と、敵方もいっせいに同じように動く。彼らは皆用心棒の侍をあてにしている。

なんだか心理的に追い詰められてしまった用心棒、裂帛の気合とともに、大刀を真っ向唐竹割りに振るった。

たしかに石は斬られた。視界が真紅に染まった。が、その直後に石の振り下ろした刀も用心棒を襲った。ここはスローモーションしかないだろう。前へ倒れこむ動きと刀の振りおろす重さと、重力の相乗が、用心棒の肩口に加えられた。

がくっと膝をつく石。どっと倒れ伏す用心棒。吹き出す血しぶき（照明）――その壮烈さに、腰をぬかす西の子分連中。

そのとき、幔幕をはねのけてか、長たちが白刃ふりかざして突入する――「ゴロ長一家だ」うおうっと続く長の子分たち――やがて「勝ったぞ、勝ったぞっ」の声が響く。

女浪曲師　上手の手から水が漏るとか、名高い使い手の用心棒が、ほんのすこし踏み込みをためらったのでしょう。こうして石は、片目を失いました。

石が顔をおさえた掌の下から、真っ赤な血が溢れ出ている。

女浪曲師　桶狭間の合戦にも例えられるべき、この大番狂わせの勝利によって、一気に長一家の名は、業界に轟きわたりました。――が、同時にそれは――なにしろ集団暴行殺人ですから――お上《かみ》の役人の目を逃れて、旅から旅へ、長く辛い季節の始まりでした――

4

旅姿に身を固めたお蝶が、港の女たちに見送られて旅立つ。

合羽に三度笠の長一家が待っていてお蝶を迎え

る。お蝶を中に行くうち、黒い眼帯をした石も追いついてくる。

M『旅のうた』(はじめ女たち、後から男たち。踊りも)

女たち 空は夕焼け　男はゴロ長
粋な三度笠　チョイとかしげて　凶状旅《いそぎ》

つい陽気になってしまう男たちを、長や子之吉が戒めるなど。
お蝶を迎えた男たちが歌う——

男たち 旅は道づれ　女はお蝶
縞の合羽に　チョイと世間を　斜《はす》に見る

突如、照明や音響が、雨や雪、また風などを表現。
一同、難渋しながら旅を行く——

全員 雨や雪なら　しのぎもするが
渡世仁義の　チョイと切ない　薄なさけ

咳き込むお蝶を長がおぶり、また代わって石がおぶうなど。
三度笠と合羽をいろいろ用いた歌と踊りのシーンが終わると——

ここは寂しい山中。山風が唸る。
どうやら病気のお蝶を介抱しながら、長の一家が野宿の体。
従う子分は、子、丑、寅、卯、辰、それに石と法印。

子之吉 旅で病気になるのは辛い——お蝶さんはこの事件のそもそもの原因の一つですから、彼女が長一家と旅に出たのも当然ですが、やはり旅先で病みついた。一家としては、収入を得る道がない。博打を打とうにも、いまや名前が売れたのが仇になり、イカサマで稼ぐわけにはいかない。賭場荒らしはなお出来ない。賭け事というもの、小さな元手で確実に稼ぐには、実はイカサマの他に道がないのです。

丑　人気や評判は、銭やおまんまと、相性がいいとは言えないことのほうが多かった。――行く先々のどこでも、私たちの苦境に、無条件で同情し、できる限りの面倒を見てくれたのは――ねえ、何で、きまって貧乏人ばかりなんでしょうね？――

寅　貧乏所帯に長く厄介になるわけには行きません。――そこで、うちの一家と以前から繋がりがあり、かつ現在、羽振りのいい同業者を頼ろう、ということになるのは当然の成り行きでした。（駆け込んで来た子分に）おう辰、首尾はどうだった。橋桁の六助どんの？

辰　（息を弾ませて）親分、二つ返事で、おういいともいいとも、すぐにもいらしてくだせえ、喜んでお迎えするぜ、とのこって。

一同　（うわっと安堵、喜びの声があがる）

卯　やっぱり、橋桁のは、昔の恩義を忘れちゃいなかったんだっ。

丑　渡世の仁義を忘れちゃあ、こんな短え間に、親分の貸元のと立てられる身にのし上がることは出来ゃあしねえよ、なあ。

子分たち　（「親分、姐さん、よかったですねえ」など、口々に）

子之吉　（「ねえあにい」と振られて）親分――ひとっつだけ、気になることがあるんですがね。（長「何でエそりゃあ」）橋桁の六助は、近頃お上から十手捕り縄を預かって、二足の草鞋を履いてるって噂がありやす。（一同、動揺）常の楽旅なら知らねえこと、お上の手配を逃れて裏街道を急ぎ旅の俺たちには、安気に身を任せるなあちっと難しい相手のような気がしやす。如何なもんでござんしょうか。

一同、沈黙。風の音。お蝶、力のない咳を。石「姐さん――」と背をさする。長、それを見やっていたが、

長　よく言ってくれたな、子之。――しかしなあ、上州の大前田の親分さんをはじめとして、大親分と言われるほどのお人は、実は、多かれ少なかれ二足の草鞋を履いてなさるんだよ。（子分たち、どよめく）それは、あんまり親分衆の力が大きくて強くて、お素人衆からも信頼され頼られていなさるから、お上のほうから頭をさげて、ぜひ十手捕り縄を預かってくれめえか、博打打ちの取り締まりには博打打ちが一番だからと――まあそんな訳合いだと、おいらは聞いてる。

丑　橋桁の六助が、それほどの器量にのし上がった、と？

長　そこが、わからねえ。（子分たちに）どう思う？――おっと、石に聞いてもしかたがねえ、お前は人の言葉を疑《うたぐ》らねえから――お蝶、どうだ？

お蝶　（咳をしながら）私に聞いてくれるのかい、嬉しいねえ――（皆を見渡して）どうだい、博打打ちらしく、サイコロで決めたら？――（皆に、同意の気配が流れる）じゃ、私に、壷振らしておくれでないか？

長　いいだろう。今の俺たちには長く選り好みをしているひまがねえ。お前の名を見徳《けんとく》に、丁と出たら――

石　（頷いて）ええ、親分の名でもあるし。

長　丁目なら、橋桁の好意を受けるとしよう。いいな？

一同　おう。

女浪曲師　ちなみに、ゴロ長は生涯、丁半博打では丁にしか賭けませんでした。

音楽。『丁半のテーマ』（コーラス。後にリプリーズあり）

お蝶、壷をさっと振り上げたところで、暗転。

女浪曲師とコーラスの女たちに照明。

浪曲師とコーラス　旅に病みて
夢は枯れ野をかけめぐる
芭蕉の心は知らないが
お蝶をつれて長一家
心せくまま　参りました

いま売り出しの　貸元で
橋桁の六助という
とかく評判あるお方

5

提灯や腰高障子に、橋桁の象徴化に六の字の紋など、羽振りの良さを思わせる橋桁の六助の家。
長一家がずらり並んで仁義の構え。
橋桁の六助、いい恰幅。いい身なり。他に子分や女たち。

橋桁の六助　（ゆったり笑い飛ばして）いやいや、そんなご大層な挨拶は無用だ。長さんよ、俺とお前の仲じゃねえか。よかったらいつまででも逗留してくんな。

長　ありがてえな、六助どん。

六助　なんなら、生涯でも。

長　そんなに長かあいられねえや。（一同、笑う）

六助　おう、姐さんは草臥れてなさるんだ。お先にご案内しねえ。

長　すまねえな、橋桁の。（お蝶は当家の女たちに導かれて奥へ。長一家の子分たちも丁重に、揃って頭を下げる）

六助　なるほどなあ、さすがに躾けがいいや。今じゃあねえが五年たったら、海道一の一家だろうと、噂の立つだけのことはあらあ。

長　（照れて）なあに、付け焼き刃さ、一夜漬。ひね大根ばっかり。あっはは。（子分たちもゲタゲタ笑う）

六助　ところで港の。お前さんがたは今結構な人気・評判だが、その秘訣は一体なんだと、自分じゃ思ってるんだね？

長　そらあ橋桁の。西の大手のでっけえ組に、俺っち小さなちっぽけな組が、真っ向からぶち当たって親分の首をとった。それが痛快だから皆さん、喜んでくださってるんじゃねえのかい。

六助　えらい、当たりだ。だが大当たりとはいかねえ。人気の理由はそれだけじゃあねえ。

長　ふむ。自分の背中ァ自分じゃ見えねえ、人の言葉が合わせ鏡てえが、本当だね。それだけじゃねえなら、なんなんだい？
六助　時代よ。（音楽、聞こえはじめる）
長　ジデェた何でえ。
六助　動かねえときには嫌になるくれえ動かねえが、いつとは知らず動きだして、やがて潮のように俺たちを有無を言わせず押し流しちまう。それがお前さんの背中を押したんだ。
長　ふうん――（ゆったりと）そうかい。
六助　わかったか。
長　わかったか、お前ら？（と子分に振る）
子分たち　（順次首を振る。石のところで止まり、皆注目するが、彼も首を振った）
長　そうかい。（ゆったり）俺も、わからねえ。（子分たち、ゲタゲタ）
六助　大親分さんたちは確かに偉え。しかしむかし権現さま、と言ったってそんじょそこらのお社のことじゃねえ。徳川さまのご開祖東照神君家康公だ。この方が四民と言って士・農・工・商の別を立てた。
長　えれぇ学者んなったなぁおぅ六どん、久しく見ねえうちに。
六助　そこでだ、俺らヤクザはいってえ、その四民の中の、何だ？
子　中じゃねえ下でしょう。
長　堅気の衆は、みなさん上だからな。
法印　それとも、外か――（石に）どう思う？　石さん。
石　考えています――
長　ま、ま、そんなとこだ。あっはは。
六助　なあ長、大親分たちがなさることは、お上の手配書の中身や手入れの日や時を、前もってこっそり流してくれる位のものさ。しょせん、動かねえ時代の変わらねえ枠の中でしか考えちゃいねえ――あほらしいたあ思わねえか？
長　六、お前何を言いてえんだ？

子分の一人が手を触れたか、腰高障子の上半分が、がたりと音を立てて下に落ちた。すると障子が二重になっていて、現れた障子には大きく

『御用』の二字。
驚く長一家。板壁に触れると、その羽目板がぐるりと回り、ずらりと並んでかかっている御用提灯や、刺股など捕り物道具が現れる。
長一家、総立ち。そのとき六助すこしも騒がず、むしろ爽やかに笑った。

六助　そうよ、おいらヤクザの身でヤクザを取り締まる二足の草鞋ものよ。

音楽。『二足の草鞋の歌』

六助　草鞋が一足こっきりは　不用心
いつでも履き替える　これが当世
お前さんがたは　人をばらして逃げ回ってる
なにより怖いは　お上のお役人
そこでドンデン　頭の逆転
いっそ捕めえるほうに　回りゃいいんだ
ヤクザがお役人　お役人が博打うち
いつでも入れ代わる　これが新時代
世の中いろいろ　掟や決まりがいっぱい
根性のある奴は　みんな罪びと
だからドンデン　一発逆転
掟やきまりのほうを　変えりゃいいのさ

一同、歌なかでは敵味方なく、橋桁家の女たちも含めて、どんでんソングを踊る。（長一家の一人が当家の女の一人にコナかけるなど）

六助　というわけだ。どうだ長、俺と組むなら、悪いようにはしねえぜ。そうさな、さしあたり、誰でもいい、三下奴を一匹、殺しの下手人の代人にして俺に渡しな。それで話をつけようじゃねえか。一両日のうちにゃあ長一家はお目こぼし、青天白日よ。

長一家に動揺のさざなみが渡る。長がじろりと見回すと、逆方向に波が渡って行く。石が発言しようとすると、仲間に抑えられる。

長　（大いに感心して六助に）お前は頭がいいなあ。利口だなあ。賢いなあ。
六助　なに同じことばかり並べてやんでえ。さあ、どのカボチャ頭を出す？
長　俺は機転がきかねえからなあ。ま、とっくり考えさせてもらわあ。
六助　あまり時はねえぜ。
長　お前、生涯でもって、言わなかったっけ。
石　あのう、「ああっ」（と立つ。仲間たち、抑えるひまがなかった。「ああっ」）私を、捕まえてくれませんか。
六助　ほう、お前が代人に立とうてのか。
石　いえ、本人です。（皆、慌てて抑えこむ）嘘じゃありません、私、嘘は、（ついに押さえ込まれる）
六助　はっはっは。譲り合うたあますます躾けがいいや。まあ、ゆっくり話しあうがいい。なぜ、人気評判の高いお前さんたちが、いま雨露をしのぐにも困る破目に落ち込んでるのか、となー
丑　そう、それなんだ——（仲間に抑えられる）
六助　ふっふ。ごゆっくり。

長一家　へーい。

六助、奥へ去る。つづく女たちの中に、長一家の様子のいい男、例えば卯平とウインクし合っていたのがいた。彼もそっと消える。行灯の周囲に、長・子之吉・丑松そして石たちが額を寄せ合う。

石　長さん——
子之吉　親分。
長　あのな——おいら誰だろうと、売る気はねえぜ、可愛い子分を。金輪際。
一同　（頷く）へい——
長　ここが、辛抱しどころ……泣きどころ……と来ら。ははっ。（子分たち笑う）
子之吉　（しんみり）駿河茶どころ、米どころ……
一同　（子分たち、ヨッとかイェーイとか合いの手のような掛け声を挟み、有り合わせの物を叩いてリズム隊、あほだら経ラップとでもいうようなものをリレーで……法印「娘ごころは恋ごころ」丑「番茶も出

花でやらせごろっ」法「仏ごころに下ごころ」子「魚心には水心」長「六助どんはふた心」わあっと笑う。子「シーッ」が、すぐまた法印次を促し、丑「乞食坊主はずたぶくろ」法「可愛いあの子の泣きぼくろ」石も例えば「ひとよひとよのひとみごろ」一同「?」

——などなど、明るく盛り上がりかけると)

丑　しっ……

一目で怪しい行為の最中だったとわかるしどけない姿で、卯平がそっと忍び足で戻ってくる。褌を長く引きずったりして。

卯　(声を潜めて) おやぶん——

子　なんだ卯平、お前もう——

丑　けっ、早えやつ。

卯　いや、まだ途中なんだけど、あの、これ (小指) がね—— (ポショポショと囁く)

長　なにっ。

子　しっ—— (行灯を吹き消す)

同じくしどけない恰好の女が来て、卯平の褌をたぐり、彼を引きずり寄せて連れ去る。見送る一同、次の瞬間、素早く音を立てずに去る。音楽。

六助の指揮で、たすきに六尺棒の捕手《とりて》姿の役人。続いて玩具のような小さな御用提灯を五個ぐらい横に並べてつないだのを、両手に一連宛持ったのが、同じく捕手姿で。これは一人で十人の捕手を表現しているつもり。その数が次第に増える。

六助　(十手を握って、役人に) それえ。

役人　はっ。港町ゴロ長一家と名乗る不逞の者どもも、神妙に縛につけっ。

六助　かかれぇ。

どっと御用提灯の波。「御用」「御用だ」の御用声。三つ太鼓。

三度笠をかざした長一家の子之吉・丑松が、提灯の波と立ち回り。役人にトンボを切らせ、ゲバにして笠を下ろし見得を切るなどある。
そしてお蝶をかばいながら、長と石。提灯たちも警戒するが、ミニ提灯に加えて超ミニ提灯を並べた捕手たちが次第に増え、遠近法の効果もあってまさに大小の御用提灯の波が、渦を巻いて長たちを囲む。
お蝶が咳き込み、倒れかける。

長　お蝶っ。
石　お蝶さん――姐さんっ――

三つ太鼓高鳴り、高張も押し立てられ、いまや提灯の波に木の葉のように揺られる長・お蝶・石。もはや絶体絶命。
そこへ高らかに駒音が、一騎ならず響いた。

声　引け、ひけっ――不浄役人ども、下におろう、下におろうっ――
別の声　どけどけ――どけっ――どかんとただではすまさんぞ、どけっ――

動揺狼狽する御用提灯。潮のように引いて、舞台上下や奥に、包囲はなお解かない感じで住まう。
中央に、お蝶を中心に長と石、そして子之吉と丑ぐらいが三度笠の陰に身を寄せ合っている。

立派な武士　（登場して）頼もう、お頼み申す――身共は、故あって主君の名も我が名も明かせぬが、徳川将軍家譜代の、いわば親藩同様の筋のものとお心得いただいて結構。――実は、

反対側から、浪士ふうの若い浪士。

若い武士　御免。――拙者は、さる西国の大名の――そんなことはどうでもいい。ただ、尊王攘夷の側に、いささか心を寄せるものだ、と承知してもらえばよい。

二人は互いに別次元。それぞれ前にあたかも長一家がいるように。

立派な武士　まこと、容易ならぬ事態――我が藩だけのことではない、この日本が、いわば危急存亡の秋《とき》、

若い武士　ひっくり返そうというのだよ、幕府を。三百年の屋台骨が、もう揺らぎはじめている――

立派な武士　そこで、なんとお呼びすればよいのかな、遊侠の徒、とでも？

若い武士　男伊達、というのかい？

立派な武士　貴殿がたの、

若い武士　お前さんたちの――

二人、同時に声を揃えた。

ふたりの武士　力が借りたいのだ。（と、頭を下げる）

三度笠を恐々と開く長一家。

遠景に御用提灯の波はまだ揺れてる。

音楽。休憩。

6

前場から何年かののち。

港のゴロ長一家の家（庭）――舞台の基本はつねに砂浜を思わせる傾斜で、そこに最小限の道具を置く。

床几に前場の立派な武士、実は藩の隠れ目付で、今日も微行《しのび》とあって、頭巾など。

前に長、子之吉ら、やや離れて他の子分、揃いの半纏。ただしデザインなど前の漁網の肌着等のイメージを引き継ぐ工夫を。

お蝶が接待役。病が癒えたとは言え顔色は蒼白く、自然に備わる一家の姐御らしい貫禄と、なお型破りな要素を残した好みの姿《なり》とが相俟って、なんと言うか、凄いようないい女。ほかに女中。

長　（むろん、貫禄がついた）まったく、あのときお

目付様にお目にかかっていなければ、私らはまだ生まれ故郷のこの港の砂を踏むことが出来ずに、来る年も来る年も旅の空をさすらっていたかもしれやせん――

お蝶　ほんとうに、殿様は私たちの助けの神。さ、どうぞ。

立派な武士　お内儀は、その後病のほうは。

お蝶　お蔭さまで。あちこちの空を渡って来た流れ者の私ですけど、ここの柔らかな潮風が性に合ったのか、すっかり。（といいながら、咳が出かけるのを巧みに殺す。長の目配せで）どうぞ、ごゆっくり。（去る）

長　で、久しぶりの今日のお出では？――

子之吉　やはり、上方のほうの雲行きが――

丑　いよいよ、いくさに？

立派な武士　（頷く）日本六十余州を二つに割った戦いが、近々――

長　そうですかい。――やはり、そうなるんですかい。

立派な武士　（苦々しく）西国の謀反人どもが、京の都の公卿どもを祭りあげて――

子之吉　で、その戦いは、いってえ何処で。

法印　形勢は？

立派な武士　（それには答えず）天誅の何のと、やたらに人を殺め、火を放つ狂い犬同然の浪士どもがいた。近時遠近《きんじおちこち》に頻発する百姓どもの一揆、打ち壊しの陰にきゃつらの同類が出没するとの噂もあった。――そやつらがいまも蠢動しておる。（一同、わからない。注釈して）うごめいておる。これを絶滅せねばならぬ。

長たち　ははあ――

立派な武士　（叱るように）我ら徳川三百年の世を支え来たりしもの、決して負けはせぬ。あり得ぬ。

長たち　へえい。

立派な武士　が、備えあらば憂いなからむ。万が一、上方での合戦に破れんとせんか、（法印「戦火が拡大――いえ、何でも」）謀反の賊軍は大挙してこの街道を押してくるであろう。また、エゲレス国より大金を持って購入せりと聞く西洋式軍船が海路この港に押し寄せるかもしれぬ。
長たち　ふうん。
立派な武士　ここにおいてか、貴殿たちの役割は明らかであろう。そのほうたちは姫海道と称する裏街道はおろか、杣道《そまみち》けもの道の類にまで通暁しておる。隠すことはあるまい。でなくては長年浮世の裏を渡り来たれる道理がない。
長　で――あっしたちに、一体、(何をしろと)
立派な武士　うむ。まず長どのは士分にお取り立てということに、
子分たち　ええっ。
立派な武士　子分衆はとりあえず、士雇と、そんなところかな。
子之吉・丑　その、リャンコ――二本差せる身分に?
立派な武士　いかにも。――そのほうたちの命、預けてくれ、身共に。

立派な武士が頭を下げた。長一家、慌てて平伏。

長　(腕組みしていたが)どうぞ、お手をお上げなすって。
立派な武士　(厳しいものを秘めて)ゴロ長どの――身共の頼みを、よもや、
長　お世話になったお目付さまに、四の五の言える筋合いじゃあござんせん。
立派な武士　では、よい。(と立ち上がる。吐息ののち)全日本が二つに、と申したが――割れておるのは、こうした場合、人の心も、でな。心の中も。
長　人の心。
子之吉　へえ?――
立派な武士　そのほうたちの渡世、と申すのか?最も尊ぶべきは「仁義」と聞くが――我らにとっての忠、君死すれば臣死すという心と、似通っておるのであろうの。天に一つの陽あるごとく、(見回して注釈)太陽。お天道様。(皆こっくり)人の生くべき道に二つはない――邪魔をしたな、いや、見送り無用。

立派な武士、去って行く。一同、見送る。
お蝶が様子を窺っていた。その後から前場の若い浪士。
鐘。照明が変わりはじめる、その間に——

子分○　でも夜になると、出るのはお月さんですよね。
子分△　と、お星さん、いっぱい。
子之吉　おきゃあがれ。減らず口叩くんじゃねえ。
——（長に）親分。

長、お蝶に向かって頷く。お蝶「（若い浪士に）どうぞ、こちらに」進み出る若い浪士。
いまの登場人物が居どころを変え、女たちが酒肴の膳を運ぶなどして用意が整うと、次の場になる。

7

同じ長一家、夕。

こんどは若い浪士と一家の面々。酒が出ていて、酌はお蝶と女たち。
立派な武士との時にくらべて、ずっと砕けた雰囲気。

丑　で？　どうなるんで、その、どんな世の中に——
浪士　そうさな、まず、四民平等——四民とは、士農工商を言う。
子分たち　（囁き合う「誰かから聞いたな」「橋桁の六助」「そうだ、あの二足の」「おい」）
長　で？——平等とは？
浪士　強いものが勝つ、これだな。
子分たち　（ざわざわ。「そりゃそうだ」など）
浪士　いや、おそらくはおぬしたち、わかってはおるまい。これまでの世が、そうではなかったからな。公平という言葉もある。これをあたかも飢えた子に握り飯をわけ与えるごとく、誰もが等しく同じように、と理解しては違う。
卯　違うんで？

浪士　戦って勝ったものが獲る、と心得ればよい。
一同　ふうん――
子之　それが、新しい世の中で？　その、あんたらが来させせようてえ、
浪士　新しいだけではないな。真実なのだ。――（若い子分に）お前ら、侍の子と喧嘩したら、どっちが強い？
○・△　（顔見合わせるが）ま、てえげえの餓鬼ならね、喧嘩なら。
浪士　お前のほうが強いか。（「へい」）しかし勝てるか。（「へっ？」）勝利を収めることが出来るかというのだ。（女たち「わからなーい」）勝って、何かを勝ちうることが出来るか？
○・△　へへっ。だって、お侍の子じゃあ、へっへ、
女△　無理言ってえ、このウ。（と浪士を叩いたり、けらけら）
一同　（笑う、女たちも）
浪士　（動ぜず）それが、いままでの世だ。強くても勝てない、お前らは。（しんとなる）弱くても負けない、武士ならば。――不公平じゃないか。
一同、彼の言葉にそれなりの衝撃を受ける。石・法印もいる。
長　――するてえと、もし、海道一強けりゃあ――
浪士　海道一えらいのさ。その見やすい道理が、見えなくなっている。覆いをとりのければ、真実が見える――
一同、頷き合ったり、いろいろ。男たちには自分たちに対する応援歌に聞こえたし、女たちには確信的に語る若い浪士が素敵に見えはじめている。お蝶、浪士にお酌など。
丑　その――おいらたちも、侍になれるってこって？
浪士　うむ、そうだ――と言っても、ま、間違いではあるまい。ははは。

鳥の声が鳴いて過ぎた。

歌『この世は強いものが』（浪士、あとから一同や法印）

浪士　たとえば　空をみろ　往く鳥をみろ　ただし　よく見ろ
雀と鳶と　鷹と鷲と　命を食らいあって生きている
この世は　弱肉強食　強いものが勝つ　勝つから生き残る

あるいは　花をみろ　草や木をみろ　じっとよく見ろ
うごめく虫も　花の蜜を　競いひしめき　争って生きる
この世は　弱肉強食　弱いものは負ける　負けて消えて行く

人間も動物も　強い奴が勝って仕切る　よく見ろ
侍が（商人が、お大尽が　お庄屋様が）えらいんじゃない　強いから
勝つから　偉い（これでなくっちゃ）
世界は　弱肉強食　弱肉強食　弱肉強食

踊りはたとえば猿の群れのように、弱い猿は仲間で集まって強い相手に反撃したり、ピラミッドを作って威嚇したり、など。

皆、かなり納得で、法印なども含めて無責任に盛り上がる。ただし、石が納得しないようだ。

それにお蝶が気づいていた。

長　石。――お前、妙な面をしてるぜ。なにか、言いてえ事があるんじゃねえか？
石　いえ。――そんな――馬鹿だから、おいらは。
（笑いが起きる）
長　知ってる。
お蝶　あんた。
長　いいじゃねえか、俺も同類だ。
お蝶　石さん。言ってごらんなさいよ、聞きたい

な、私。（女たちに）ね？

女たち　ききたーい。（彼女たちにとって石は人気者だ。さぁ今日も笑えるようなことを言うか、または仕出かすだろうと、待ち構える）

石　そんな、みんなに笑って楽しんでもらえるようなことが、おいらには、言えそうもない――（くすくす笑う声）それが出来たらいいのだけれど、ほんとうに。（笑声、高くなる）――ただ、気になったのは、いいや、よくわからないのは――強いものが勝つ――それはそうでしょう、で、強いから、生き残る――

丑　なんだ、わかってるじゃねえか。

石　じゃ――人間は、どうして生き残って来たんでしょう。

△・○　だから、強いから。（女たちは笑う）

石　熊や、狼より？

長　え？　だからよ、利口だから、人間。いろいろ、知恵はたらかしてよ。馬鹿じゃねえから。はっは（笑声）――俺、なんか変なこと言ってる？（これは、誰も笑わない）

石　ええ――でも、はなっから――初めっから強かったんでしょうか？　ヒヒや虎より、この世の最初っから。

子分たち　なんだって？　おい、おい。

石　赤ん坊を見ていると、飽きないけど――でも、知恵って、だんだん付いてくるもんでしょう？――（「そりゃそうだ」）その、知恵がついて、それがはたらいて、強くなるその前――人間は、どうしてたんでしょうね？

法印　それは、隠れてたんだろうね、強い獣に食われないように、洞穴かなんかに。

子　見て来たようなことを、この。（一同、笑う）

石　（も笑って）すみません。見られるわけがありませんね。（皆、笑う）だけど、たしかに、虎より猪より、大概のものより弱い時が、そんな頃が人間にはあったんじゃないか――

浪士　おぬし――何故こだわる？　そんなことに。

石　ええ――弱いからだと思います、おいらが。

長　うん――うん、うん。（腕を組んで、ともかく頷く）

一同、ざわざわ。石の武勇伝を皆知っているから。浪士に囁くものも。

浪士　あっはっは。そうか、あんたが石さんか。さすがはゴロ長、面白いのが身内にいるなあ。（といいながら、石を見ている）あっはっは――

音楽で暗くなる。
歌声が聞こえる。

8

子守唄（手毬唄）を歌うのは赤子をおぶった子守の少女、知的障害のある感じ。この歌の間に、合戦に敗れた満身創痍の落ち武者が通って行く。

少女　今年この春　なんぼになった
とって七つにござ候えど
お父ちゃ　いくさに行き申し候
されば九つ　おとなに候

今年この夏　なんぼになった
数えて十になり候えど
兄ちゃ博打で指つめられて
お茶屋奉公　十二に候

今年この秋　なんぼになった
花も十四の　野に咲く菊よ
ゆうべ姉ちゃが死に申し候
されば十五の　嫁菜に候

今年この冬　田が枯れ候
やや子生まれて　三つと一つ
亭主むしろで簀巻きにされて
されば十九で　後家にて候

ここはお地蔵さまか道祖神のある村はずれ。
少女の歌っているのを、石が来て聞いていた。

石　そのさきは、ないの？
少女　えっ？――（怯えたように周囲を見て、安心し

た感じで、首を振る）

石　その人はどうなったのかな、十九で後家さんの。

少女　石さん――今日は、子どもたちといないの、いっしょに。いつもみたいに。

石　菊ちゃんは、おいらが子どもたちと遊んでいると、寄ってこないね。

少女　いじめられるもの。

石　子どもたちに？――（少女、こっくり）どうしてかな。

少女　いじめたいの。あたいを。

石　おいらも、――ずっと昔のことは覚えてないけど――うん、いじめられたよ、ずいぶん。

少女　――石さんも？

石　（頷いて）皆、自分より弱いものが好きなんだね。――苛めてるときの顔は、みんな血が上って、赤くて、何かに似てる――

少女　猿。

石　ほんとだ。（笑い合う）そんなとき、人間は獣なんだって、よくわかる。そういうとき、皆、へんに生き生きしてる、獣だから。本性を現してるから。――子どもたちでも。――おいらも、人を殺したことがあるから――

少女　（楽しげに笑っている。鳥が啼くなど）

石　でも、今日は子どもたちは誰も来ない――上方でいくさがあったからね。落武者が通るから、親たちは子どもを出さないんだね――

お花が来る。落ちついた女房の感じ。

石　お花さん――よく来てくれましたね。

お花　石さん――

石　ああ、この子は、大丈夫ですよ。お菊ちゃんは。

少女　だいじょうぶです。お菊ちゃん――

赤子が泣く。少女、揺すりながら遠ざかって行く。

お花　どうして会いたいの、石さんは、私に。

石　話したいからです、お花さんと。
お花　でも、私はいまは隣り村で、人の女房なのよ。八五郎って人の。
石　（びっくりしたように見ていたが）あの人は、いい人です――わかってくれますよ、きっと、八五郎さんは。
お花　私が石さんと会うことを？
石　石が、お花さんと話したがっていることを――お花さんじゃないと、わかってくれないから――それが、八五郎さんにはわかる――
お花　（笑いだして）いいわ、今日は何を話したいの？――お蝶さんが素敵な人だってこと？
石　いいえ。でも、そういうところも、もしかして、ちょっと――戦争が近づいていますね。
お花　ええ。兄貴は色めいているでしょうね、馬鹿だから。
石　（頷いて）皆、戦争のことばかり、どっちが強いか、どっちが勝つか、どっちについたらいいか――それでね、お花さん、おいらが一番不思議でならないのは、誰もが、どっちにもつかず、いくさをしない、そういう道のことは考えていない――本気では考えていないみたいなんだ――
お花　わかるわよ、石さん。――兄貴はしょせんそんなところ、ゴロまきの長太よ。――うちの人もヤクザだけれど親分なし子分なしの半可打ち、喧嘩出入りが何より嫌いの性分で、世の中がどう転ぼうと夫婦二人の気楽な身の上。――そうだ、石さん、家へこない？――兄貴たちに巻き込まれることないよ。――そうか、お蝶さんがいるか。
石　――お花さん、おいらはあんたのところに逃げるんじゃなく、でもあんたたちの力を借りて、このいくさを止めたいんだよ。――少なくとも、この港を巻き込みたくない。あんたが言えば、長さんはわかる。あんたなら、長さんを止められる――
お花　――お蝶さんの仕事のようね、どうやら、それは。
石　あの人は、どっちが勝とうがどうでもかまわない。——戦って、双方が相討ちで、みな焼け野原になっちまえばいい——

お花（ぎょっとした）え？

石　と、そんなふうに思っているような気がしてしかたがない——（心細く）なぜだか、おいらには、どうしても——

お花　——

石　（不安だ）お花さん、なんとか言っておくれよ——お花さん——

また聞こえる少女の唄。音楽。

9

女浪曲師（とコーラス）登場。

女浪曲師・コーラス　ハア　いくさ　いくさと草木も靡く
いくさ素敵か　儲かるか　歌の文句じゃないけれど

天下分け目は関が原　この当時なら鳥羽伏見（せりふで）「すごいいくさだったんですってね」「いや凄いの凄くないのって」「アラ見たんですか」「ええもう衛星中継で」なんてことはありゃしませんが、当時日本国中どこへ行っても、いくさの話。勤皇か、佐幕か。昨日勤皇明日は佐幕なんて歌もあった。きんの（昨日）のことはわからない、なんて言ってる場合じゃあない。

子分たち　「で、どっちが勝つでしょうね？」「そりゃあやっぱり」「へえ」「強いほうだろうなあ」「それじゃ何だ、日の本六十余州」「大名小名数ある中で」

子分たち（歌）「いちばん強いのは　どこでやしょう？」

夜。長一家の主だった連中が人目を避けて、裏の砂浜で秘密会議を開いている感じ。石の姿はない。法印も。

海辺らしく漁網とか物置小屋ふうのものがほし

い。葦簀《よしず》がけでも。

長　そらあ、何といっても徳川様よ――おいら、あのお目付様に従うことに決めたのも、え？　忠の孝のって雀や烏の子じゃあるめえし、なあ、お目付様の藩は小せえがその後ろにゃあ日本一の大親分、将軍家が控えてる。三百年の御治世は伊達じゃあねえ。いっときは田舎侍に勝ちを譲っても、え、日本中の侍がいわば子分筋だ。おいら胸にじっと手を当てて考えて、どう考えても堅えのはこっちだと、

ごとり、物音がきこえた。

子之吉　おう、いまのは何だ？

丑　（葦簀がけの小屋を）親分――ここに、誰か。

さっとプロらしい緊張が走る。すると、女の咳だ。

お蝶　（小屋から出てくる）私よ――なんだか熱っぽくて、体が火照ってさ――風に当たろうと思ってぶらぶら――（皆の顔色に）おや、聞かせたくない相談だったの、私に？――ふっふ（笑おうとしたのが咳に）風邪引いちまったかしらね――

長　なに、お前に聞かせられねえ話なんぞがあるわけはねえが、なんだ、女だからな――まあいいや。（子分たちに）とにかくおいら東に乗ると決めた。否やはねえな。

子分たち　（顔見合わせて）へい――

子之吉　親分、今夜の話は、ここまでに。

長　（頷いて）ご苦労だった。

子分たち　へい。（立って、散りかけようとした、その時）

声　それはどうかなあ――

一同、色めき立つ。子之吉が小屋の戸（葦簀）を蹴倒した。

例の浪士が頬被りに町人ふうの変装（のつもり）

で、大刀を抱いて。

長　お前さん――

浪士　いやいや、怪しむことはない、ない。あっはは。――今夜わしは、厳しい警戒を潜ってやって来たんだ。このあたりは、いまのところはまだ幕府軍の支配下だからな。――ほれ、例のお目付殿が下役を連れて見回りだ。危うく鉢合わせしそうになってな、取り敢えずこの小屋に、姐御の指示で――そしたらなんとお主たちが集まって来た。あはは――

長　全体、何の用で来なすった。

子之吉　藩のお侍衆が目の色変えて殺気だってる、その中を――

丑　いくら、いまにもそっちの味方の軍勢が寄せて来るにしたって――

浪士　それが、今、微妙だ――この一両日、いや長くて三日、天下の形勢はここで決まるぞ、この港近辺で――（皆、色めく）ま、ちょっと、聞いてくれ。

浪士が進み出るのを、子分たちは油断なく囲むようにして移動。

浪士　この先の寺に、大きな松があるな。低く広く拡がったその枝葉が、境内を覆いつくさんばかりだ――しかし、よく見れば、その先は枯れはじめている――養分が行き届かないからさ。枝葉の広がりすぎた老松さ、徳川様は。――とても東北諸藩の隅々まで生きた血が通った生き物とは言えまい。

音楽、そして女と浪曲師。

女浪曲師　（場面変わりの転換をしている子分たちを指して）何を準備をしているのかって？――ええ、たぶんご察しの通り、この一家は、自分たちの運命を、例によって丁半で決めようというのです――

畳に白布、盆ゴザと称するものを設え、一家、居流れる。

音楽シーン『丁半の歌』（長と一同）

長　（レシタティヴ、ときに台詞、ときに歌、ときに他のソロ、またコーラスも）

俺たち皆　ただの人間だ

頭は（どちらかといやあ）　悪いほうだ

一同　（大いに頷く、コーラス）悪いほうだ――

長　こんな俺たちも　心を決めなきゃならねえ

そんな時がある　それがきっと　今だ――

ああしかし　どっちへ行きゃいいんだ　右か左か

一同　どっちに張りゃいいんだ　左か　右か

長　西か　東か

一同　東か　西か

長　だから　丁半

一同　だから丁半――

長　一天地六の賽の目に　おいら未来を賭けるぜ

さあ　浪人の旦那（浪士、下手袖）に張るか　それとも殿様（上手）か

丑　どっちが丁なので？

長　お蝶、お前が決めな。

お蝶　（にっこり）丁。

長　壷は、俺が振ろう。

音楽、改めてサスペンスを含んで。

長　入ります。（さっと壷に賽を投げ込み、伏せる）

一同　さあ　俺たちの（一家の）　運を（命を）賭けて　張った　張った

（口々に）おいら丁　俺は半　待った　やっぱり丁　半っ（など）

長　（石が来ているのに気づき）おう石　お前も張りねえ

石　丁でも　半でも　ない賽の目が　もしあるなら――

一同　（どっと笑う）

長　そいつあ無理な相談だ。丁か半か、それしか人間の命のありようはねえぜ。どっちか言いなよ。

石　……

長　よし、丁半の駒を揃えることもいらねえ博打だ。盆中コマ揃ったとして――

一同　さあ　俺たちの　俺たち一家の　命が　吉と出るか　凶か（繰り返し）

武士・若い浪士　そしておそらく　日本の未来が――

長　勝負。

暗くなる。音楽。

10

女浪曲師　勢いに乗る西国諸藩の軍勢は、王政復古の号令が出て宮様を総督とする官軍を堂々と名乗り、先頭に錦の御旗を翻し、品川弥二郎の京都の愛人の作曲と言われる「宮さん宮さん」を斉唱しながら街道を進軍して参りましたが、この港からわずかに三里手前の、徳川家ゆかりの城に入城すると、ぴたりと足を止めました。そして大手門に西洋式の大筒、大砲を据え、時折空砲を撃って威嚇（SE、その砲声。縮み上がる女浪曲師）……いったい何が起きるのか……

砲声、続く。

女浪曲師　錦の御旗、と申しましたが、旗印はいうまでもなく菊の御紋。これが官軍団結の象徴（ミニチュアの旗を出して見せる）。では幕府側と申しますと、三つ葉葵、いわゆる葵の御紋は徳川家の家紋、統一の旗印というわけには参りません。従ってそれぞれの藩の旗の下に、というわけですが……この時点で、諸外国に対して日本を表現する旗は、日の丸でした。（と日の丸の旗印を）

コーラスの女たち　へええ。

女浪曲師　江戸幕府が日の丸を日本国総船印（一説に総旗印）と定めたのが一八五四年、ペリー艦隊浦賀来航の翌年、当時の年号で嘉永七年夏のこと。（女たち「へええ」「ああ、ああ」）やがて一八六八年、明治となった年函館五稜郭に独立の旗を翻した榎本共和国の国旗も日の丸。

女たち　（菊と日の丸と、ミニチュア旗印を持たされる）

女浪曲師　つまり、この時期の日本では、菊の紋が（女たち「官軍」）と日の丸（女たち「幕府軍」）とが対立し戦っていたのね。

女たち　（最大の）へーえっ。

女浪曲師　（張り扇を取り直し）鳥羽伏見の戦いに敗れたとはいえ、最大最強の幕府海軍は健在。事態はなお流動的で未だ予断を、（砲声、また至近距離。縮み上がって）やだ……え？　空砲だって言うんだけど、ほんとかしら……（砲声）ほんと、嫌な音……

その A

近くの寺の境内としようか。石灯籠。植え込み等。遠く砲声。

夕刻。お花が来ている。誰かを待つ風情。やがてお蝶が来た。

風に乗って、砲声。

お蝶　お花ちゃん——

お花　ごめんなさい、呼び出したりして、お蝶さん——

お蝶　家じゃ話しにくいことね？——長のこと？

お花　あなたしか出来ないことを、お願いしたくて。

お蝶　（笑って）あの人、仮にも親分だし。男だし。

お花　石さんのことも。

お蝶　ああ——

お花　私は、誰も無駄に死なせたくないの——危ないところに、進んで飛び込むような真似を、

お蝶　でも、それが進んでしたいことだったら？　あの人たちの。男の。——しかたないでしょ。女だし、私は。

お花　それをさせたいの、あなたは？——戦わせて、殺したいの？　そしてあとは焼け野原に——それがあなたのしたいことじゃないかって、石さんが。——そんな気がしてしょうがないって。

お蝶　そう。——ときどき、びっくりさせてくれるね、あいつ。（呟くように）私の少しずつなくしちまったものを、残らず後生大事に抱え込んでるみたいな——おっかしな野郎さ。
お花　当たってるんですか。あの人の、
お蝶　（歌うように）どうでもよくなくって。どうしたくったって、どう出来るわけじゃなし、私たちに。私なんぞに。
お花　でも、それを止めることは出来る。させないことは出来る。——私にはそう思えてしかたがないの。
お蝶　——好きなのね、石さんを、まだ。
お花　——
お蝶　（さらに歌うように）どうでもいいわ。よくなくったって、どうできるわけじゃなし。——
砲声。
お花　（逆襲）あなたは？　お蝶さん。
お蝶　ほんとうに、びっくりしたのよ……あいつの手に、一度だけ、はじめて会ったときさ……肌の、触れ合ったところから、途方もなく熱いものが、私の中に流れこんでくるような気がした……あいつの命が。
お花　……
お蝶　度肝をぬかれたよ、そんなこと、物心ついてはじめて……ははは、はは……
お花　（うずくまって、手に顔を埋める）……
お蝶　（後悔したが）大事になさいな、ご亭主、八五郎さんを。
お花　（カッとなった）そんなこと言えるの、あんたに。……近頃は浪人ふうの若いお侍がいい人だとか。聞こえてくるわ、うちの村まで。
お蝶　どうぞ、思いたいように思えば、お花ちゃんの。（何か鼻唄で口ずさむ）
お花　お蝶さん——あんたの昔に、何があったかしらない。あんたが、どこから来たのかも。——ただ、とても不幸なことがあったのね、身寄りの人とか、生まれた村で大勢が殺されるような
——

お蝶　（どこか、きっとなって）そんなことをあいつが言ったのかい、石が。
お花　石さんだって何も知らないのよ。でも、お蝶さんを思っていると、そんな絵が、夜の夢の中に出てくるって――石さんはあんたの話をするとき、いつもしまいには涙ぐむわ。

音楽。歌、お蝶の、あとからお花。

お蝶　お花ちゃん
人にはいろいろ　失礼なことがあるけどね
一番失礼なのは　人の心を覗くこと　勝手にどうのこうの
しゃべくることとさ
だから　石を許さない　私は許さない
あんたの兄さんは　何も聞かない　聞こうとしない　私が頼んだら

砲声。

お花　どうしたら気が済むの　お蝶さんは
もし村の人が　百人殺されたなら
その何倍殺せばいいの
何十倍　殺せばいいの
お蝶　お花さん――もういいよ――よござんす
――
一つだけ言うよ　それは大事な人をなくしてない人の　人たちの言いぐさ
幼い日に見た　この世の地獄は
どんな綺麗ごとも　うつくしい言葉たちも
自分をあやして　いくら騙してみても
夜毎の夢は　また焼け野原にひとり
泣き叫んでも　声は吸い込まれて
ただ白い闇の　野原に

砲声、間近く。

お蝶　でね、いま一番いやなのは、その夢がぼんやりぼけはじめて、なんだか輪郭も、色も、薄れはじめて頼りないものになりだしてるってことなんだ――それは厭だって私はどうしたって思う――それがなくなったら私は、私じゃない――お蝶は、お蝶じゃない――そうだねえ、なんだってやるかもしれないね、その夢を確かにするためにならー―場合によっちゃ、殺すよ――あんただって――

砲声のうちに、一度暗くなる。

そのB

すぐに照明が入ると、同じ寺の境内か。夜。「立派な武士」が疲れ切った力ない足どりで来る。鐘の音。
長が来る。続いて子之吉と丑、神妙に控える。

長 なにぶん――なんと申し上げようも――

立派な武士 うむ――いかにも――(どこか、心ここにない風情)

長 もし、あっし一人の命で、お許し頂けるもんなら――

政たち 親分!

立派な武士 うむ、うむ――なに?

長 一家の行く道は丁半で決めやした。お言葉にそむく罪は長の首で――どうか、いいようになすっておくんなさい。

立派な武士 む、その覚悟、まことに天晴れ。身共が見込んだだけのことはある。

長 それなら、殿様――

長が両肌脱いで、平伏すると、同時に武士も大刀外して大地に膝をつく。

長 ご存分になすって下せえ。

立派な武士 (同時に)許してくれ、長どの――

双方が、同時に平伏の形になっている。

長 え、いったい、殿様――

立派な武士 我が藩の、方針が変わったのだ――

長たち えーっ。

立派な武士　我が藩は由緒正しき親藩といえど弱小にて、御三家の随一たる強力なる隣藩の意向に追随せざるを得ざるの事情止むを得ざる次第——身共は現今真っ二つに割れているのは心の中もじゃと申したな？——今日は勤皇明日は佐幕、揺れに揺れた隣藩ならびに当藩の方針は、ついに潮のような官軍の勢いを前に、彼らに屈し、いや与《くみ》して、いまや賊軍たる徳川勢を討つことに決したのである——

長　そっ、それは、そんなことがっ——（怒って見せようとしたが、腰砕けになる）あるんでごぜえやすかい——

丑　そ、そ、そらあ、お武家とあろうもんが、

子之吉　ちっと、だらしなかねえんですかい？（二人、チンピラ風に肩を揺する）

立派な武士　（突然、爆発）黙れ、下郎っ。下郎どもっ。

長たち　（いっぺんに竦んで）へい——

立派な武士　すでに二人——ご重役がこの件の責を負うて、お腹を召された——

丑　へ？

立派な武士　割腹なされたというのじゃっ。

長たち、さすがに恐縮の体。

立派な武士　だが、なおいくつかの問題がある——我らの恭順を、彼奴らが、果して信じるだろうか？——田舎侍どもは疑り深いと相場が決まっておる——さらに、我が藩が降伏と——決しても、なお周囲には断固徹底抗戦を叫ぶ徳川恩顧の諸勢、その数かならずしも侮りがたい。あまつさえ、我が藩内にも腹の底では納得せず、ともすれば不穏な企てに走らんとする輩もまた無しとせぬ。（次第に興奮をおさえきれず）当然ではないか。のう——三百年の——弊履のごとく——煮えくり返る思いに、腸の千々に——うおうっ！

抜き打ちに大刀を空に振るう。腰を浮かす長たち。

立派な武士　（刀を収め、冷静に）そこで貴殿方の

役割じゃ。降伏・恭順にはその実を示さねばならぬ。これまで東に与しておったものが西につくことを許されるには、西のために東を、これまでの敵、新しき主人のために味方を、賊を討たねばならぬ。官軍の錦の旗の下、勿体なくも葵の御紋に刃を向けねばならぬ。

長たち　なるほど——うんうん——（など）

立派な武士　（また大喝）そんなことが、我ら武士に出来ると思うかっ。

子之　いけませんよ、そのいきなり大きな声だすの。

丑　なんとかしてくださいよ——

立派な武士　すまぬ、許せ——で、貴公たちにそれをやってもらいたいのだ。我らの代わりに。

子・丑　ええっ。

立派な武士　我が藩の正規の軍隊として官軍に参加、身命を賭して戦ってくれ。

長　ちょっと、ちょっと待って下さいよ。

立派な武士　いま命をくれると言ったではないかっ。

長　言いました、言いましたがね——（子分たちに）こりゃあ、こっちの殿様を選ばなくてよかったい、いや、賽の目が、さ——

立派な武士　これ、事成就の上、士分に取り立てようというのではない。望むなら今日ただいまから、そのほうたちはもはや武士だ——

丑　二本、差せるんですね？　望む、望みたい（長たち、ちょっと揉める）

立派な武士　近う。——近う。——そばへ参れというのだ。（刀に手をかけて）参らねば手は見せぬぞ。

長たち　へ、へいへい——

立派な武士　案ずるな、供養は十分にしてつかわす。

長たち　（取り敢えず）へえい——

立派な武士　そして難問はさらにある。

長　まだあるんで——

立派な武士　殿は江戸だ。筆頭家老は腹を切った。幕府の出先役たる奉行所は、すでに与力たちめ江戸へ帰ってしまった。——このような今日、我らの真情を、敵の、いや官軍の中枢に、どうしたら伝えられるというのだ――（不意に、一方を見込み）しっ――（刀を引きつける）

丑　な、なんです？

鐘の音。人影が歩み出る。月光があたると、例の若い浪士。

立派な武士　（人影に）何者だ。

浪士　卒爾ながら――いま貴殿がお抱えの難問の、少なくとも一つに、お役に立てるのではないかと。

立派な武士　（まったく警戒の念を緩めず）名乗られい。――いずれのご家中か。それとも、

長　（口を出すなと子分に目線、そっとやや退いて形勢を見る）

浪士　さよう、こうした場合、いささか尊皇の志を抱くものと、いつも、

立派な武士　密偵か、犬か、官軍の。（鯉口切った）

浪士　おっと――ことが、それほど単純でないのは、貴殿の側ばかりではない――実は、我らも、方針がな。

長たち　ええっ――

長たち、浪士に向かって抗議しかけるが、踏みとどまる。

浪士　尊皇倒幕の旗印に結集せる官軍といえども、いや、なればこそ呉越同舟、百家争鳴、諸説いや、俗臭紛々――

立派な武士　身共の、一番嫌いな種類の若侍じゃ、おぬし――

浪士　（笑う）ご自身の影を見るようだ、と？――ははは。

立派な武士　（大刀を抜く）この者たちとの話、立ち聞かれたとあらば、

浪士　これは、ご無体な。拙者、貴殿にも必要な、

立派な武士　道連れがほしかった、冥土に。――参るぞ。

浪士　（も、鯉口切って、油断なく構える）困った年

寄りだな、あんたがたが駄目にしたんだ、この国を。日本を。

長 （決意して、手を挙げ）まあ、お二方——

子之吉 お、お味方じゃねえんで？　いまは——

立派な武士 武士の問題に口を挟むこと、無用じゃ。

浪士 いつも、こうなる——（居合の構えだ）

立派な武士、裂帛の気合。一瞬ののち、二人の位置が変わる。

双方、相手の実力を認識したようだ。殺気が満ちる——

長 待ったっ。（割って入った）

浪士 怪我をするぞ。

立派な武士 （ほぼ同時に）下がっておれっ。

長 （決死だ）そうは——イカの、キンタマ——

二人の武士、構えを解かず、音楽はむしろサスペンスで。

暗くなる——

11

長一家の裏木戸近辺。子守の少女がやはり歌を口ずさみながら、赤子を揺すっている。祭りの笛など聞こえる。

長一家の若い子分たちが若い女中たちと、立ち聞きした結果を報告しているところ。

甲 「ああ、大筒の音に怯えきっていた町や村の衆も、とにかく年に一度の祭だけは済ますように、その間は合戦はないからとお触れが回って来たので、ようやっと——」と、親分が空を仰いで言った、と思いねえ。

乙 するてえと石さんが「この笛や太鼓が、いつまでも続いてくれるといいなあ」——

女甲 「まあ、石さんたら、一生お祭り酒に酔っていたいのかい？」

女乙 と、おかみさん？（女甲頷く）それでさ、石さんは、何の御用をいいつかったの?

甲　(長の真似)「用というなあ他でもねえ、この手紙を届けてもらいてえ」

乙　(石の真似)「はい――どこへ、どなたに?」

甲　(同前)「今夜の五つどき、隣村との境の用水堀あたりで、人がお前を待つ」

乙　(同前)「境の用水堀。ああ、あすこに、閻魔堂がありますね」

甲　(同前)「その閻魔堂さ」

ふいに音楽が入り、一同、驚くが、法印だ、単なる偶然か。

「なんだ脅かすなよ」「びっくりするじゃないのさ」など。

法印、以下適宜ヴァイオリンを奏でる。

丙　しかしなあ、でもいくらいま祭りだと言っても、お侍衆は皆目つり上げてるし、

女乙　街道の表も裏も、幾重にもお役人たちが蟻一匹通さないって網を張りめぐらしてるのよ。

甲　そこだよ、だからこの役は滅多な者にゃつとまらねえ、腕と度胸。

聞き手たち　そこで、石さん(石兄い)――(囁き合う)

女甲　そこへおかみさんが口を出したの「あら、命懸けってこと?」――

甲　(真似で)「そらまあ、俺っちの渡世は、なあ、石――」と親分。

女甲　おかみさん食い下がって「でも、そんな危ない仕事なら、その手紙がどんな手紙か、言ってあげなきゃ石さん、気の毒じゃないか」

甲　「よし、言ってやる」と親分声を落として差し招いた。

乙　あっしたちも体じゅうを耳にして聞き耳立てた。

甲乙を中に、みな寄り集まる。

甲　「いま三里先で止まってる天朝さま方の大軍が、いつ動き出して幕府方と合戦になるか、こ

りゃ日本中が固唾を飲んで見守ってる」
乙　「官軍がここを突き破って箱根を越えりゃ」
甲　「もう江戸は目と鼻だ」
乙　「大江戸八百八町は火の海だっ」
甲　「だがな」と親分があの鋭い目ン玉でぎろり見回した。「戦いは官軍と幕府軍との間にだけあるんじゃねえんだよ――わかるかい？――向こうにも、こっちにも、戦争をやろうって派と、平和にことを収めようって派がそれぞれあって、そのそれぞれの間で血を血で洗う争い、殺し合いが今も続いているんだ――」と。
一同　ふうん――
法印　だから、向こうの平和が好き派とこっちの平和好き派が繋ぎをつければ、秤にかけりゃ重みはぐーんと平和のほうに――（一同「ふーん――」）で、逆なら、
一同　逆。
甲　お前、聞いてたな？
法印　いやいや。それより、で、石さんは何のために行くんだい？

子守の少女　あ、石さん――

石が、旅姿という程ではない軽装で。

一同　「石さん」「石兄い――」
石　やあ――（法印や、皆に）心配しないでください、皆さん――大した仕事じゃあないんだ――（甲乙らが「皆話しちゃったんだよ」「知ってんだよ、皆」「隠さなくてもいいのよ、私たちだもの」「言っちゃいなよ」など）ええ――おいらは嘘が下手だから、隠すなんて苦手で――ただ、時が時だから、十重二十重の警戒の網は、おいらのような、少し足りないもんのほうが、こぐれるんじゃないかと――じゃ、行って来ます。もしうまく行って――合戦が起こらずにすんだら――
一同　起こらずにすんだら？
石　そのときは――おいらも、ちょびっと役に立ったんだと、思って下さい――じゃ。

石、歩きだす。一同が道具と遠ざかる——

女浪曲師　挨拶をして表へ出る
鳥が啼くかよ死出の山　魚の涙が三途の川
花を散らすは無常の風　これが一家の皆さんと
永の分かれとなろうとは　神ならぬ身の　知る
よしもなし

道の途中。石が足を止めて——鳥の声。遠く祭り囃子の笛。

石　あっちこっちのお寺の鐘が、五つを打ち出して、打ちおわらないころ——境の用水堀、閻魔堂——子どものとき、聞いたような気がするなあ——嘘をつくと、閻魔さまに舌を抜かれるって、はは、ははは——（行きかける）

子守の少女が、石を呼び止めた。

少女　石さん——

石　ああ、お菊ちゃん——なに？
少女　（紙の風車を差し出す）あげる。
石　ありがとう、いいのかい？　ほんとにありがとう。
少女　（喜んで笑う。お祭りの面を差し出す）これも。
石　これも？——（断ろうと思ったが、ふと）そうか——おいらの行く道は、お祭りで大勢人が出る——みんなお面を被って踊りを踊るから——そうか、これで、おいらもひょっとこだ——
少女　（嬉しがって、笑う）ひょっとこ。
石　うん——（不器用に踊って見せる）

12

どっと踊りの人が流れ出てくる。祭りだ。おかめ、ひょっとこ、天狗、般若——狐たちもいる。翁や媼《おうな》も。
もちろん、誰が誰だかわからないほうがいい。
団扇や手拭い。

祭りの人々　ヤンレ　ソウレ　大漁だね　ヤンレ
ソウレ　今年ゃ当たり年だね
可愛いあの子の待つ港　今宵祭りの笛太鼓
今年ゃ豊年満作じゃ　海にゃ魚が跳ね踊るよ
ヤンレ　ソウレ（繰り返し部分、略）
おかめに　ひょっとこ　惚れたとさ　狐と狸の
化かし合い
ヤンレ　ソウレ——般若に　天狗が　夜這いし
て
翁と媼は　とも白髪——

狐の面たちが、きょろきょろと誰か探している
ようだ。よく見れば狐たちは、ドスや長脇差、
博徒ふうだ。
ひょっとこの面が来た。襟に紙の風車を差して
る。すれちがった狐が「?」となったときは踊
りの群れに遮られる。
狐たちはひょっとこ（石）に纏いつこうとする
が、石は本能的に逃げたい。周囲の踊りに怪し
まれぬよう、可笑しみで。
狐たち、石を見失っていったん去る。
そこへ、おかめの面が来る（般若でも）。いい女
だ。
石のひょっとことすれ違い、互いに振り返る。

音楽。おかめとひょっとこの愛の踊り。
既出の石の、またお蝶のテーマを含んだ舞曲。
周囲の群舞はその間スローモーション。また逆
になったり。幻想場面というか、周囲と時間が
違うのだ。
なお、群舞は写実的な盆踊りふうに散開して踊
る必要はない。むしろ密集した踊りの群れの動
きとして表現したい。
この幻想的な、実は束の間の連れ舞い（その間、
面がとれていても）の中で、石とお蝶は互いのい
わば宿命的な愛を感じ取ったようだ。——が、
石には託された任務がある。ひょっとこはおか
めから身を放して去ろうとする。おかめがひょ
っとこを引き戻そうと——一瞬、二人の影が抱
き合うように重なる。そのとき踊りの一群れが

流れて来て、二人の姿が見えなくなる。
太鼓の音だけになったりして、アップテンポの激しい群舞。
その中をかき分けるようにして、おかめが出てくる。走り去る。
群舞が流れだして、踊りながら去る。あとにひょっとこだけが残る。立ちすくんだ感じのひょっとこが体の前を見る。晒が真っ赤。手で抑えたら、手も真っ赤。襟にさした紙の風車だけがカラカラ。

祭り囃子に戻ると、狐たちがまた来た。ひょっとこの様子を見て、一人は走るように去り、他のは、また戻って来た踊りの波に妨げられてすぐには近づけない。と、翁と媼の面が風のように走り込んで、ひょっとこ（石）を助けて去る

——

何事もなかったような祭りの踊りが続く。

13

お花と八五郎夫婦の家。媼の面はお花、翁は亭主の八五郎。
このシーン音楽性を優先。

お花と八五郎　（こもごも、あるいは一緒に——句点と読点のないところはレシタティーヴなど）石さんしっかりしなよ　石さん　おい焼酎　わかってるよ　いま手当てをするからね　声たてるんじゃないよ　いいね……

お花が傷にぷーっと焼酎を吹き掛けた。呻く石。

二人　気がついたかい？　石さんっ……
石　ああ　あんたは——
お花　わかるのね　私が　石さんっ
石　お蝶　さん——
お花　しっかりして　目が見えないのかい　お花

よっ

八五郎、新しい晒をぐるぐる巻いてやる。

八五郎　石さん　いってえ誰にやられなすった　傷は　臓腑をしっかり抉ってる　油断なすったね　それとも油断するような相手か　女か！

石　（うわことのように）お蝶　さん　お蝶　さん　——

お花　いつまでも義姉さんの　ばか　ばかやろう　死んじまえ　お前なんかっ

八五郎　お花——

石　（いっとき朦朧としていた意識が戻って来た）ああ、お花さん——あんたは、八五郎さんだね、ご亭主の——

二人　石さんっ。

八五郎　石さん、いまにも追手が来るか知れねえ。気のしっかりしているうちに聞いておきてえんだ、あの狐の面の連中は？——それに、いま思やあ、あんたおかめ（般若）の面と連れ舞いなすってたね、あの女は？

お花　あの女は？——

石　ああ——わからないな　知らない　見たことのない人だ——

お花　ほんとかい？　嘘ついてんじゃないだろうね、石さん！

石　知らない——見たことのない人——

お花　石さん——そうだった、お前は、嘘がつけないんだ——

石　（また視界がぼやけたか、ぐらりとする）

二人　石さん——石さんっ——

石　（意識が遠くなったようだ）

お花　（感情が露呈して）石さんっ——

八五郎　（そのお花を注視していたが、外の気配に）しっ——

外に、狐が一匹来た。中の様子を窺う。

八五郎　来たぞ、やつら。

お花　来たね。——あ、行っちまいやがる。

すぐに狐は走り去る。

八五郎　仲間を呼びに行ったんだ、じき、帰ってくる――

お花　そうだね。――（狼狽するのではなく）どうしよう、お前さん。

八五郎　どうってお前、こっちゃ手負いの石さんにお前は女、大勢来られたらかないっこはねえ。

お花　かないっこないからお前さん、どうするんだい。

八五郎　どうするってお前、できることは一つっきゃねえや。

お花　頭下げて石さん渡すのかい、お前さんっ。

八五郎　何よぅ言ってやがる。石さんはお前の、何だ、友達だ。

お花　ああそうだよ、石さんは私の、大事な友達さ。

八五郎　お前は俺のたった一人の女房だ。

お花　そうだよ、何人も女房がいられちゃ大変だ、私はお前のたった一人の女房だよ。

八五郎　してみりゃ石さんは俺にとっても大事な大事な友達だ。親も子もねえおいらにとっちゃたった一人の兄弟分だ。おいら今夜を死にどきと決めたぜ。おいら石さんを守って精一杯戦って、それで駄目なら斬り死にする覚悟だ。なあお花、（歌）こんど亭主を持つときは堅気にしなよ。戸板一枚横にして、飴菓子ならべて売っても立派な堅気、堅気を亭主に持ってくれ――（台詞）あれ、お前俯いて――手前、笑ってるな？なに笑ってやがるんだい。

お花　（俯いて肩を震わせていたのが）ああ　笑ってるよ　おかしいから笑ってんだ　はははははは――（と、実は泣き笑い）ただ可笑しいんじゃないよ　鳴り物が入ってチャンチャラ可笑しいってのはこのことさ　ははは――

ぐったりした石を見やりながら、彼女の内面かもしれない歌。

お花　ねえ　八五郎さん　私は　どういうわけだ

かこの人（石）が好きで　思いきれなくて　そんな私を承知で　あんたは女房にしてくれたお前が斬り死にするなら　私も一緒に死ぬよありがとう　八五郎さん

八五郎　（気持ちが十分に通じた）お花——

お花　ねえ、いつか死ぬんだ。いま死にゃ先に死にゃあしない。大勢が寄ってたかって私たちを斬るなら、大勢に助けてもらって心中だって、そう思やあ、いっそありがたいよ——

八五郎　違えねえ、いっそ礼を言わなきゃならねえ——

外へ、狐三匹、忍んで来た。

耳ざとく、八五郎とお花、目を見交わす。ふっと行灯を消す。

それぞれ得物を持って、敵が乱入したときに反撃しようと——

そのとき、石が呻く。はっとする夫婦。

また呻く、そのときそれをカバーしようと、おかしなことだが八五郎が呻いた。なんだか苦痛の呻きには聞こえない。が、それにすかさずお花が合わせた。

音楽。『お花八五郎のカデンツァ』（お花と八五郎）母音に、せいぜいH音を伴うだけで、高くあるいは低く、やがて最高音に達するお花のクラシカルなカデンツァを中心に。

二人はたすきを掛けるなど戦いの態勢を整えつつ、外への緊張を解かぬまま歌う。が、当然、死を覚悟の夫婦の相寄る思いが、声にも動きにも現れずにはいない。

外の狐の面たち、誤解して悶える。二度目のクレッシェンドで、ついに逃げ去る。

八五郎　（外を窺って）行ったか？

お花　（慎重に窺って、大きく息をつき）行っちゃった。（八五郎、頷く）

二人、ほっとして、ぐったり。少し時が経ったか。鐘の音。
石が、体を起こそうとする。

お花　あ、石さん――

八五郎　石さん、気がついたかい。

石　あの鐘は――

お花　四つよ。あ、無理しちゃ駄目。あいつら、もうしばらくは来ないよ。あの、しつっこくつけて来た狐の面の連中さ。

石　いま、外にはいないんですね――（体を起こす）

お花　あ、駄目よ、駄目だったら。

石　私は、行かなきゃならないんです――どうしても、行かなきゃ――もう、遅いかもしれない、（有無を言わせぬ決意で）でも、行きます――

石、気力で立ち上がる。鐘が鳴る。
照明を落とし、下手側にあった表戸を演出部が押して上手寄りに移動、そこから石が出て、お花と八五郎が見送る形になると、浪曲師の節に合わせて上手にさらに移動。そのまま上手に入る。

女浪曲師　お世話になったよお二方　縁と命がもしあればまたのお世話になりますと　言葉を残して表へ出る

石　（独白）おいら――嘘ついちまった――閻魔様に、舌をぬかれるかなあ――

女浪曲師　ここで涙をこぼしたら　お花さんに笑われる
落ちる涙を瞼でこらえ　よろめく足を踏みしめて
一足出ては後振り返る　また一足後を見る――

石、八五郎に渡された刀を手に、よろめきながら行く。

14

小さな閻魔堂。側に桜の木。その前に腰を下ろしている狐の面。深夜というより夜明け近い頃。春とはいえ寒いので、しょぼくれた焚き火。

狐甲　来ねえな、やっぱり。

狐乙　来ませんね、兄貴——この閻魔堂なんでしょうね、たしかに。

狐甲　なあ——俺たちは稼業で常日ごろ駒を扱ってるつもりが——どうやら俺たちが駒にされてる——そんな気がして来たよ、俺は——

狐乙　誰か、来やした——

官軍の将校らしく、ここだけは赭熊のかつらか、若い浪士が来る。あとからお蝶。

狐乙　こりゃあ、見違えやした——ご浪人の旦那が——

狐甲　正体あらわして、実は、大伴の黒主。——しかし、姐さんもご一緒たあ、

浪士　来ないな、彼奴——

狐乙　来ません。お花さんのところに入ったまでは見届けやしたが、その後——

浪士　どこへ行ったかわからんのだな。

お蝶　どこかの藪んなかに転げこんで、のたれ死に——そんなところかしらね。

狐乙　もう一度、探して来やしょう。

浪士　まあいい——彼奴はそれなりの役割を果たしてくれた——

お蝶　え？——

浪士の言葉に、狐たちも不審。

狐甲　（お面を外すと、子之吉）そろそろ絵解きをして下すっても、いい頃合いじゃねえですかい。

（狐乙は丑）

浪士　ふむ——まず、物差しは一つではない、と言うことだな。

子之吉　わかりませんね、頭悪いから、この稼業で。

浪士　東と西、勤皇と佐幕。そのどっちが勝つか、だけ見ていても何も見えんさ。その勝負ならお

おかた見えたが、大きいのが一つ残っている、いや、いた――

子之吉　合戦か――話合いか、ですかい。

浪士　激しい争いだった。我らの同志坂本龍馬と中岡慎太郎が先頃京で死んだが、二人はそれぞれ、和平と決戦の両派を代表していたともいえる――

丑　殺し合いだったんで？

浪士　彼らを討ったのが誰かは知らぬ。龍馬はすぐ死んだが慎太郎は二日生きていた。が、犯人については何も語らなかった、そのことが何かを、とわしには、

子之吉　（珍しく苛立った）今の話にして下せえ。今夜の。

浪士　石は約束の場所に着かなかったが、他の何人かは無事につなぎをつけた。――この夜がやがて明けると、幕臣の山岡鉄太郎が、薩摩の益満休之助を伴って街道を走り、すべての関門を無事に通りぬけて官軍の実質的な統帥西郷吉之助に会うだろう。それで秤は大きく和平に傾く――

お蝶　あの人は、一人じゃなかったの？――

浪士　大切な仕事の使者は、幾人も同時に、あるいは時をずらせて送るのが、兵法の常道さ。常識さ。――お蝶、さしたる意味を持たなかったよ、お前がいとしい石を殺したのは。

腰をぬかす丑。子之吉はほぼ想像をしていたようだ。

お蝶　それじゃ――それじゃ、私――いったい、なにを――

閻魔堂の扉が開く。顔色のない石がようやく立っている。

子之吉と丑　石っ――

石　どうしても、この手紙を――ここへ這いこむなり、おいら気が遠くなって……遅くなっちまったが……

近く鐘が鳴る。

石　あれは、五つですか？……
丑　明け七つ――
子之吉　（丑を抑えて）そうさ、お前は間にあったんだ。
石　よかった……これをお渡しするお侍ってのは……
浪士　俺さ。俺でいいんだ。さあ。

浪士、油紙に包んだ手紙を受け取ると、無造作に引き割き、そばの焚き火にくべる。すぐ燃え上がる手紙。息を呑む一同。浪士、何気ない様子で、燃える手紙を閻魔堂の中にほうる。

お蝶　（浪士）あんた……あんたは、俺も日本を焼け野原にしたいんだ、お前と同じだと言ってたじゃないかっ……
浪士　さて、寝物語の責任をとれる男がいるものか、どうか……ふふ……
丑　お侍さん、あんたは、あんたは全体どっち側の、
浪士　と言うと？……東、西……勤皇、佐幕、
子之吉　合戦、和睦、どっちでもいい、どれでもいいっ。
浪士　意味がない、と教えてやったつもりだったがな、その区別になど……そうさな、さらに言うなら、エゲレス、アメリカ、フランス、オロシャ――ははは――
丑　（縁でうずくまった石に近寄っていた）石……おい、石っ……

駆け寄るお蝶、子之吉。――石、突っ伏している。

浪士　石、お前は立派に働いたんだ。お前と、お前を追う子之吉たちの動きが、めくらましの役割を、いくらかは果したろう――
子之吉　するてえと、石を尾行《つけ》ろ、何があっても手出ししちゃならねえ、ただ見守れと俺たちに

――

石の背後の閻魔堂から煙、最前の手紙から引火して燃えだした。

丑　兄貴、閻魔堂に火が――は、はやく消さねえとっ、

浪士、腰を落とし刀の柄に手をかける。丑たち、凍りつく。お蝶が、浪士の後ろから、短刀で体当たりに背中を狙った。
浪士、身を翻しざま抜き打ちにお蝶を斬る。音楽。
お蝶、胡蝶のようにきりきりと回って、ゆっくりと倒れこむ。
石が、奇跡のように立ち上がっている。杖にした刀を、大上段に振りかぶる。

石　女を斬ったな――お蝶さんを――

浪士　馬鹿は死ななきゃ治らんとか言うが――あの世に行って、利口になれ。

浪士、刀を振るった。石の振り下ろす刀の速度は、とうてい及ばなかった。また視界が真っ赤だ。よろめきながら、ようやく立ち上がりかけていたお蝶に向かって、どっと倒れ、抱き合う形になった。

お蝶　あんた――石さん――

石　お蝶さん――堪忍しておくれ、おいら、お前のことを、知らねえなんて――

炎が嘗めはじめた閻魔堂の中に、呑み込まれるように二人は倒れこんで行く。動けない子之吉、腰をぬかした感じの丑。
炎で空が赤く染まりはじめた。

浪士　火が、つなぎのついた合図でな――今日はこれで、これまで七ヵ所に火の手が上がった――この流れは、もう止まるまい――ははは、はは

は——

鋭く風を切る矢音。飛来した矢が浪士の首に突き刺さる。声もなく倒れる浪士。

半弓を手に、旅支度の「立派な武士」登場。浪士の息を確かめ（即死だ）、燃え盛る閻魔堂の中には、踏み込む手だてもなく、片手拝みに拝んだ。

立派な武士　（子之吉と丑に向かって）身共、江戸へ行く——同志、わずかに二名だが、将軍家のために、かなわぬながら、命の残りを捧げる所存——ゴロ長どのによろしく。ごめん——　（走り去る）

閻魔堂の壁が崩れ落ち、閻魔の立像が炎の中に——工夫で堂の屋根を超えた高さに、巨大な閻魔像が立ち上がるように見えたい。

その懐に抱きとられているかのように、抱き合った石とお蝶の影。

燃え盛る炎が生む風に煽られて、まだ五分咲きの桜の花びらも、火の粉と入り混じって、渦をなして舞う。

音楽が鳴り渡る。やがて、暗いうちから官軍のテーマ。

15

女たち、菊が勝ったよ日の丸負けたと歌うのを女浪曲師が止める。（女たち「え？　だってえ、え、なに？　どしてどして」）女浪曲師に囁かれてわけがわからないながら、ともかく彼女の指揮で改めて出直す。

女浪曲師とコーラスの女たち　菊が栄えて葵が枯れる

人の命を消しの花

何もいいこと無しの花

明るくなると海の見える街道筋。波音。

長とお花。すこし離れて法印、ヴァイオリンを手に。

風に乗って、次第に近づいて来る官軍の楽隊の音。

長　あいつは、いったい何だったんだ、って思うんだ——石の野郎……それから、お蝶……

法印　私は、辛いことは、無かったんだって思うことにしてるんです、それでなきゃ、こんな世の中、なかなか……

長　（頷くが）ところが、どっこい……あれが聞こえやがる……あいつは、なかったんだって思うわけにゃいかねえ……

楽隊の音、ピーヒャラ・ドンドン——風の具合で、遠く近く。

お花　市中警固役——ってのになったんだって、兄さん。

長　うむ……例のお目付様のご朋輩の方の、お口利きで……名誉のお役目だと言われりゃ、まあ、なあ……お役人さ、俺も。

お花　二足の草鞋ね、ゴロ長さん。

長　その通りだ。……なんなら、八五郎も。

お花　（首を振る）お言葉ですが、漁師に戻るって、あの人。私も漁師の女房。

長　そうかい。勝手に出来るやつは、勝手にするがいいや。……どの道、おいらにゃもう、出来ねえ生き方だ……

楽隊の音。

お花　（ふいに、激しいものを含んで）ちょっとだらしなかないかい、兄さん……仮にも、ゴロ巻きの長と言われたあんたじゃないか……さんざん親を泣かして——妹の私だって、無鉄砲で、意地悪で、鼻っつまみのあんたが憎らしくて、恥ずかしかった。殺してやりたいっても思った……（残酷か）でも、恰好よかったんだよ、あの頃のお兄ちゃん……へん――

楽隊の音、さらに高く。次の台詞のうちに音楽と入れ代わる。

そして照明も変化する。ぎらぎら輝く春の海。

長　（妹のほうに目は向けぬまま）お花……おいら、おかしな夢を、いや、夢ともいえねえはっきりくっきりした――それでも夢を、まざまざと見たんだ……この港が死体で、人のむくろで、いっぱいでよ……血のように赤え、ちぎれ雲の中に沈んでくお日さんに照らされて……ぷかぷかと浮いてやん……その中に、あの、江戸へ走ってったお目付の殿様のむくろもあった……おいら、なんとかしなくちゃいけねえと思った。でも、それはいけねえ、賊軍だから、天朝さまに逆らった謀反人たちだから、手をつけちゃいけねえと皆が止めやがる……おいら、死ねばおなじ仏だと思ったんじゃねえ。死んだって罪人は罪人なら、それでもいい。ただ、人は知らねえ、俺は、死に損ないの俺は、この人たちを弔わなきゃ……そう思いつめてたら、あの歌が聞こえた。お蝶の歌がよ……

お蝶の歌。くっきりと聞こえる。

お蝶　知らないわ　どこから来たのか　どこへ行くのか
遠い空の道を　はばたいて来たのかしらね
いいえ　ちぎれ雲に　揺られて来ただけかも
――

そして変化していた照明も、やがて流れてくる官軍の楽隊の音とともに、元に戻る。
お蝶の歌が遠くなって行く。波音と、楽隊のみが聞こえる。

長　俺は、俺たちは、いま目の前にやってくる行列に、膝をついて頭を下げなきゃならねえ。土下座しなきゃならねえ。……でも、あれは何なんだ。いったい、あれは——なにを、どうしてくれるんだ、これからっ……

人びとが三々五々出て来て、上手の方向を見込み、土下座を始める。

突然、発作的と言いたい激しさで法印がヴァイオリンを弾き出す。

それはお蝶の歌のメロディ、お蝶のイメージ。法印、近づく官軍のテーマに負けまいとする強さで弾く。

街道に、土下座の人々が一杯になった。彼らの視線で官軍たちの近づくのがわかる。近づいてくる砂煙。

長、ついに膝をつく。お花は背を向けて海を見る。

官軍のテーマ、大きく——前にも述べたように、写実的に当時の音楽形式にこだわる必要はなく、むしろ第二次大戦頃の欧米音楽を思わせてほしい。——それが、いよいよ眼前に差しかかる感じで、土下座の人々が一斉に平伏する。長も。

その群衆にいつか第二次大戦後の復員兵や、パンパンガール等の姿が混じって、時を超えて手を振る、振る——土下座する老婆の姿も。

群衆の中に、女浪曲師はもちろん、お蝶や石に似た顔もあったような気がするのは、やはり錯覚かもしれない。

舞台は、通過して行く軍隊の巻き起こす濛々たる砂塵。

法印が一心にお蝶のイメージを弾いても、蟷螂の斧で、近づく官軍のテーマに呑みこまれて、まるで聞こえない。

思いだしちゃいけない

■登場人物

女
男
青年
客
もう一人の女
もう一人の男
人民軍の兵士たち
政府軍の兵士たち

前頁写真「思いだしちゃいけない」劇団青年芸術劇場、霧の会
上演台本、パンフレット

この劇中に扱われている技師誘拐の事件は、三年前（一九六二年三月）ベトナムで起こった事実にヒントを得ているが、すべては作者の創作である。最近、ベトナムでは同種の事件が再び起きているが、もちろん何の関係もない。

幕が開く前、客席の明るいうちから、歌が聞こえはじめる。だいたい次のような歌詞らしい。

思いだしちゃいけない
あの春の日
むせるように木の芽が匂って
彼は
私の肩をそっと抱きよせ　いつまでも愛しているよ……

思いだしちゃいけない
あの夏の夜
波が砂を黒く染めて
彼の
胸にあなたは頬を寄せて
変わらないわ　変わるもんですか……

おかあさんが
教えてくれた
うしろを見ると
石になる
石になる……

さて、客席の明かりも落ちて、幕が開く。舞台には、とくに何もいらない。しいていえば、ここは医師である「男」の診察室だが、それらしい調度の必要がない。椅子二、三脚とソファーというところか。ただ、写真やフィルムを投射するスクリーンがいる。大きいほどいい。男と女が向かい合っている。女に、不安と緊張が、かすかに見てとれる。

男　よく決意しましたね。

女　……（頷く）

男　もう一度、言いますが、……この結果、あなたは不幸になるかもしれない……もし成功、したとして、です、この治療法が……いいのですね、それでも。
女　……（はっきり頷く）
男　記憶が回復して幸せになるという例は、少ない。出来れば、忘れたい、思いだしたくないことのほうが多いのじゃないか、誰しも……僕の偏見かもしれない、しかし、……できれば、止めて欲しい。
女　（烈しく首を振る）
男　……よろしい、……はじめましょう。名前は、
女　（ちょっと意外な顔をするが）スー・キム・チュアン、
男　生年月日。
女　セイ……
男　生まれた年と――
女　一九三五年……ということになっています……でも、六二年七月より前のことは、私、全然……私、ナムハイの病院にいました。私のことを、誰も知りません。誰も訪ねて来ない、家族も、親類も、友達も、誰もいない……らしいのです。ただ、ナムハイで爆弾が爆発した事件がありました、そのころ、たくさん……そこに、私、おりましたのではないか、あるいは……
男　日本へ来たのは、いつ？
女　ことし、六四年、三月……そして、私、あなたに会いました、ヤマグチ・サン。
男　日本へ来た理由は？
女　通訳として、やとわれて……
男　理由です。何故、日本へ、
女　なぜ、私は、日本語が話せるのか？　私、アウラック人です。いわゆるインドシナの四つの国、ラオス、カンボジア、ベトナム、アウラック……いちばん小さいアウラック……その私が、なぜ、日本語が、まるで、第二の祖国のように……知りたいんです私、いったいどういう人間なのか、私は？――私にとって何であるのか、日本という国は？

音楽とともに、スクリーンに《題名》が投射。

フィルムまたは早いテンポでスチール写真を重ねて——

《東京の街を歩く「女」(スー・キム・チュアン)》

《女の見た目の国会議事堂》

《議事堂の近写》

《高速道路》

《その他繁栄を示すカット》

《不安気に眼をみはる「女」の顔》

《大きな「女」の眼》……消える。

男　東京に、何か見たことがあるような気がしたものが、ありましたか。

女　いいえ……京都にも大阪にも……札幌にも、私、行きました。都会ばかりでなく、田舎も、歩いてみました……東京の農村、アウラックと似ていますわ。米を作る国だからですね……でも、それだけ……

男が、何枚かの写真を出して女に示す。(その拡大がスクリーンに投射される) 最初の一枚は、

《日本軍の行進(仏印進駐)》

女、けげんそうに見て、首を振る。次の写真は、

《日本軍と現地人との交流風景》

女、興味を示さない。

《同種のもの、いくつか》

それらの写真には、どれもそれぞれ特色のある風景や建物が写っているが、彼女の関心をひくものはないらしい。ところが、ある一枚に、急に小さな声を上げて眼をひかれる。

《外地の街らしきところに日本の兵士たちがいる記念写真》

女　これは……

男　ホーハイの街です。一九四五年の春……その建物はどうですか?……五四年以来、十七度線の北、アウラック人民共和国へ、南のアウラック共和国の人間は一歩も踏み入ることは出来ない。この写真に明らかに覚えがあるとすれば、あなたは少女時代を北で送られたのかもしれな

い。あなたの親族は、あるいは北に……

眼を、その写真に吸われたようにしていた女、写真の中の一人の人物（少年）を指す。
《その写真の部分拡大》

女　この若い方……知っています、私、たしかに……

二人の眼が、一瞬合う。

男　この人物だけですか？　背景の建物は？
女　（首を振る）
男　ほかの人物は……
女　（首を振る）

次の瞬間、男は緊張をほどいて苦笑を浮かべる。

男　残念です。この人物なら見たような気がするのは当たり前だ……僕なんだから。ご承知の通り、僕も長いことあちらに行っていた……
女　これが、あなた……
男　二十年前の若かった僕です。南洋学院の生徒だった……一緒に写っているのは、みなアウラックに進駐していた日本の兵隊です。
女　ずっと昔の、ヤマグチ・サン……
男　そう。やはり、どこか面影があるでしょう。（笑う）
女　……でも、この方を、私、知っているような……つまり、若いときのヤマグチ・サンに、よく似た誰かを、私、ずっと昔に、よく——
男　ですから、それは今の僕を知っているから……よくある錯覚でしょう。
女　……（不安な眼で、黙る）
男　さあ、では、次のテストにかかりましょうか……サイコ・ドラマティック・セラピューティクス、「劇療法」と普通言われています。つまり、これから私とあなたで即興の劇をやるのです。その中であなたの行動が、あるいはあなたの失われた記憶を……よく知られているように、頭脳よりも手足が、つまり身体のほうがよりよく体験を覚えているものです。たとえば、自分には泳ぎが出来たか、タイプライターを打てたか——そのことをあなたの頭は忘れていても、実際に水に入ってみる、あるいはタイプの前に座ってみることによって、自然にあなたの身体は生き生きとした反応を示すはずなのです。もし、あなたに昔、それが出来たのなら、——そこで、その理屈を、応用したのがこれです。

女　……（頷く）

男　たとえば、あなたは、お父さんの記憶がない、そこで私があなたのお父さんに扮し、あなたは子どもになって——

女　私は、人を愛した覚えがない、でも、そんな筈はない、きっと私には、私の過去には、愛した人がいる筈だ、それを私は知りたい……

男　と、いう場合は、私があなたの恋人に扮してお芝居をします……しかし、

女　私は、私の過去に、どんな愛が、あったか、それを知らなければ……いま愛する人を、愛せない、のです。……ヤマグチ・サン。（じっと男を見つめる）

男　どうしても、ですか、スーさん。

女　……どうしても。

二人、見つめ合う。

男　（溜息をついて）また同じ話題に戻ってしまう……スー、私はあなたを愛している。そして——

女　ええ、私も、あなたを。

男　それで充分じゃないのか？……三ヵ月前、日本へ来た旅行者である君と、僕ははじめて会った。僕もアウラックを知っていることが、二人を近づけた。そして、いま、君の日本滞在の期限は切れようとしている。僕は君に、結婚を——

女　ええ、私、それを大変、嬉しく思います、ヤマグチ・サン、でも、私は、私が、あなたの妻として、ふさわしい女であるか、どうか、私には、その資格が……

男　資格なんて、君。

女　聞いて、どうぞ、お願いします、ヤマグチ・サン。すべての女、思うものです、私は生まれてはじめて、この人を愛する、私のすべては、この人に与えるために、あった、この人のために、生まれて、生きて来たのだ……

男　しかし、スー、それは――

女　聞いて！　それが……その愛が失敗に終わることも、多いでしょう。いくつもの愛を過ぎて、やっと、真実の愛を、掴むことの出来る場合が、むしろ、多いでしょう。でも、そういうすべてが、愛のキャリアが女を作る……ヤマグチ、あなたは、私の愛したはじめての人……でも、本当は私にはわかっている、感じるのです、私には、愛する人がいましたのです、きっと！　でも、それを私は、覚えていない……私には、私の愛した人の影が、大きく、大きく……顔もない、形もないその人の影が……（顔をおおう）

そっと男が女の肩に手をかけて、

男　スー・キム・チュアン……もう言わないよ、私が、悪かった……さあ、君の過去を探しに行こう、二人で……君の過去の愛が、たとえどのような形のものであっても、僕の現在の君に対する気持ちは変わらない……

女　私も……ヤマグチ・サン、あなたを愛しています……

二人、自然に抱き合う、と、女がびくっとする、男は優しく放して、

男　さて、はじめは、と……そうだな、（彼女を坐らせて）どういうシチュエイションが、いいか……

女　（呆然と男を見つめていた）……私……何か、何かが、いま、出かかって……（顔をおさえる）

男　無理に思いだそうとしてはいけない。無邪気に遊んでいるつもりで……ほら、釣りと同じです。自然に針に何かがかかってくるのを待つ、たとえかからなくともがっかりしないで……

女　でも、いま、たしかに何かが……（じっと集中する）

ノックの音。

女　（びくっとする）
男　はい。

ドアが開いて、痩せた、眼の鋭い青年が姿を見せる。アウラックの留学生。

男　グウェン君か。
女　（青年に自国語――仏印系の言葉で――以下、スクリーンにその翻訳文を、《〝なぜ来たの、こんなところへ〟》）
青年　（同じく自国語で――《〝あなたが心配だったから〟》）
女　（《〝ありがとう、でもあなたには関係のないことよ、グウェン〟》）
青年　（《〝そうだろうか？〟》）
女　（《〝どういう意味？〟》）
青年　（《〝われわれは同胞だ、アウラック人だ〟》）

そして、青年は男を睨むように見る。

女　（笑って――《〝おかしな坊や！　これは私だけの、純粋に個人の問題なのに〟》）
男　（これも流暢な仏印系の言葉で――《〝グウェン君、君の心配はわかる。しかしこのテストは、純粋に精神的なもので、肉体上の危険のおそれは――〟》）
青年　（日本語になって）では……やるのですね？　やはり。
男　（女を見る）
女　（頷く）
青年　（見つめて――視線を男に返すと）オテツダイ、させてください、僕を。
男　え？
青年　僕、大学で、調べました。サイコ・ドラマティック・セラピューティクス……僕のリュウガクの目的、機械工学だ、しかし、僕、スーさんと同じ国の人……会ったのは、日本ではじめてだけど……役に立つ、と、思いますけど、僕。
男　なるほど。よろしい。じゃご協力願いましょうか。
青年　（鋭い視線で）ヤマグチ・サン……僕、少し、調べました、あなたのことも。
男　……ほう。
青年　あなた、一度、死にました……あなたのコセキが、そう告げます……二年前あなたはフッカツしました……いま、すぐれたインターンですね。
男　僕のことはこの際、関係ないでしょう……では、スーさん、グウェン君に必要に応じて助けてもらって、お芝居ごっこをはじめましょう。まず……あなたは、自分を小さい子どもだと思って、そのように行動して下さい。
女　（頷くが）でも、子どものときのこと、なんて。
男　現在の自分に遠いことほど、かえってお芝居はやり易いものなんです。それに、糸はどこからどうほぐれてくるか、常にわからないんだから……さあ、そこに川が流れている……ブーゲンビリアの花が咲き誇っているとしてもいい……
女　……（その気持ちになろうとつとめる）
男　さあ、あなたも一緒に舞台装置を作ってくれなきゃ。季節はいつにします？　春？　夏？
女　（とまどいながら）夏……、にします。
男　時刻は？
女　夕方……だって、昼間は学校でしょう、たぶん。夜は、きっと私の親は私に外出を許さなかったでしょう……わからないけど。
男　よろしい。夏の夕方、あなたは川のほとりにいる……腰かけて、足をぶらぶらさせて……歌を歌いながら……
女　……（その通りにしようとするが）どんな歌？
男　何でも。
女　……（何か歌を歌おうとするが出て来ないので、困る）
青年　（そっと口笛を吹きはじめる——アウラック民謡のひとつ）

しばらくは、青年の口笛と合わせて首を振りながら、自分の中の何かに耳を澄ましているような女。

男　（やがて）僕があなたのお父さんになります。仕事の帰りにあなたを見かけたんです……（芝居で）おい、キム・チュアン！

女　え？……あ、パパ……（困って）うまく出来ません……

男は女と並んで坐る（ソファーで可）

男　いいから続けて……（芝居で）お友達とは遊ばないのか？　お前、

女　ええ……

男　何故なんだ？

女　何故だか、わからない……私は、遊びたいんだけど……いつも、ひとり……

男　（妙に実感をもって）かわいそうに、お前のせいじゃないのにな……俺が友達になってやるよ、な？……何して遊ぼうか？

女　（じっと男を見ている）

男　何がいい？

女　歌、歌って。

男　よし。（歌い出す——それはいわゆるリバイバルの波に乗って戦後再び流行したものでさえなければ、なるべく軍歌の一節がいい）

しばらく、女は前と同じように首を振りながら聞いている。青年も少し離れたところから見つめている。
やがて女は男の歌に合わせて、何となくハミングをはじめる。それは、はじめ知らない歌に適当に合わせているように見えるが、やがて、はっきりと歌詞の一部を男とともに歌う。青年が、どきっとした様子で立ち上がる。しかし、二人はなお、歌い続ける。やがて、終わる。沈黙。

男　（意外に平静に）歌えましたね。

女　……何故ですか？　何故、私はこの歌……

男　僕の意見では、これはあなたが、おそらく日本の兵隊と極めて親しかったことを――

女　（突然）そう、川！　川があった、そしてブーゲンビリアの花と、それから○○（花の名前をあとで入れる）。それから○○……

突然、彼女のバックに《豊かな川と岸の花々》が浮かび上がる。

女　それから、塔！　大きな古代そのもののような……

その《塔》が浮かぶ。

男　一九四五年以前、あなたは、北にいたんですね、ホーハイの近くだ……その塔はいまはありません。四六年の爆撃で、なくなってしまった……

青年　（女に）どういう塔？

男　（別の写真を示して）これでしょう？

《古びた写真――いま背景に浮かんだ塔を別の角度から撮ったもの》

女　（頷く）

青年　たしかに、写真で見て覚えたのじゃない、と――

女　（頷く）ヤマグチ・サン、では、私の家族は、北に――

男　急いではいけない。川が見えたと言いましたね？　その川に沿って、記憶を辿ってごらんなさい……

女、一心に気持ちを集中させようとする。《ゆったりと流れる川のイメージ》――途切れるように消える。

男　何が見えます？

女　（首を振る）

間。

男がアウラックの地図を広げる。（これはスライドの必要なし）

男　この塔が見えるのは、ここです。大戦中、日本軍が進駐していたのはベトナム同様おもに北で、中でもこの辺には――

青年　シンチュウ、という日本語はあいまいですね。

男　占領というべきだ、というのだね、グウェン君……そうしましょう……で、この区域には、しかし、どんな形でも戦闘はなかった、といってもいいと思う。もちろん、あとで知ったことだが、四一年にはすでにアウラック独立同盟、通称アウ・ミンが結成されていたし、日本軍の近づけないいわゆる解放区も存在していた……グウェン君、君は、何年生まれ？

青年　……四三年。もちろん、僕は、僕が生まれます前のことを、知らない。しかし、僕は誇りに思っているんだ、我が民族のドクリツのための、偉大な闘いの歴史！……ふふ、しかし、もちろん僕は、その歴史に直接参加することが出来ない、僕はもう二年、ここに、トウキョウにいる……

男　たしか、君のご家族は――

青年　（憎しみをこめて）父はナムハイです。妹はアメリカの大学にいて、休暇には母のいるニースへ行く。父はアウラックとアメリカとフランスとそして日本とを往ったり来たりしてるんだ。しかし、これこそいまの問題にまったく関係ないことだ。

男　（頷く）……そこで、次のお芝居だ。ときは四五年八月……この地域では非常によくあった一つのケースです。スーさん、あなたは、さっき同様まだ子どもだ。あなたは涼しいベランダで一人で遊んでいる……

女　何を、すればいいの？

男は、一本の細紐を取り出して輪にする。そして女の指にかけてやる。女、怪訝な顔。男、自分の指で、それを器用に、より複雑な形のかけ方にしてやる――アヤトリである。女の表情が動く。男が、自分の指で女の手の紐をすくいとる。と、女がさらにそれを巧みに自分の指へ取る――

女　こう、ね？

男　うまい。

青年　日本の子どもの遊びですね。

男　（女に）それを続けてください……

女、一心にアヤトリを続ける。男は、室から出る。青年、素早く女に近づいて。

青年　（自国語で――《〃スーさん、……やっぱり言う、止めなさい、こんなことは必要ないんだ。止めるべきだ！〃》

女　（やっと、気づく）え？

青年　《〃僕は、見てられない。何故なら、僕の推理では、あの男は――〃》

突然、乱暴にドアが開く。男が銃をかまえて（実際にはたとえば箒でよい）立っている。

男　（けわしい眼で）おい、安南人！

青年　（顔色を変えて）アンナン人と言わないでください！　それは、ブジョクの言葉――

男　わかっています。しかしこれは芝居だ。僕は一九四五年の日本軍の兵隊なんだ……（激しく）出てこい！　出て来い村長！……〇〇〇（村長の仏印語）！（部屋を探すしぐさ）

青年　（自国語で〃何だ！〃）

男　（青年を相手役に見立てた感じで）おい村長！　貴様、よくも皇軍を裏切ったな……やい、貴様、これまで何て言ってた？……日本軍は、私たちが長年圧迫に苦しんで来たフランスから私たちを解放してくれた。日本は大恩人だ……くそ、俺たちが戦争に負けたとわかったら急に、手の裏返して、もうフランスのやつらに……

青年　（激昂して、自国語で〝ふざけるな！　君たちは要するに侵略者じゃないか！〟）

男　（かまえを止めて）グウェン君、それはこの場合適当な台詞じゃないんだ。

男は近づいて、銃に見立てた何かの器具を青年に渡し、代って女をかばう姿勢になる。そして。

男　ちがう、それは誤解です！　わかってください。私たちの願っているのはいつも平和、安心して暮らせる平和だけなんだ。戦争が終わったのなら、いまこそ、日本も、フランスも、私たちも、仲よく……

青年　信じないね、僕は！　それこそ、その場合、アウラック人民としてあり得ないせりふだ。

男は青年を無視して、また最前の銃をかまえた兵士の位置に立つ。そして、真実狂ったように彼等に向かって、

男　そうはいかねえ！　お前らがフランスとよろしくやって俺たちを追い出そうったってそうはいかねえんだ。内地の腰抜けどもがどうしようと、俺たちはまだ絶対に戦争に負けちゃいねえ！　さあ、向こうを向いて立て……壁のほうを向くんだよ！

人が変わったような男を凝然と見つめる青年と女。

男　（変な笑いを浮べて）泣き落としにかけようたって無駄だよ……その子どもの手を放して……

このとき、青年が女の手をとっているわけではない。まったくの男の一人芝居。

男　そう、それでいい……行くぜ（男、引金を引く真似をする）

烈しい機関銃の発射音、連続して。このとき同

時に大きな大きな《男のけわしい顔》が、できれば背景いっぱいに浮かんで――

女 （さけび声をあげて、顔をおおう）

青年 （まっすぐ男を指して叫ぶ）それが、あなたのしたことか、ドクター・ヤマグチ！　あなた自身が、このハンザイを――（自国語で〝あゝ、雄弁な自白だ！〟）

《男の顔》はすでに消えている。

男 （疲れたように）ちがう、僕ではない。……その頃非常に若かった僕は――学生だったのが現地召集を受けたんだが――日本の軍人たちよりむしろアウラックの人たちと親しかった――愛していた、と言える……はっきり言える。しかし問題は、おそろしいことには、このテロを行った兵隊も、アウラック人と親しみ合っていた人間なんだ、最も仲の良かった一人なんだ――と、いうことなんだが……

青年 （笑う。自国語で〝馬鹿な！〟）

男 今世紀、アウラックはフランスに、ついで日本に侵略され、それから再びフランスに、いまやアメリカに……そしてアウラック人民は一貫して独立のための不屈の闘いを……グウェン君、これが君にとっての歴史だろう。歴史というものはいつもそうなんだ……しかし、

青年 （きびしい顔のまま）ヤマグチ・サン、……いつでも、どこでも、いい人もいれば、悪い人もいる……そして、非常にしばしば、一人の人が、いい人になったり、おどろくべき悪人になったりする。フランス人はパリでは皆いい人で、インドシナでは皆悪い人だ、ということばがある……僕の意見では、もしあなたがアウラックにおける日本の罪をつぐなおうとした人間の一人であったとしても、そのために、大戦後十数年もアウラックに暮らした人間であったとしても……

男 侵略者の一人であったことは変わらない、消えない。

青年　（頷く）
男　（怒りをこらえながら）わかってるんだよ、僕にも……よく……ふふ、そんなことが……そんなことが何だ……そんな、馬鹿な。
青年　ギャングが、家族をみな殺しにする。赤ん坊が泣いてる。それを助ける……よくある映画だ……
男　僕ではない！
青年　（するどく見つめて）なぜ、急に帰って来たんです、日本へ、二年前に？
女　（急に）思いだしたわ……
男　え？
女　ジャングル……私、小さい時、ジャングルの中を、歩いていた……ことがあります、たしかに！……深い、はてしない遠いジャングルの中の道……一人じゃなかった、一人のわけないわね……そう、手をひかれて、誰かに……誰、どんな人……思い出せない……（再び顔をおおう）

間。

男　もうすぐだ……ほぐれはじめた糸は、はじめ少しずつ、ゆっくり、やがて一時に全部がほどけはじめるものです……

女、じっと手で顔をおおって動かない。

間。

青年　（男に）ヒロシマ、ということばを、僕、この国に来てはじめて知った……その中にある日本人の感情を、僕は理解することができる……同時に、僕は、ナンキン、ということばも知った。
男　グウェン君、医者は私だ、任せて欲しいな。それに、君は、まだ、あまりに若い——
青年　日本の軍隊が、アウラックである家族を、いや、あるいは一つの部落を、虐殺したとして——
男　（抗議して）いいかね、僕の知るかぎり、組織的な暴力行為は——
青年　資料はないでしょう。日本における米軍の不法行為をショウメイする資料が、おそらく、けっして多くはないであろうように……ドクター、僕は、たしかにずいぶん若い、しかし、おそらく、あなたより人間を、そのおそろしさを——他の一つの国をセイフクした征服者としての人間のことを、知っているんだ。何故なら、僕は、アウラックの人間だ。

男　（言いかけるが、黙る）

青年　……そこで、僕は、日本の軍隊の事は、知らない。言ってください。そういう場合——つまり、日本の軍隊の行為におなじ日本の軍隊の一人が、ソムイタ、としたら……

男　……その男にとっては、銃殺が待っているとしか考えられなかったろうね。……すでに、日本の軍隊は解体していたとしても。

間。

青年　よくわかりました。どうぞ、先を……

男　（やがて）それから、平和があった……平和とは——

青年　アウラックが、北と南に分割されてしまった、ということです。もちろん僕らはそれを認めない。

男　しかし、それはともかく戦争ではなかった。そして、人間にとっては、平和とは、常に生活なんだ。

青年　問題の、鍵は、日本です。スーさんにとって……四五年まで、日本は、すなわち日本軍隊だった、アウラック人民にとって……しかし、それから?……はたして、彼女は、四五年までのケイケンによってのみ、いま日本語を話すことが——

男　そこだ。いつ、スー・キム・チュアンと日本が、アウラックと日本が、再び——

女　（不意に）次のお芝居……

男　え、うん、次は——

女　私に、決めさせてください……（と立って）私、結婚していたことにしましょう……たぶん、事実です。自然です。そう考えたほうが……（男に）私の夫になって。

男　いいですよ。

女　場面は、夜……食事がすんで、片づけを終わって……お茶を入れましょうか、あなた？

男　ああ。

女はお茶を淹れるマイムをはじめる。おぼつかなげな様子がほとんど消えているが、それはこの「お芝居ごっこ」に馴れたためか。

女　（しぐさをしながら）あなた……今日の午後来たクランケね、あれ、栄養失調でしょう？　坊やのママさんが私に、診察料を待ってくれと……

男　ちょっと。君の夫を医者と想定するのは不適当じゃないかな。むしろ——

女　ごめんなさいヤマグチ・サン、でも、私にはそのほうが……（頼むように見る）

男　やりやすいのなら、それでもいい。しかし、設定を現在にひきつけすぎると、かえって想像力が広がらない。現実に医者である僕が、医者を演じたのでは、君の空想の幅を……つまり、この療法では、これはお芝居で現実とは違うという違和感がむしろ隠された記憶を刺激し、

女　（パントマイムを続けていた）お願い。続けさせて、どうぞ……お茶が入りました、あなた。

男　む。

女　（そばへ座り、紅茶をスプーンでかきまわしながら）ちかごろは、病気で、お金のない人、破産して、乞食と同じになってしまう人たち、とてもたくさんになりましたね……

男　（これも紅茶をすすりながら）うむ……アメリカやフランスの商社が、どんどん進出して店を拡張しているから……

女　ええ、それから、あなたのとても憎んでいる、日本の、会社も。

男　（ぎくりとして）憎む？

女　はい。あなた、私の幼いときから、日本はとても悪い国だと……何故なら、日本が私たちを、私の家族すべてを……（無邪気に見える調子で言う）

男　……

青年、立ち上がって、

青年　そこへ、ある日、おキャクが、来る……（女に）やらせて下さい、邪魔になるかもしれないが……いい？

女　……どうぞ。

青年　（誇張したガニマタで）やあ、こんばんは、ドクター、……（迷って）ドクター・エックス、お招きにあずかりまして……いいお宅ですね、実に。いい奥さんですね、とても。いい国だ、ここは、アウラックは！……ワガハイ、この国はジャングルと土人どもと……ところが、そうではないね、なかなか……さらに、おどろくべきことに、ワガハイ、あなたを、日本人を発見した！　これ、とても愉快だ！……しかし君、淋しかったでしょう、ソコクをはなれて、十……十五年、くらいか？　ふふ、待っていたでしょう、君は、われわれを！

男　どういう奴？　君がやっているのは。

青年　（無視して）しかし、君は信じていた、かならず、また、帰ってくると、われわれが、日本が！……ふっふふふ、その通り、われわれは、ついに来た！　十年間のニンタイ、これはしかたない。われわれは負けたんだから。しかし、われわれは、すでに力をたくわえた。いまや、われわれはここにいる！　帰って来たんだよ、日本はアウラックに、そしてベトナムに、マライに、ジャワ、スマトラに！　そう、キョウエイ……トウア、キョウエイ……

男　（青年を見つめながら）大東亜共栄圏。

青年　それだ！　ちょっと失礼。（ズボンを脱ぐ真似をする）

男　何だいそれは、グウェン君。

青年　日本人、すぐズボンをぬぐ。ほら、ステテコ？　いま、僕、それになったところ……ね、ドクター・ヤマグチ、いや、ドクター・エックス、君が役に立つときが来た。日本の、オクニのために……知っているね、キム・シヤ河にわれわれはダムをつくる！　これは戦争の、バイショウだ、アトシマツだ、というわけだが、しかし日本はアウラック共和国に、たかだかブタ三匹の損害しかあたえていない……（露骨な憎しみをもって）にもかかわらず、われわれはダムをアウラックに与える……考えてみたまえ、三万キロワットしか発電能力のないこの国に、十六万キロワットを出すダムが出来る……このアウラック経済に、いや、ベトナム、ラオス、カンボジア、ひいては東南アジア全体に与える意味、いや、世界戦略上の意味……ふふ、だから北は、アウ・コンは反対してる、経済上の意味と軍事上の意味はしばしばシノニムだからね……ほら、言うだろう、よく、水ヲ治メルモノハ天下ヲ――

男　（我慢し切れず）グウェン君、このお芝居は、適当じゃない。君はどうやら、僕の過去によほど興味がおありらしい。しかしいまの問題は彼女だ。スーの過去なんだ――

青年　（無視して）当然、アウラック人民はダム反対の闘いを開始した……ドクター・エックス、君は日本人だ。しかしアウラック人に愛され、医者として信頼されている……アウ・コンどもの不愉快な妨害を取り除くために、君は喜んで努力するね？　そして、日本の、日本における確実な地位と報酬を約束されて、故郷日本へ帰る、そうだろう？

男　止めたまえ。君はかなりよく僕のことを調べたらしい。ふふ、大変な情熱だね。しかし、肝心のところで君は大変な誤解をしているんだ。それは、君が日本人ではなく、アウラック人である以上、当然の誤解かもしれないが――

青年　（なおも続けて）ドクター・エックス、ワガハイのすすめ通り日本へ帰るね？

男　止めたまえと言うのに。

青年　（声をひそめる大仰な身ぶりをして）あの女が問題か？　ゲンチ・ヅマというやつ――なに、たかがアンナンの土人だ、捨ててしまえ！

男　グウェン君！

青年　（芝居をやめて）ドクター・ヤマグチ！　これが僕の推理だ……僕は、僕の推理が、本質的に、間違ってはいないと信じます。
男　間違っている。
　　間。
女　（以上の話の間、そしていまも、茫然としたように無関心に見える顔でいる。もちろん、青年の芝居の相手はつとめなかった）
男　（その女を見て、やがて青年に）僕には、確かに妻があった、アウラックで……。僕は彼女を愛していた……しかし、彼女は死んだ……ドクター・エックスは僕ではない。
青年　信じないね。君はスーを捨てて日本へ帰った、ところが、東京で彼女に再会した――（女に）スー、君の過去に愛した男は、彼なんだ。いま君が愛しているこの男が、むかし君を捨てたヒレツな日本人だ！……
女　（表情がほとんど動かない）
青年　（男に向かって）あなたは彼女に合わす顔を持たない筈だ。しかし、彼女は記憶を失っていた。君はそれを利用して、再び美しい彼女に――
女　（突然）もし、そうとしたら……なぜ、ヤマグチ・サンは、私の記憶の回復を、助けるの？　いくら私が熱心に頼んだにせよ。……グウェン、この点で、あなたの推理は成り立たないわ。
青年　……
女　私にさっきのお芝居を続けさせて……（青年に）あなたはお客ね。とても上手だったけれど、でも、こう言わなければいけなかった、私の過去の夫に向かって、私が台所に立ったすきに……君、安南の女は、その、いいそうですな、紹介してくれませんか一人……ところがそれが私の耳にちゃんと聞こえる。というのは、私は台所じゃなくすぐその部屋のとなりの医局にいるからなの……

と、彼女が隣の部屋に行った心で、戸棚から馴れた手つきで薬の瓶を取り出し、薬を注意深く酒の中に入れるしぐさ――そして、その酒を客の前に運ぶ――というわけだが、そのとき同時に、「もう一人の女」が、彼等のいるスペースの奥に浮かぶ、その女はインドシナの医師の妻らしい姿かたちで、「女」によく似ている。
そして実際に酒瓶とグラス二つを持ち、彼等のいる部屋の向こうの「部屋」に彼女が行くと、そこには「男」によく似た「もう一人の男」と、「客」らしい日本人がゆったりと椅子にかけて対座している。
以下、向こうの人びとは、前面の「男」「女」のことば通りに、かつより具体的に、パントマイムを演ずる。つまり、彼等は「女」の記憶の中の人物である。

女　どうぞ、お茶代りに、私の作ったお酒……（青年に）あなたは喜んで飲むの。〝これは珍しい、いい土産話が出来る！〟

青年　（飲む真似をする）

向こうの「客」は、もちろんさっさと飲んでしまって、大いに嘆賞している。

女　おいしいですか？（男に微笑を送る）

男　いけるでしょう？　アウラックのドブロクといったところですな。すこし匂いがきついけれども……

女　（青年に）そこであなたは眠り込んでしまう……

青年　（ギコチなく、指示の通りに――向こうの「客」は、これは極めて写実的に、といっても記憶の中のことだから当然修正と飛躍があってよろしいが、突然襲って来た眠気に抗しがたく、大きなイビキ〈聞こえない〉をかきはじめた）

女　（男と顔を見合わせて）うまく行ったわ。

男　うむ。

女は立って、ドアを、そっと開ける。

女　（自国語で〝成功よ、入って来て！〟）

同時に、向こうの「もう一人の女」ももちろんドアを開けて叫んだ。その瞬間に、向こうの人びととセットは消える。前面の「男」「女」たちの前に、彼女の声に応じて、武装したアウラック人民兵何人かが登場する。以下、兵士たちは、口は開くがその声は聞こえない。

女　彼等は言ったわ。ありがとうドクター、アウラック人民に対する協力を感謝します、では、この男は、われわれがお預かりします。（「兵士たち」は、そのようなしぐさをする）

男　（間ののち、はっきりと「兵士たち」に）協力は当然です。私もアウラック人民の一人です。そう思っています。

女　（「兵士たち」の口の動きと同時に）なるほど、しかし……この日本人技師をわれわれが必要とする理由は、説明できませんが、ダム建設反対の行動に関係があることは、おわかりでしょう。つまり、あなたはオクニに対して――

男　私は日本人ではありません、十五年前から。アウラック人民の利害が私の利害です。

女　（「兵士たち」に向かって熱心に）そうなんです。夫は、十五年前、日本軍に家族を殺された私を助けて、日本軍から脱走しました。そのとき銃で射たれました。日本軍の銃で！

男　（肩をおさえて）ここです。いまも少し……不自由です。

女　私たち、ジャングルの中を逃げて、逃げて……ここへ来ました。夫は私を育て、愛しました。（烈しく）夫は、日本を憎んでいます。夫はアウラック人です！

アウラック人民軍兵士たちの姿が消えた。当然変化していただろう照明も、ここで戻る。見つめ合う男と女。女が近づくと、男は顔を背ける――

女　（男の肩に手をおく）あなたは私を、さっき、そっと優しく抱いてくれたわ、そのぎこちなさが……肩に傷のある夫に、寄り添って暮して来た私の長い年月……でも、この物語はまだ、終わらないわ。

男　……

青年　……信用できないなドクター、僕はあなたが。……あなたがアウラックを愛していた？　日本よりも？　あなたは信じるのか、スー？

女　……

青年　見たまえ。もし、君がわれわれの側に立ったのなら、なぜ日本へ。

男　（やっと口を開く）この事件は、六二年の三月のことだ……。ダム建設の日本人技師が、アウ・コンに拉致された……日本のダム関係者も慌てたし、政府軍はただちに警備を厳重にしたばかりでなく、附近のアウ・コン掃討作戦を立てた。――ところが、その技師は、何事もなく――身体に危害を加えられることがなかったのはもちろん、ダムに関する厳しい質問に合うこともなく、帰って来た。何故だかわからない。

青年　われわれの人民軍は、常に――

男　とにかく、人民軍の方針は変更になっていたんだ、いつの間にか。

青年　常に現実的なんだ、アウ・コンは。

男　わかってるさ、おそらく、ダム妨害の効果とそのために払う犠牲とを……しかし僕は――僕のことはこの際関係がない、この事件に巻き込まれたある男、僕ではないドクター・エックスの話だ。彼も僕同様、考えたに違いない――本腰を入れる気がなかった闘いなら、はじめからしなければいいじゃないか――答えはこうさ、ダム反対の人民の意思を示しただけで、闘いは効果をおさめた、と言える――何故お前はそんなに興奮するんだって顔をしたに違いないな、アウ・コンの隊長は、目をパチクリさせてね……（次第に興奮の度を強めながら）いずれアウラックは統一される。そのときダムは人民のものとなる。だから作らせておけばいい、いずれそっくり頂くんだ――だから、なら反対闘争なんてしなきゃいいじゃないか、と、その男、ドクター・エックスは――しかし、アウラック人民にとって闘いの目標は一つではないんだ。人民軍はたくさんの敵に対して、それぞれの闘いを闘うんだ。そうさ、わかってるさ。戦略目標は常に変化する。進むべきときに進み、退くときに退く。

勝負は要するに王を詰めることなんだからな。キム＝シヤ・ダムは、こっちの陣地にちょいと鼻面をつっこんで来た小さな駒の一つにすぎない。だからこっちもちょいと歩をついておく。しかし、向こうが援兵をくり出すようなら、そこで駒のやりとりをはじめるほどの重要性はないのさ。しかし、彼は、そのちょいとしたことのために技師を誘拐したのさ！

青年　日本人のね、あなたとおなじ日本人——

男　（無視して）この男は日本へ帰れないことになるだろう、と思いながら彼はそれをしたんだ。——つまらないことなんだ、こうした一切のことはありふれたことだったんだ。戦争なんだからな。戦争——

青年　ヤマグチ、もし、その技師が日本人でなかったら、ダムが日本の建設するものでなかったなら——

男　しなかったろう、何も……彼は。

青年　ほら！（笑って）つまり君は日本人さ！

男　（爆発して）僕はスーを愛していた。僕の愛する人間はスーだけだ。それだけで十分じゃないか！

青年　スーは、アウラック人民の一人さ。

男　……（こらえて）いつのまにか、戦争はまたやって来た。しかし、僕らは、キム・トーの郊外の村の善良な医者夫婦だった。なお充分に幸福だったよ、僕らは。日本人なんて関係なかった！……

青年　しかし、日本はまたやって来た。

男　僕は忘れていたんだ、日本を！　十五年間——

青年　しかし、思いだしたんだ。

女が、なだめるように男に近づいて、

女　ヤマグチ・サン……私に、続けさせて……私の以前の夫の役を、やってくださらない……

男　（見つめて、頷く）やりましょう。

女　（青年に）さあ、お芝居の続きよ。……一週間あとのこと、夜です。私と夫は、何人かの人民兵とジャングルを歩いています……

再び舞台に「人民軍の兵士」たちが登場して、彼等二人を囲んで歩きはじめる。（足踏みでよろしい）背景には夜のジャングルが（出来ればフィルムで）彼等の歩行につれて。ゆっくりと流れ行く。

女　（歩きながら）目的は、例の技師を、人民軍の手から、日本人たちの手に帰すため……約束の場所で、別のグループが連れてきた彼を、私たちが受け取り、私と夫が、日本人たちに渡しに行く……

男　（同じく歩きながら）僕にその役を人民軍が負わせたのは、僕が日本人だからで、妻を同行させたのは妻がアウラック人だから……護衛の若い陽気な兵士たちに囲まれながら、僕は彼等に信用されていない自分を感じていた……

女　（彼を止めて）来たわ。あれがダム建設本部……

《鉄条網があってその先に建物――その屋根にアウラック共和国の旗と日章旗がひるがえっている》

《屋根の上にはためく日章旗》

《ネガで、はためく日章旗》

女　（乾いた声で）私は十の子どものときからあなたに育てられ、あなたとだけ暮して、あなたの奥さんになりました。あなたの憎しみは、そのまま私の憎しみでした。あなたの一番憎んでいたもの、それは、日本！――〃あの旗は嫌いだわ、祖国の土地に、祖国の旗と威張って並んで……あれ、何とかならない？〃若い元気な人たちは言った。〃やるか？　いいだろう〃まだ約束の時間には早いのでした。すばしっこい青年たちが私たちのそばから消えると、やがてあの旗は私の手に。

すでに、人民軍の兵士たちの姿もなく、舞台には「男」と「女」の二人だけが、その中に浮かんでいる。

背景も何も見えない。

彼女は身ぶりで旗をひろげて――もちろん、旗は実際にはない。

女　私の父と母を殺した旗ね……(男を見て微笑み)こうしてやりましょう。

女、引き裂こうとする。と烈しい勢いで、男がそれを止める。

男　止めろ!

女　(おどろいて)え?

女と男、見つめ合う。

女　(自国語で《〝どうしたの? あなた!〟》)

背景(スクリーン)に、過去の《女の脅えたような顔》が大きく。

男　……

背景に、過去の《男のけわしい顔(劇の前半で、彼が四五年当時の兵士を演じたときのような)》が大きく。

女　(脅えて、同じく《〝あなた……ウォン!〟》)

背景に、《女の恐怖に射られて叫びだしそうな顔》

男、女の手から旗を奪い、それを引裂いて、踏みにじる(しぐさ)

女　あれはいらないことだった。何にもならないことでした。旗なんて問題じゃなかった。私はあなたを知らなかった。ということが、そのとき私に、どっと津波のように押し寄せたということなの。愛していました、あなたを……でも、知ってはいなかったの、私は、あなたを……あなたを信じ、頼り、あなたのことばが私のことばで、あなたの好きなものは私も好きで、嫌いなものは私も嫌いで、憎んで、私はあなた、あなたは私……愛していたわ、でも、知らなかったの。

男　そうだよ、スー！　旗なんて問題じゃないのさ。僕は嘘をついてたんじゃないんだ。事実、僕は日本が嫌いで、ずっとしていたんだ。本当だ、あれは一瞬の、生まれて育ったのが日本である以上しようのないちょっとした反応だった。当たり前のことじゃないか。しようがないことじゃないか。たしかに君にはショックだったにせよ、それはわかってもらえることだったんだ。いや、きっとわかってもらえたんだ、君は僕を愛しているし僕も君を愛している、乗り越えられないことなんてなかったんだ。あのとき、僕は君の肩を抱きしめて、優しく言えばそれでいいことだったんだ、それを、僕は、しようとしていたんだ（このとき、背景は再び《男のけわしい顔》になっていって）……

笛が聞こえる。（背景消える）

二人、一方を振り向く。

男　約束の時間が来ていた……

人民軍の兵士が、目隠しをした「客」をつれて登場、すぐ去る。

「客」ウロウロして、べったり坐りこむ。叫ぶ（助けを呼んでいるらしいが、声は聞こえない）男、駆け寄って目隠しを外す。「客」しばし茫然、やがて狂喜する。

男　彼はわれわれを見て感激した。「君たちも無事だったのか！　いやあ君のとこで酔いつぶれて、気がついたらアウ・コンの連中に囲まれてるだろう。こりゃあたぶん匪賊どもが僕を尾けて来て、君の家を襲って僕を捕まえたんだ、もしかすると、君たちは殺されていやしないかと心配してたねえ。いやあ、助かった、良かったよ、お互いに！　もう日本へ帰れないかと思ったよ、一時は。しかし君も、これで決心がついたろう。奥さんも連れてくるんだな。僕が何とかするよ」と彼が喋りまくっているうちに、彼のさっきの叫び声を聞きつけて政府軍の警備兵たちが――

武装した「政府軍の警備兵」たちがかけよって来る。技師が自分の出てきたジャングルの方向を示す。

警備兵たち、手当たり次第にそのほうへ機銃を射ちこみはじめる――烈しい機銃の連射音。（つづく）

女　（叫び声をあげて顔をおおう）

人物は「男」「女」を残してすべて消える。

女　（すぐ顔をあげて）全部思いだしたわ！　そのとき、私、自分にも理由はわからなかった。私、ふいに走りだしました。ジャングルのほうへ！

男　あぶない、どこへ行くんだ。スー！

前景の二人はじっと動かない。しかし、背景は、《走る女の見た目のジャングル》を、ネガとポジが入れまじった形でしめしたい。

烈しく揺れ動くジャングルが流れる。女が転び、また立ち上がって駆けるさまをカメラの動きで示して――烈しい機銃の連射音。

男　待て、待ってくれ、スー！……帰ってこい、スー！

男のそばに「政府軍の兵士」が立つ。

機銃の音、続く。

男、眼をおおう。

やがて、すべてが静かになり、元に復する。

間。

青年　……何故、彼女を追わなかったんですか、そのとき。

男　……

青年　そのあとでも。

男　……二つしか道はなかった。脱走して人民軍に投じ、彼等とともに闘うこと、もう一つは、日本へ帰ること——弁解にしかならんがね、何を言っても。

青年　（冷たく）ドクター……僕の推理とどこが違うのですか、結局あなたのとった行動は。

男　（それに答えようとはせず）東京で、再会したとき、僕は眼を疑った。ところが、スーはこの僕を——

青年　だから、結局、あなたは彼女の記憶喪失を利用し——いや（うす笑いをうかべて）そう、とにかくあなたが比較的良心的な人間だということは、認めなければならない。あなたは、きっと、罪をつぐなおうとして——

男　ちがう。僕は、やはり彼女を愛している自分を発見したんだ。

青年　愛する？　美しいことばだ。だが、結局それはどんな行動なんです？　愛するとは？——あなたはあなたの心理を、感情を、気持ちだけを語っている。だが、行動は、どれほどスーのため、アウラック人民のために、

男　グウェン君、私ははじめに言ったね、君にとっては結果としての歴史が問題なんだ。しかし、人間は、

青年　われわれの行動が作った過去、作りつつある現在、そして作られるであろう未来、それさ問題は。

女　ヤマグチ……それともウォン——あなたの向こうでの名前——どっちを呼べばよいの？

男　……どっちでも……どっちも僕さ、ヤマグチ……ウォン……

　女、苦しみに耐えるように一瞬眼をつぶる。しかし、すぐ開いて、

女　愛していました。あなたを、ウォン！……それからヤマグチ、あなたのことも。……でも、私は、あなたのことを知らないの、わからないの……

男　スー！

女　あのときまで、幸せだったわ、私……そして、

そのあとすぐに私は一切を忘れて……いま思うと、また別の不思議な幸せの中に私は入り込んでいたのね……何も知らない、覚えていない……日本も、アウラックも、ダムも、クランケも……

青年　スー、もう君には、すべてわかったんだ。選ぶべき道は、一つしかない！　さあ、アウラックへ帰ろう、僕と一緒に！（「自国語」でもいい）

女　（首をふる）私を一人にして、グウェン。

青年　（おどろいて）何故、どうして？　だって僕らは、おなじアウラック——（「自国語」でも）

女　私のいた病院はあなたのお父様の資本だったし、トウキョウへ来られたのもあなたの一族のおかげね。そのころは見えにくかったことだけれど、私はもっと以前のことも、思いだしたのよ。たくさん、ほんとにたくさんあるあなたの親戚の人たちのことを、アウラックの貧しい人たちがどんなに憎しみをもって話していたか

——

青年　父はアメリカ・フランス・日本の独占資本の手先だ、人民の敵だ！　僕は彼等人民の敵すべてと闘うんだ——

女　わかるわ、でもそれはまずあなたの問題。

青年　違う、民族の——（スーの表情を見て黙る）

男　スー、やり直そうもう一度、いや、新しくはじめよう。——あれから、僕は繰り返し考え続けて来たんだ、いったい、これは僕の罪なんだろうか、僕たちの責任なんだろうか？——愛を支えるには、生活が必要なんだ。しかしそれがいまのアウラックにはなくなってしまっている。あるのは戦争ばかりだ……しかしここなら、日本でなら、ともかく生活を持つことができるんだ、僕らは。いいかいスー、長い人生のあいだには、どんな妻にだって、夫を生まれてはじめて見るような気がする瞬間があるものさ。そんなとき、夫は、妻のかたくなな背中を見て眠れない幾夜かを過ごさなきゃならないにしても、しかし朝になれば慌ただしく食事をしてまもなくやって来る患者を迎える準備にかかり、忙しい一日がやっと終わればまた二人で向かい合っ

てお茶を飲むんだ。生活だよ。その流れがすべてを乗り越えさせてくれるんだ……戦争は、ここにはないんだから、いまは、ともかくいまは！……スー、君は女なんだ。そして僕は君のことを誰よりも、おそらく君よりも、よく知っている……いくつになってもちょっと僕の姿が見えないと心配で泣き出しそうになる君、僕の左の腕が枕でなければけっして安らかな眠りにつけなかった君……急患で明け方まで帰れなかった夜、君はベッドの片隅で手足を縮めて丸くなって、不安でたまらない赤ん坊のように眠っていた……

男は、女の肩に手を置く。女は身を震わす。

男　僕には、君を放すことが出来ない。放してはいけないと思う。

女　（それに対する答えではなく）何故、あなたは……

男　何？

女　何故、あなたは承知したの？　私の記憶を回復させることを……

男　わからない。それが出来るのは僕だけだと思ったからだろうな。何かのショックで回復することはあり得る。しかし、やはり僕は、僕の手で……わかっていたんだよ、君にすべてが蘇ったとき、そのとき、君は僕を許さないかもしれない。それを僕は乗り越えようと思った。正面から立ち向かい、勝つほかはないと思った。それで、やっと僕は責任を果たすことになるだろう、と。

女　責任？

男　そうさ。

女　（うなずいて）あるんだわ、私にも、それが。

男　何が？

女　知らなかったことの責任、あなたを。

間。

男　生活をはじめ、続けることの中で、それは果

たせると思うね、その中でしか、

女　お芝居を、続けること？

　　間。

男　それでもいい。いいんだよ。芝居は、いつだって、芝居だけじゃない。

　　女、立って、くるりと部屋を見まわす。

女　（むしろ愉しげに）ここが私たちのお部屋……殺風景だけど、そのうち何とかしましょう……窓の外には濁った空……あなた、季節は？

男　いま、でいいさ。

女　いいわ、蒸し暑い夏、雨ばっかりの夏……時刻は朝早く、ということにしましょう。一家の主婦は早起きです、アウラックでも、日本でも、……まず、お掃除からはじめようかしら。

　　男、女の手を取ろうとする。

女　（すり抜けて）あなたはまだベッドの中……そう、牛乳と新聞を取って来なくっちゃ、いつも広告がたくさん挟まれてずっしり重い日本の新聞……

　　女、しぐさでドアを開け、新聞を取って来て広げる。

女　私には読めない……アウラック、という大きな字だけはわかるわ。何と書いてあるの、あなた？

　　男、近づいて女を抱きしめる。女、柔らかに抱かれて、二人は見るものに嫉妬を覚えさせるようなしっくりと合った一対に見えるが、すぐ彼女は身を固くして、彼からそっと離れる。男を見つめたまま、あとじさりしてだんだん離れて行く。

男　スー！
女　ウォン……ヤマグチ……私、よくわからないけど……わからないけど、知りはじめたことのない責任を、取らなければならない、と、思うわ、私は……
男　しかし、スー、それは――
女　（もう戸の近くにいる）やっと、本当にやっと、知りはじめた、のかもしれないのです。私は……世界を。

ドアを開けた。

女　さよなら（自国語で、ついで日本語で）

照明が変わる。このとき、舞台の上、遠く離れた男と女と、そして片隅の椅子に身を埋めている青年と、三人が動かないままシルエットになる。

スクリーンにはさまざまな写真又はフィルムが写されるだろう、世界の民衆の、悲惨な戦争の場面をふくむさまざまな姿が。その中に、顔を上げて、前を見つめて確かな足どりで歩くスー・キム・チュアンの姿があってもいい。

《註。この劇は、まず六四年春から夏にかけて、NHKテレビのために書かれたが、脱稿直後、トンキン湾事件が起きたため、NHKでは制作を中止した。作者も事情は諒承した。その話は「テレビ・ドラマ」六四年十月号に載っている。

それを、六五年八月の「青芸・霧の会」上演のために、舞台用に手直ししたものが、これである。大きな修正はない。ベトナム戦争が注目を浴びているが、そのために手を入れるということは、敢えて避けた》

大逆の女

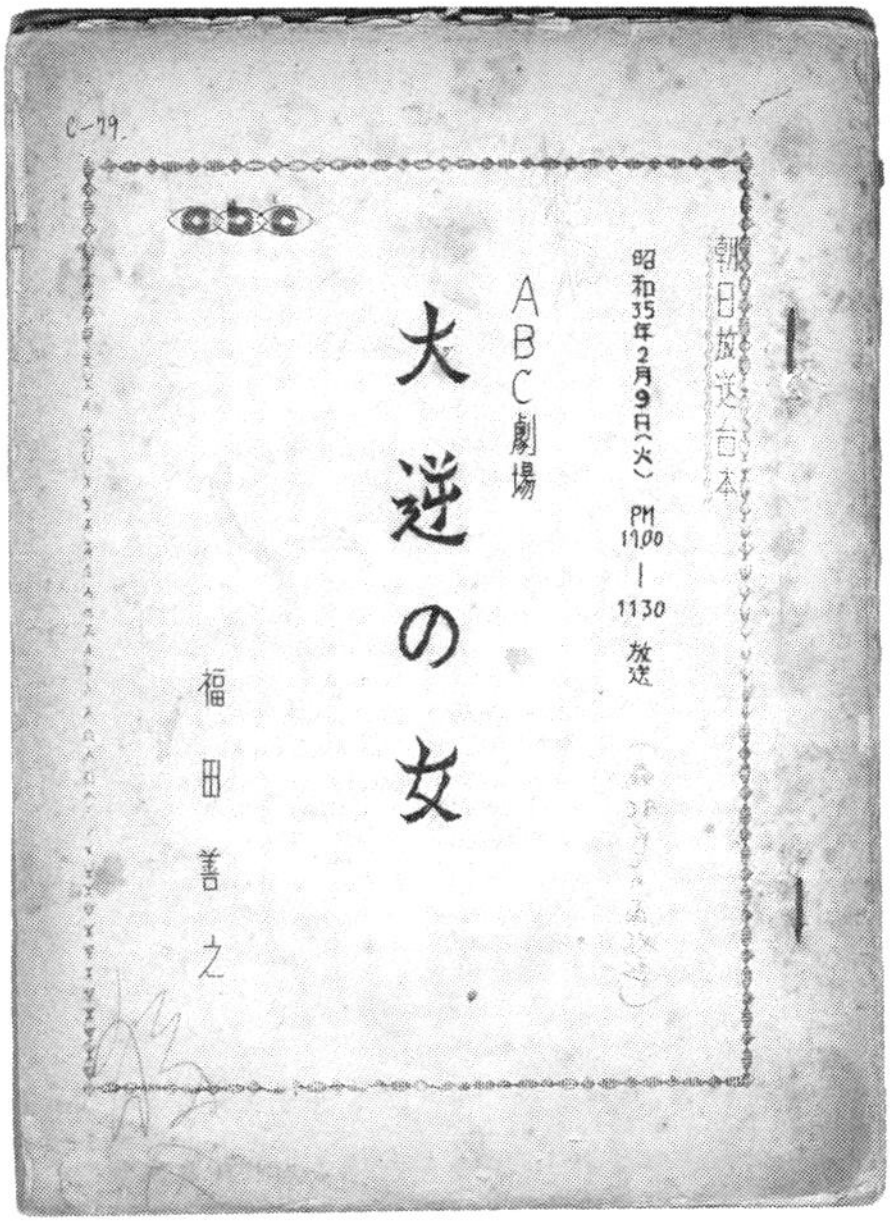

■登場人物

丹野スガ
西徳秋水
新納忠雄
宮口太市
武井善作
戸田安夫
唐畑雪村
検事
私

音響用語一覧

AN……アナウンス
SE……サウンドエフェクト
M……ミュージック
TM……テーマミュージック
BG……バックグランド(ミュージック)
UP……アップ(音や音楽が強まる)
FO……フェードアウト(音や音楽が徐々に消える)
OL……オーバーラップ
CF……クロスフェード(音や音楽が徐々に消え、途中から次の音や音楽が徐々に入る)
OFF…オフ(音や音楽が消える)
IN……イン(音や音楽が入る)
FI……フェードイン(音や音楽が徐々に入る)

＊音響用語、それに伴う解釈は地域や組織、時代によって使用・解釈が分かれる傾向があります。この用語一覧は読者の一助のために作成させていただきました。

前頁写真「大逆の女」
ラジオドラマ:朝日放送台本

ＡＮ　ＡＢＣ劇場

ＡＮ　今夜は福田善之作放送劇「大逆の女」をお送りいたします。

私　ドラマをはじめる前に、多少の歴史的解説を許していただきたい。
　一九〇八年、すなわち明治四一年の六月二十二日、東京神田の錦輝館で、若き社会主義者山口孤剣の出獄を祝う会が、在京の社会主義者数十名を集めて開かれた。
　当時のことだからむろん警官が多数臨席し、厳しい警戒の中に会は進められていったが、その閉会まぎわのことである。突如、急進派の青年荒畑寒村、大杉栄らが「無政府共産」と大書した二本の赤旗をサッとひるがえした。

ＳＥ　「ああ革命は近づけり」の歌、数人。それに大勢が加わる。

私　たちまち多数が参加して場内は革命歌がうずまき、興奮した彼らは更に場外へと押し出した。臨席していた警官隊が襲いかかった。そして大杉、荒畑はもとより、仲裁に入った堺利彦、山川均、それから管野スガ等、女性四名を含む十三名が検挙された。これは当時の社会主義運動における重要人物のほとんどすべてであった。

ＳＥ　消える。

私　彼らは激しい拷問を受けた。すなわち赤旗事件である。「裸にされて靴で蹴られ悶絶したり、食事はおろか水も与えられなかったり……婦人に対しては用便さえも禁止されていた」そしてうち十一人が一年から二年半の重禁錮の刑を受けた。二十八歳の女性管野スガは無罪として釈放されたが、体中に生傷を受け、無事を気づかって見舞に来た人々に対して叫んだ、「見舞より復讐を」と。

M（君が代）

私　そして二年後、明治四三年の十月、大陸に進出を続ける日本は、韓国を併合した。

M　次の語りの下で消える。

私　その年の五月二十五日、長野と東京で四人の青年が検挙された。いずれも、もっとも過激と目されていた幸徳秋水の指導下にある無政府主義者。その中の一人、宮下太吉が製造した爆弾が発見されたのである。続いて六月一日、幸徳秋水が逮捕され、以後八月までに全国の社会主義者及びその同調者数百名が検挙された。理由は彼等が共謀して明治天皇暗殺を企てたというにあった。称して、大逆事件。

TM　入る　BG

私　その被告の中には、ただ一名の女性として、管野スガがあった。人呼んで「大逆の女」

M　UP　切れる。

SE　時計の音。

検事　（やさしく）丹野スガ。

スガ　……はい。

検事　お前は、これまでの申し立てによれば、赤旗事件での当局の処置を恨みに思い、その復讐をと念じていたことからこの度のことを企てたというが。

スガ　その通りでございます。

検事　そしてお前は、「政府ガ言論ヲ抑圧スル上ニコノヨウナ警官ノ暴虐ガ許サレル日本デハ、所詮平和ナ方法ニヨッテ主義ノ実現ハ果タサレヌト考エ」

スガ　それに相違ございません。

検事　おかしいではないか。それで何故、陛下を、

スガ　もとより警視庁も、裁判所も、官庁も焼き

払い刑務所を襲って囚人を解放し、米倉を開いて貧民に分かちたい、そうも考えました。けれどもそれは私共の力では。

検事　それで上御一人を、と。

スガ　はい。私どもの苦しみの源はすべて天皇にあると存じますから。不当な裁判も天皇の名において、拷問さえ陛下の御名をもって、

検事　いつから、そう考えるようになったのかね？

スガ　赤旗事件の後。

検事　誰が、そう教えた？

スガ　誰？

検事　そうではないか、女の身で、お前一人で。

スガ　しいて申せば、あなた方でございます、私をこの考えに導きましたのは。

検事　スガ、私は気の毒に思っているのだよ、お前を。お前は、誰に操られて、

スガ　おかしゅうございますか。女が、女一人で、自分自身の意思を持ち、判断をして行動するということは、あなたには、理解できませぬか。

検事　理解したいのだよ、私は。

スガ　私には、もう何も、申し上げることはございませぬ。すべてこれまでの申し立て通りでございます。もとより死を覚悟しての企てでございました。ただいまは、その企てが実行に移せぬまま終わったことが残念で、口惜しく思われるだけでございます。

検事　長野の職工宮口太市、および西徳秋水方書生新納唯雄、この二名と共謀して陛下の弑逆を企てた。ほかに関係者はないと主張するのだね。

スガ　はい。

検事　西徳秋水も知らぬというのだね。

スガ　先生に何も関係はございません。

検事　庇うのかね。

スガ　いいえ、事実でございます。先生は何も御存じに、

検事　お前は西徳の、何だね？

スガ　……

検事　弟子、というだけかね？

スガ　……妻でございます。

検事　ふむ、しかし西徳にはサヨという妻がいる

が。
スガ　先生はおサヨさんを離別なさいました。
検事　いつ？
スガ　昨年。
検事　しかし、サヨは未だ西徳の妻であると言っているが、
スガ　……
検事　だまされているのではないか？　西徳に。
スガ　いいえ、存じております。みな。
検事　すると、お前は西徳の情人ということになるが。
スガ　……私は先生の、西徳の妻でございます。
検事　唐畑雪村という男を知っているね。
スガ　……はい。
検事　唐畑は西徳のなんだね。
スガ　同志……弟子と申してよろしいと存じます。
検事　丹野。唐畑が赤旗事件で服役中、お前は彼の妻と名乗って差入れを続けていた。
スガ　はい、しかしそれは、そうしないと……
検事　差入れを許されないからだね。
スガ　はい。それに、唐畑はあの事件でもっともひどい拷問を受け……私は、彼の気を落としたくなかったのでございます、彼は私を愛しておりり——愛していると言っておりました。
検事　お前も彼を愛しているのではないか。
スガ　いいえ、私は西徳の妻でございます。
検事　しかしお前は唐畑が入獄するまでは唐畑と一緒に暮らしていたのではないか。
スガ　……はい。でも、何故そのような、
検事　お前たち左翼の者、社会主義者たちの行動や感情には、どうも私ら凡人には理解しかねる節が多いのだが……何故、唐畑と別れたのかね。
スガ　お答えしたくございません。
検事　（笑いかけて）主義者たちは妻を一人で占有することは主義に反すると、
スガ　そんなことはございません。
検事　それなのに唐畑は、先頃出獄して以来西徳を殺してやるといって短銃を懐に探しまわっているというね。
スガ　……

検事　つまり唐畑は若いから主義者としてまだ未熟と――

スガ　（つぶやく）下劣な……

検事　何？　何と言った？

スガ　……

検事　何を黙っている、丹野……丹野！

SE　木枯、急にIN～BG

唐畑　殺してやる！　西徳の奴！

スガ　唐畑……私、先生を愛しているわ。

唐畑　スガ！

スガ　愛しているわ。尊敬しているわ。思想も、人間も。

唐畑　スガ、頼む、眼を覚ましてくれ、あいつは口先だけの過激派さ、無政府主義の共産のつったって自分の手を汚す気持ちはないのさ。学者さ、行動家じゃねえ、きっといまに皆を裏切って、

スガ　……軽蔑してよ、あんたを、私。

唐畑　……よくも丸め込まれたものだな。

スガ　さようなら、唐畑。

唐畑　待ってくれ、スガ！

スガ　放して。

唐畑　なあ、君が、行動の情熱に燃えている君が、どうして学者の女房でおさまっていられると思うんだ？　違いすぎるよ、おかしいよ、火と水さ、うまくなんて行きっこ――

スガ　私、あの人を変えてみせるわ、もし、あの人が行動家でないなら、私の力で行動家にするだけ。

唐畑　出来るものか。

スガ　さようなら、唐畑。

唐畑　待ってくれ。

スガ　放して。（強く）

唐畑　スガ！　帰ってくれ！　頼む、君がいなくなったら、俺ァ……いやだよ、いやだよ俺ァ……スガ！

スガ　唐畑……、私、あなたに感謝しているわ、私に主義を教えてくれたのはあなたですもの。

そして尊敬もしているわ、いつも赤旗をふり立てて行くあなたの勇敢さは。けれどね、あなたは子どもなの。みんなにおだてられると真先駆けて飛び出すけれど、叱られると爪を噛んで泣き出してしまう坊や。

SE　木枯――

スガ　……楽しかったわ、あなたと二人で山に登って、お地蔵さんをたき火にくべたりしたわね、火あぶりだっていって……私も子どもだったのね、小娘だったのね、ただの。

唐畑　……どういうことだい。

スガ　私は変わったのよ。やっぱり、変わってしまったのよ。赤旗事件で拷問を受けてから。ごめんなさい唐畑。

唐畑　スガ！

スガ　全部言うわ。私は先生をずっと前から、あなたと一緒に暮らしているときから、実は愛しはじめていたのね。……でも私はあなたの妻だった。それは小さな小さな私の隠し事だったのよ。私はあなたも好きだった。弟のように。好きよいまでも。けれどね、私は拷問で傷ついた体をぐったりと休めている間に、ふっと、自分の気持ちをだましているのがいやになったの。先生に対する気持ちをごまかして、あなたの出獄を待っている貞淑な妻であることが、急に恥ずかしくなった。

唐畑　スガ、一時の気の迷いだよ。お前は女だもの、いや小娘だよ、やっぱり君は。また俺と暮らしさえすれば、

スガ　駄目よ……もうごまかすのはいや。

SE　急速にFO

M　短く。

SE　戸が荒々しく開く。

武井　西徳！　西徳はおるか！

戸田　西徳君！
スガ　はい。はい、ただいま……あの西徳はただいま臥っておりますが、どちらさまで。
戸田　あなたが丹野スガか、
武井　ふん、そういう顔だ。
スガ　あの、どういう御用向――
武井　お前に用はない、西徳！　西徳！
戸田　西徳君、居るなら出て来たまえ！
西徳　（ＯＦＦ）そう怒鳴らんでもいい、武井……、いま行く。

ＳＥ　ふすまの開閉。

西徳　しばらくじゃないか、武井、戸田、……どうしとった？
武井　どうもこうもない。西徳、わしはこれまで君を信じとった、ええ、思っただけで胸糞悪いわ、戸田、出せ、あれを。
戸田　おお、西徳君、これは私らはじめ松井広木以下同志十五名、連名の絶交状だ。
西徳　いったい、何のことか――
武井　とぼけるな、貴様はよくも入獄中の同志の、しかも後輩の妻を寝とり！
西徳　武井、そのことなら――
武井　そのこともこのこともあるか、誰がそんな下劣漢の説く主義など信じられるか、主義者全体の恥辱だ。ええ、口を利くのもけがらわしい、戸田、行こう。
戸田　おお。
武井　西徳、もう会わんぞ！

ＳＥ　荒々しく戸の音。

間。

西徳　武井もか……あいつだけはわかってくれると思っていたが。甘かったな。（笑う）四十に近くなって、まだ俺は。（笑う、それが咳になる）

間。

西徳　スガ、元気を出そうよ。……さて、起きてしまったついでだ、仕事にかかろう。
スガ　はい、でも、お熱は……ちょっと……やっぱりありますわ。私よりも大分。
西徳　大丈夫さ、ともかく第一号を出さねばね。われわれの雑誌「自由思想」を……われわれ、と言っても、私たち二人になってしまったな……自由思想、自由恋愛……皆、言葉では賛成しても、実行に移すと、顔を背けて逃げていく……言葉と行いを切りはなすわけにはゆかんのに。……忠雄はどこに行った？
スガ　一寸、印刷屋へ。
西徳　あいつがいてくれるので助かる。（咳）スガ、この原稿の浄書を。
スガ　……はい。
西徳　どうした？　泣いているのか？
スガ　みんな、私のために……
西徳　何を言う。私がサヨと別れたのは、あれが私の主義を理解しようとせず、革命家の妻としてふさわしくないからだ……それに、私についていれば、まさかの時に累が及ぶ。それはかわいそうだよ……私も、どうせ四、五年しかもたぬ体だ。その短い命を、革命のために働いて潔く死にたい。……さあ。
スガ　はい。

間——

スガ　この雑誌……出ましても、またすぐに発禁処分にあいますのでしょうね。
西徳　そうだろうな。そして罰金が来る……書けば禁じられる、騒げば捕まる。……爆裂弾でも投げつけてやりたいね。
スガ　誰に？
西徳　そうさな。誰がいいか……。（笑う）それより「自由思想」の第一号だ、さあ……何を考えている。スガ？　スガ。（FOしていく）

間。

検事　何を黙っている。丹野。
スガ　え?……何をお訊きになりたいのです、検事さま。
検事　お前と西徳との真実の関係を訊いておるのではないか。お前は西徳の妻だと主張するのだな。
スガ　妻でございます。
検事　愛し合っている夫婦なれば一心同体だな。
スガ　はい。
検事　なれば今回の大逆の計画は、
スガ　あの人は関係ございません。
検事　お前は雑誌「自由思想」第二号の編集責任者として四百円の罰金を受けておるな。
スガ　はい。
検事　ということは思想においてお前と西徳は全く同じということだな?
スガ　……
検事　なぜ答えられん……お前は無政府主義者だな。
スガ　はい。
検事　我が国における無政府主義の開祖というか、はじめてその主義を唱え、人々を導いたのは西徳秋水だな?
スガ　はい。
検事　すればお前と宮口太市、新納忠雄の今回の行動は、西徳秋水に導かれて、
スガ　西徳は関係ございません。
検事　何故そう理に合わぬ言い方をする。この計画を立てたはじめは長野の職工宮口太市が昨年二月、西徳方をはじめて訪れたときだね?　そのとき西徳と宮口、新納、及びお前が共謀して、
スガ　お答えできません。
検事　答えんということは許されておらん。ありのままに申立てい。そのとき宮口は何と言った?
スガ　……
検事　何と言った?

SE　秋雨かすかに。ふすまが開く。

スガ　どうぞ、お茶を。

宮口　や、こらどうも……西徳先生、初対面のわしが失礼なことを言う、とお怒りにならんで下さい。しかし、

西徳　（咳　大分弱っている）いいとも宮口君、どうぞ何でも。

宮口　（咄弁、しかし激しく）いまや、直接行動のときに来とる、とわしは思います。先生の理論は証明されとります。先生、いまや議会に頼ってなどいたのでは主義の実現は覚束ない、直接行動のときである、という、そのときが、まさに、いま――

西徳　うむ、それで？　宮口君。

宮口　わしは、爆裂弾をいま作っとります。

西徳　爆裂弾？

宮口　はい。……天皇に叩きつけるために。

スガ　天皇に？

宮口　はい。と、言うのは、わしはかねがね郷里で社会主義を説いておりますが、政府や役人などについて話すときには、皆ウンウンと言って聞いてくれます。しかし皇室に関することを言うと我が国は外国と国体が違うなんぞと、耳にも入れてくれん、そして、天皇が行幸になるというその道筋の二丁以内で農業まかりならんていう無茶な布告にも喜んで従う。この有様では、と、わしはそこで思うたのです。爆弾を天皇に投げつけ、天皇もわしらと同じ血の出る人間であることを示してやったら、一挙に迷信も醒めるだろうと、先生……先生……

西徳　これからは、そういうことも必要になるかもしれん……

宮口　と、言うと……先生。

西徳　（咳）せめて百、いや、五十人……君のような人がいればな……命がけでかかれば……（咳）失礼、一寸体の具合が（咳　FO）

SE　雨　BG

二人の足音、下駄と靴――

宮口　もう、この辺で、……どうもお見送りありがとうございました。

スガ　でも、もうすこし……東京の道はややこしゅうございますし。
宮口　（笑って）あの通り尾行の警官がついとります。わからなくなったら奴等に訊きますで。はっは、では。
スガ　あの——
宮口　は？
スガ　（声をひそめて）先ほどの、
宮口　ああ。すこし、落胆しました、西徳先生なら当然双手を挙げて、と、先生は結局筆の人なんですな。
スガ　あの、私、そのことで、ご相談したいと、
宮口　あなたが？
スガ　はい。
宮口　手紙を下さい。お待ちしとります。これ以上お話は、奴らが、
スガ　ええ、では、（大きく）ご壮健で。
宮口　お大事に。

SE　歩き出す　雨UP　遠くなってBG～やがてFO

西徳　（咳）そう言われるだろうと思っていたよ、スガ。何故彼を落胆させて帰したか、と、いま忠雄にもやられていたところだ。
忠雄　先生、私は、隣りの部屋で聞いていていてじれったくて仕方なかったのです。いま、彼に手を貸さないことは、先生の主張されている直接行動論、それを先生ご自身裏切ることに——
スガ　忠雄さん。
忠雄　いいえ、言います。私は今晩は申します。私は何もこの家の下男になりにはるばる田舎から出て来たのではありません。先生の主張に共鳴し、ときが来て先生が声をかけられたらいつでも命を捨てようと——
西徳　わかっているよ、忠雄、しかし、宮口君に、私ら二人、スガも入れて四人、これでいったい何が。
忠雄　暗殺は二人いれば出来ます。
西徳　私の主張する直接行動とはね、大衆の力を

もって一挙に社会を、たとえば労働組合を作り、
そのゼネラルストライキ――
忠雄　わかっています。しかし、それはいま出来ぬ相談だ。つまりは空論です。いま出来ることをこそ――スガさん、あなたもそうは思いませんか。
スガ　……
西徳　どうなのだ、スガ。
スガ　……忠雄さんに、同感でございます。
西徳　ふむ。
スガ　……だってあなた、ほかに、出来ることが私には、することがないのは我慢が出来ませんの。ただ、じっとしていると気が狂いそうになるんです……。もう、「自由思想」も出せませんわ。新しい雑誌を出すお金もありませんわ。同志の方々も、みんな離れていってしまいました。私たちはどうすればよろしいの。どうする道がありますの。
西徳　……待つのだ。ときを。
スガ　そのときが、いつ来ますの？　いつになれば？
西徳　……
スガ　こうしていれば、ただじっとこうしていれば……あなた、私たちの言葉を、私たちの行いが、裏切ることに、そういう結果に。
西徳　スガ！（烈しく咳）
スガ　あ、あなた！
忠雄　先生！
西徳　（咳き込みつづける）
検事　（ＯＬ）何を考えているのだね。
スガ　あの、西徳の病気は、近頃どんな、
検事　生きているよ。壮健さ。大事な被告に、一党の首領に、いやこの事件の首謀者に死なれてたまるものかね、取調中に。
スガ　……
検事　いいかね、丹野、お前が、何と庇おうと、これは西徳秋水の指揮する社会主義の残党こぞっての大陰謀に違いないのだ。
スガ　いいえ、私と新納忠雄、宮口太市三名だけの、

検事　ふざけるな！
スガ　……
検事　お前が西徳の妻なら夫と無関係にどうして大事を企てる？　夫の西徳の命令でなくてどうして、
スガ　事実を申し上げておりますのです。
検事　すると、夫婦である、愛しあっておる信じ合っておる、しかし思想は違う、思想上の行動に関係はない、とこうお前は、
スガ　この度の行動は夫には関係ございません。
検事　（笑い出す）
スガ　何をお笑いに。
検事　おかしいではないか、そうだろう？　思想が同じければ行動も同じいはずだ。つまりお前ら夫婦は夫婦でありながら思想を異にしておるということになる。
スガ　……
検事　ほう！　そうなのか？　では、それでいいのかね？　主義者の夫婦とは。
スガ　いいえ、夫婦なれば思想も同じいのが理想。
検事　そうだろう、そうでなくてはならん。……では、認めるね、一切が西徳の指揮であると。
スガ　いいえ。
検事　ほう、では、西徳と信じ合った夫婦ではないと、
スガ　……
検事　お前は、夫西徳に隠して、隠れて書生新納忠雄と、職工宮口太市とともに共謀した。
スガ　はい。
検事　ふむ、なるほど。それでわかった、……忠雄は若いし、美男だからな。
スガ　ええ？
検事　お前は唐畑を捨てて西徳に走った。その前にも、一度婚家を飛び出している……
スガ　何を、あなたは。
検事　お前は病身の西徳に飽いたのだね。そして若い忠雄と結ばれ、ともに心を同じうしてこの計画を。
スガ　下劣な！
検事　お前はもう西徳を愛してはいまい。

スガ　愛しております。妻です。信じております。
検事　（笑う）わからんねえ、主義者というものは
（しきりに笑う）

SE　笑い声にCFして木枯、烈しく。すっとOFFになってBG

忠雄　スガさん、先生は？
スガ　よく眠っているわ。
忠雄　すっかり弱られて……もう短い命なら、爆裂弾を抱いて死に花咲かせればいいのに。
スガ　忠雄さん。
忠雄　宮口から手紙が来ましたよ。実験は成功したようです。売り出しは上成績、近く新規開店の相談に上京。
スガ　……
忠雄　先生はあなたに、一緒に田舎へ引きこもうといったそうですね？
スガ　ええ、罰金が納められないので私が体刑を受けに行くと言ったら、俺が金を作ると、そのために通俗日本戦国史なんていう本の執筆を引き受けたの。そして私に、一緒に来て、すこしは細君らしい暮らしをしてみてはどうか——
忠雄　なんて答えたんです？
スガ　（続けて）世話女房の味を覚えてみろ、お前は辛い生活ばかり送って来たので、性格がすこし烈しすぎる（絶句する）。
忠雄　どうしたのです？
スガ　辛かったわ。私、そう言われて。
忠雄　わかります。先生は今や裏切り者ですよ。革命家の妻に言うことですか、それが。何が自由恋愛だ。スガさん、別れてしまいなさい。
スガ　忠雄さん、あの人はね、本が書きたいのよ。後世に残る本を一冊書いて死にたい。近頃はそればかり。
忠雄　ふん、万巻の書、一個の爆裂弾にしかずですよ。どうせ発禁になる本を、
スガ　でも、私、書かしてやりたい。
忠雄　何ですって。あなたまで、
スガ　忠雄さん。私、西徳を愛してます。

忠雄　それが革命家の愛ですか！　主義者のあなたの。
スガ　……どうすればいいの、私は。
　　　間。
スガ　今日、唐畑から手紙が来ていたわね。先生のところに。……決闘状だって。
忠雄　出来はしませんよ。あの人に。
スガ　でも、あの人は返事を書いてらしたわ。いつでも来て自分に弾を撃ち込んでくれ、って……
忠雄　……
スガ　一番いけないのね、私のような女が。
忠雄　そんなこと。
スガ　いいえ、そうよ。そうだわ。
忠雄　……それで、田舎へ行くことに、同意したんですか。
スガ　……
忠雄　スガさん！
スガ　忠雄さん、私、考えてるの、でも、わからないの、どうしたら一番いい妻であることが出来るか、主義者として。主義者の西徳の、主義者の妻として、どうしたら。
忠雄　わかりました。首に縄をつけても先生を私たちと一緒に行動させましょう。そうすればあなたの悩みは解決する。
スガ　いいえ！……お願い、西徳はそっとしておいてやって。
忠雄　スガさん、私だって先生を尊敬しています。好きです。私はその先生に死に際になって言葉と行いの分裂した無様な行動をしてもらいたくない。あれが西徳秋水かと言わせたくない。無理にでも引っ張り込むことが西徳秋水を秋水たらしめる所以——
スガ　やめて、西徳が、眼を。
　　　SE　OFFで咳が聞こえる……戸外の木枯らし。
スガ　……忠雄さん。

忠雄　え？
スガ　私、田舎へは行きません。
忠雄　……
スガ　あのね、ロシヤでアレキサンドル二世暗殺のとき、ソフィヤ・ペトロフスカヤという女の人が見張番に立ったのよ。……私にもそのくらいのこと。

SE　木枯らしUP　FO

検事　（口の中で）私ハ西徳ノ妻デアリ、夫ノ思想ヲ同ジクシ、互イニ愛シアッテオリマス……か、結局、これで十分だな。言外に西徳がこの事件を導いていることをはっきり示しておる。よし。（思いついて）丹野。
スガ　（疲れきっている）はい。
検事　いいものを見せてやろう。どうだね。このハガキ。
スガ　何でございますの。
検事　読んでごらん。
スガ　……
検事　お前が田舎へ本を書きに行った西徳と別れたその日だね、この日付は。……西徳はお前がそばにいなくなるとすぐに妻のサヨに手紙を書いているのだよ。
スガ　……
検事　サヨに愛想をつかしたのは、革命家である自分に添うていたのではサヨがかわいそうだと思ったからだといっているね……そして同じ革命家のお前と関係を結んだのだな西徳は。……それが、またサヨにいわば復縁を求める手紙を書いているというのは……どういうことかね、これは？
スガ　……
検事　だらしない男だね西徳は、ほんとにだらしないこんな男をお前は。
スガ　私が、いけないのです。
検事　何？
スガ　私から、申したのです。別れてくれと。
検事　何故かね。

スガ　私たちの企てに巻き込みたくなかったので。
検事　そう西徳に言ったのかね？
スガ　いいえ。言えば西徳は承知しません。ですから、ただ。
検事　何と言ったね、西徳は。
スガ　怒りました。……そして……愛が消えたのなら仕方がない、と……
検事　ふむ。……では、お前は妻ではないのか、実は。
スガ　……
検事　（押しつけるように）情人だね、お前は。
スガ　（思わず）いいえ！
検事　どっちなのだいったい。
スガ　私、西徳の妻として死にとうございます。（混乱して）私……私、情人。などと……いいえ、私は情人ではございません。妻でございます――
検事　いいかね。西徳はお前たちを主義へ煽っておきながら肝心の実行問題になると逃げる。そして元の女房と復縁する。こんなけしからぬ男をお前は、やはり愛していると――
スガ　……はい。
検事　馬鹿な。もうよい。本当のところ、私にはどっちでもよいのだ。この度の事件は天人ともに許さざる怖ろしい行為であるから、さっさとどんどん死刑にしてしまえと私らは上から言われておる。しかし私はそんなことはこの法治国家で出来ぬと答えた――答えたかったがね、そう言ってみたところで、私のしていることなど本当は大した意味はないのだよ……しかしそうも言っておれんし……さあ、では、房に帰ってよし。
スガ　……あの。
検事　何だ。
スガ　一つだけ……お聞きしたいことが……
検事　何だ。
スガ　西徳は、私のことを、何と？……
検事　（吐息をついて）馬鹿な奴さ、あれも、真実お前と新納、宮口の爆裂弾計画には参加しなかったらしいね、彼は。しかしお前のことは言っているよ。妻だと。そしてすべて自分から起こったことだと。

M　IN（コード風に）　BG

私　この事件の公判は同じ年の十二月十日から二十九日まで行われた。公開禁止の、そして弁護士の申請した証人を一切却下するという裁判だった。翌四四年一月十八日判決があった。実際に爆裂弾を準備して天皇暗殺を企てたのは宮下、新村、管野ほか一名であったことは明らかだったが、死刑が幸徳秋水はじめ二十四名に言い渡された。

「銀杏返しに納戸色紋羽二重三ツ紋の羽織、琉球飛白《かすり》の綿入れ」という姿の管野スガの頭に編笠がのせられた。第一に退廷させられて行く彼女は一言、「みなさんさようなら」と言った。

M　UP〜FO

私　それから七日後、一月二十五日に管野スガは死刑を執行された。彼女は死の間際まで落ち着いて乱れず、その表情は明るくさえあったという。このドラマは勿論多くを私の想像に負うているが、更に一つの空想をつけ加えることを許していただきたい。死の間際に彼女を過《よ》ぎっていった想いは何だろうか、と私は考える。私には、それは、たとえ成功したにしても、所詮長い暗い夜空に一瞬きらめいた花火のような儚いものだったに違いない大逆計画、その実行方法を、最終的に決定し終えたときの明るく晴れやかな、おそらくは安らかでさえあったに違いない彼女自身の姿ではないか、と思える。

スガ　（FI気味に）じゃ、こう地図に赤インクで筋を引くわよ、二重橋から桜田門に出て虎ノ門、溜池、赤坂田町、一ツ木町、表町……そして青山練兵場。この中の適当な位置を決めるのは、

新納　僕が当たりましょう。

スガ　新納さんね、じゃ、決行の手順。

宮口　爆弾は俺が投げる。

新納　いいや、そら、僕が。

スガ　私に投げさせて。
宮口　でも、俺が精魂込めて作った爆弾だ。な、俺の爆弾だ。俺が裏山で実験したら、畜生、いい音しやがった。俺あおりくらって——
スガ　そして裸足で逃げ出したのね？　宮口さん。
三人　（どっと笑う）
新納　スガさんは合図役だよ、ね？
宮口　うん、ほれ、ペト、ペトロ——
新納　ソフィヤ・ペトロフスカヤだよ。
宮口　そうだ、それだよ。
新納　で、われわれが道の両側に立って、おのおの爆裂弾を持って——
スガ　私も持つのよ、あなたがたが仕損じたら投げるの。
宮口　重いで、スガさん。
スガ　どの位？
宮口　ここに練習用を持って来てるだ。
新納　用意いいぞ、宮口さん。
宮口　えへへ。持ってみな、スガさん、ほら。
スガ　はい……大丈夫、投げられるわ、ほら、こんなに手のひらではずませることだって……ね？……ほら……ね？

M　静かに入る。

スガ　ほら……ほら……（愉しげに笑う。笑い続ける）

M　スガの笑い声にゆっくりとかぶさってUP

上演記録

「文明開化四ツ谷怪談」（『テアトロ』二〇二四年八月号）

二〇二四年一月二六日～二月四日、東京：下北沢・駅前劇場。日本の演劇人を育てるプロジェクト　新進劇団育成公演。サルメカンパニー特別公演。

作：福田善之、協力：井村昂、演出：石川湖太郎、舞台美術：佐藤麗奈、衣裳：西村優子、照明：鷲崎淳一郎、音響：坂口野花、舞台監督：新井和幸、振付：宮河愛一郎、殺陣指導：菊地竜志、所作指導：藤間笙三郎、作・編曲：小黒沙耶、作・編詞：宮原芽映、映像：宇野雷蔵。

出演：石川湖太朗、村岡哲至、柴田元、小黒沙耶、西村優子、遠藤真結子、井上百合子、高木友葉、松原もか、遠藤広太、鷲見友希、大林拓都、中島ボイル、丸山輝、島村苑香、鈴木良一、あいしゅん（guitar）、青（bass）、藤川航（sax）、河野梨花（drum）、井村昂、前田昌明。

「京 近江屋 龍馬と慎太郎――夢、幕末青年の。」（「京河原町四条上ル近江屋二階――夢、幕末青年の。」『テアトロ』二〇二〇年二月号を改題）

二〇二〇年三月四日～八日、東京：池袋・東京芸術劇場シアターウエスト。

作・演出：福田善之、美術：石井みつる、衣装：広野洋子、音楽監督：日高哲英、作・編詞：宮原芽映、所作：西川鯉之祐、振付：渡辺美津子、殺陣：菊池竜志、照明：森脇清治、音響：藤平美保子、舞台監督：

大島健司、演出協力：観世葉子、文芸協力：羽鳥嘉郎、演出助手：会田一生、飯島真弓、方言監修：松田一男、制作：松井伸子、企画統括：林次樹、協力：秋津今日子、外地良司、福原圭一、久松夕子、太田麻美子、林節子。
出演：平田広明、林次樹、早野ゆかり、前田昌明、観世葉子、木村万里、森源次郎、松田健太郎、山田健太、長尾稔彦、石川湖太郎、遠藤広太、秋田遥香、内田龍磨、磯貝誠、宮川知久、五十嵐弘、吉岡健二、木村愛子、一川靖司、須藤沙耶、西田雄紀、山本祐路、奥野雅俊、立直花子、細川美央、近藤守。

「港町ちぎれ雲」（「慶応某年ちぎれ雲」二〇〇二年、俳優座劇場、『せりふの時代』（小学館、二〇〇二年春号）収録を改稿）

二〇〇四年五月二一日〜三〇日、東京：六本木、俳優座劇場。主催：木山事務所。
作・演出：福田善之、作曲・音楽監督：古賀義弥、振付：土井甫、西川鯉之祐、渡辺美津子、美術：石井みつる、照明：森脇清治、音響：小山田昭、衣装：料治真弓、擬斗：菊地竜志、演出補佐：福原圭一、舞台監督：大山慎一、製作担当：松本美文、制作：木山潔。
出演：旺なつき、長谷川敦央、菊池章友、福原圭一、田中雅子、林次樹、水野ゆふ、大宜見輝彦、須田真魚、内田龍磨、勅使瓦武志、橋本千佳子、森源次郎、田谷淳、合田紗和子、吉岡健二、広瀬彩、宮内宏道、田中貴子。

「思いだしちゃいけない」（テレビ台本「思いだしちゃいけない」未放送、『テレビドラマ』〈ソノブックス、一九六四年十月号〉収録を舞台化）

一九六五年八月一日〜一〇日、東京：新宿、アートシアター。主催：劇団青年芸術劇場、霧の会。提携：新宿文化。アートシアター演劇公演No.11。

作：福田善之、演出：観世榮夫、音楽：林光、美術：菊畑茂久馬、照明：立木定彦、効果：山本泰敬、舞台監督：岡村春彦。

出演：渡辺美佐子、佐藤慶、岩下浩、高橋征郎、古林逸郎、中村友治、中村方隆、三浦威、村松克己、歌：ペギー葉山。

ラジオドラマ「大逆の女」

一九六〇年二月九日放送、六三年三月再放送。朝日放送ABC劇場。

作：福田善之、出演：山本安英、桑山正一、大河内稔、松村彦次郎、島宇志夫、篠原大作、井上和行、久米明、小沢重雄。

あとがき

福田善之

解説にも触れられているが、四世鶴屋南北は七十一歳で「東海道四谷怪談」を書いたとかで、まあ、その歳までにはウンザリするほど非才の俺でもいくらかましな仕事を、と楽観していたのが、とんでもないウヌ惚れだった。気づいてみればあっという間の早足に、古希も喜寿も傘寿も、卒寿という歳も過ぎ、大事な仕事仲間たちがつぎつぎ消えた。

南北は好きだ。糸操りの結城座で「忠臣蔵・四谷怪談」前後篇の人形・人間混淆劇として上演（一九七九、八〇年）したこともある。名古屋西川流の西川右近が勘平と大星、伊右衛門を兼ねた。その右近ももういない。

「文明開化四ツ谷怪談」を上演したサルメカンパニーのメンバーは孫や曾孫といった年齢の、桐朋短大演劇専攻で私の仕事に縁のあった元学生たちで、中心の石川湖太郎が〈伊右衛門〉に似合うのじゃないか、と思ったのが始まりである。

南北の伊右衛門はやはり文化文政の人だ、という気が、僕にはしていた。幕末や明治初年に、また「四谷怪談」が寄席の講談（講釈）も含めて各地で流行した、という諸研究書の記述に力を得て、まず時代を移した。

僕の文明開化は、敗戦日本に押し寄せた圧倒的な潮である。当時の少年だった自分を通してしか何事も語ることはできない気がするのは、いまも変わらず、伊右衛門もまた、そこから逃げることはできなかった。芝居の終わりはいつも難しいが、なかなか終われない僕をせっつく若い協力者たちには、そうだなあ、サム・ペキンパーの『ゲッタウェイ』みたいなのが好きだなあ、とか語った。騙ったことになったか？

井村昂さんは体調芳しくない近年の僕をよく支えてくれる畏友で、まさかの時には纏めて括りをつけるために〈共作〉に名を連ねて頂いた。結果として僥倖に僕がなんとか最後まで書くことができ、初日を迎えた。――僕は迂闊だから、彼がこの戯曲集の「上演記録」原稿の作者連名から自分の名をバッテンで抹消するまで、彼の〈居心地の悪さ〉に気づかなかった。深謝して活字発表からは相談の上〈協力〉とさせていただいた。

「四谷怪談」関連の研究も、小説・映画・芝居も優れたものが多く、それぞれ学ぶところ大きかった。すべて感謝を捧げたい。ちなみに高名な「首がとんでも動いて見せるわ」は隠亡堀で鰻かきに掛けた俳優の入れ事だったようだが、それを幕切れに持って来たのは僕の知るかぎり演出小沢栄太郎、台本石沢秀二、伊右衛門仲代達矢の俳優座上演からで、僕の世代はこれにもっとも影響を受けた、と思う。

「京　近江屋　龍馬と慎太郎――夢、幕末青年の。」 Pカンパニー上演時は「僕、長い題名が好きなんだ」という林次樹さんの言葉に従って「京河原町四条上ル近江屋二階――夢、幕末青年の。」だったのを、やや修正、改題。

一九七四年、中岡慎太郎を狂言回しに『草莽無頼なり』という歴史小説を企て『野性時代』に第一部を書いたものの中絶、三十六年後に二、三部を書いて朝日新聞出版から出すことができたのは、長年の知友小畑祐三郎さんのお蔭である。――その小畑さんとも仲違いしてしまって、いまは連絡がとれない。自分の愚かさを悔やむばかりだが、思えばその諍いの底には、芝居と小説との間に互いを打ち消し合うような内在的な〈違い〉が横たわっていて、井上ひさしさんの〈才能〉がそれを乗り越える毎回の鮮やかな力技に感動しつつも、我が非力いかんともしがたく、この場合平たく言えば、芝居が書けなくなってしまうのでは、という不安に僕が勝手に襲われ、僕を小説家に育てようと苦労していた小畑さんに、とばっちりを浴びせてしまったのだ。僕のファム・ファタールはしみじみ芝居だ。

中岡慎太郎が一番の被害者かも知れない。長年敬愛して来たあなたを〈相棒〉龍馬と襲撃された近江屋に絞り、襲撃者京都見廻組と「ええじゃないか」の狂騒を背景に、などと考えたが、不細工なアマルガムだったかも。現代の「案内役」たちも含めて、もっと大きな〈嘘〉が、芝居には不可欠だったかも。

にもかかわらず、このテキストを改訂して例えばリーディング形式で、などと未練は尽きない。

ながらく助手の役割をこなしてくれた俳優の菊池章友さんが熱烈な坂本龍馬ファンで、本作りの一番の協力者だったが、上演を待たず五十五歳で急逝した。信じられなかった。こういうことの積み重ねが仕事を続けることだと、しだいに承知してくる。

回船問屋白石正一郎を演じた前田昌明さんは多年の仕事仲間で親友だが、幕切れ近く慎太郎と龍馬の語る未来（夢）に、もう一押し具体っぽさを、と注文して来た。僕のイメージはいつもG・オーウェル『カタロニア讃歌』が語る、つかの間の陽炎のような――〈階級のない社会、平等の国〉なのだが、それを「太平天国」について十分な知識もなく、断片的に慎太郎に呟かせるのは、言わば嘘だから度胸がいる、いくら芝居でも。――それを僕にそそのかした前田さんは、そのあと――「文明開化四ツ谷怪談」のカーテンコール後に登場する〈老人〉を最後の舞台として世を去った。九十一歳だった。

「港町ちぎれ雲」は初め「慶応某年ちぎれ雲」として季刊『せりふの時代』（二〇〇二年春号）発表、再演で改訂改題。のっけから広沢虎造の浪曲だが、女浪曲師の「船が川の半ばへ出る」以下ト書きの（意外に言葉が続いて出て来たので、自分でもびっくり）は、そのまま僕自身の感想でもあった。「石松三十石船」のレコードを幼い日の僕はほぼそらんじていて、お調子者だから煽てられると子ども仲間の前で、しかし恥ずかしいから後ろを向いたまま、だから客の反応は見えない――やがてくすくす笑いから私語が始まったので、あえなく挫折――そんな話はまぁいい。この芝居のヒントは名プロデューサー木山潔さんからドストエフスキーの『白痴』の話を聞いたことだ。

それにしてもムイシュキン侯爵からまっすぐ「馬鹿は死ななきゃ治らない」森の石松に、次郎長はラゴージンにと、連想・妄想してしまったのはまこと「雀百まで」――木山さんはこのあたりで呆れて愛想をつかされたのではないかな。宿願のご自身の演出に主力をシフトされて見事な国際的成果を収められた上、逝かれた。

福原圭一さんは、スペイン内戦の国際旅団にただ一人参加した日本人ジャック白井を追いつづけ「れすとらん自由亭」（一九九〇年）を企画制作、それからよき協力者でありつづけ「壁の中の妖精」（一九九三年）を成功させた最高の仲間だった。「ちぎれ雲」で冒頭の富裕な商人富造を演じたのを最後に、僕をおいて行ってしまった。

ヒロインの蝶は「慶応某年」のときの金星女さん、「港町」の旺なつきさん、ともに良かったが、桐朋の学生たちによる学内上演は、彼らの何人かが結成したサルメカンパニーによる「文明開化四ツ谷怪談」につながることになった。

歌や踊りの要素もこの芝居は強くて、古賀義弥さんの作曲は僕の浪曲オマージュをよく現実化してくださったし、隣村の七五郎ならぬ八五郎とお花（黒沢明監督『白痴』では久我美子さんの役どころ）夫婦が重傷の石を助けようとする重唱など、若さが生きた部分もあり、ラストシーンについては、はるか昔（この稼業を始めた頃）に、行列が遠くからしっかりと近づいて来るだけ、というようなラジオドラマを作ったこともあり、濛々たる砂煙で大軍の行進を表現するあたりには、もはやあまりにも遠いとはいえ、かつて舞台監督だった血が騒ぐ。もう一度見たい。が、若い人たちは爺のセンスを嫌うかもな。

さて、解説の佐々木治己さん〈発掘〉の二作については、佐々木さんに任せたい。

僕は生まれつき算術が苦手で、数学が好きな佐々木さんにそれだけでも頭が上がらない気がする。彼には時々理解できないところもあるが、それが僕の彼を好きな理由だったりする。——今年出た僕の第二エッセイ集の題名『あの空は青いか?』は拙作『夢、ハムレットの』で繰り返されるハムレットの問いかけに基づいていて、佐々木さんはそれを僕についてのエッセイのタイトルにした。それを僕がまた取り返すようにして題名にした。——つまり、彼は僕の中から、僕自身忘れかけたり、顔を背けたり、のような要素を発見してくれたりする。得難い友人である。

「思い出しちゃいけない」(一九六五年)は、大新聞や雑誌の劇評に叩かれるのには慣れている当時の僕も、比較的身近なところからの厳しい批判がこたえて、忘れようと思って、忘れた。その後、思い出すこともなかったこの作に佐々木さんが執着する理由も、よく理解しているとは言えないが、それを含めて数々の感謝とともに、僕は彼にこの件を任せようと思った。

「大逆の女」(一九六〇年、六三年再放送)は山本安英先生の他にまったく記憶がない。そのころ木下順二先生の下手な真似で昔話に取材したラジオドラマを何本か書き、こっぴどく叱責されたりもしたが、安英先生はにこにこと主演してくださり、生計の資とすることが出来た。紛うかたなき恩人の一人である。

主人公のモデル管野スガについては、こののち「魔女伝説」として戯曲を書いた。六〇年代の終わりに渡辺美佐子さんと自由劇場、観世榮夫演出で上演された。それから長い時間が経つ。再演を熱望していた榮夫さんも二〇〇七年に、ついに逝った……

解説

佐々木治己

今から三十年以上前、福田さんが六十歳を目前にした頃の文章に、「かの大南北が『東海道四谷怪談』をものにしたのは七十一歳である。近松の例を見ても、日本の芝居書きが少しはましな作を書きうるのは、相当の年齢に達してからで、そこにはそれ相応の理由があることだろう」（『あの空は青いか？』三一書房、二〇二四年）とある。この戯曲集に収められている「文明開化四ツ谷怪談」は、福田さんが九十二歳の作であるのだから、これは当然、福田さんの「四ツ谷怪談」は大南北を超えましたなどと失礼承知の与太を飛ばしてお叱りの言葉を受けたいとも思うものですが、与太とばかりも言えない気もする。

この戯曲集には、一九六〇年に発表されたラジオドラマから二〇二四年の最新作まで、六十四年の時間を超えた戯曲が収録されている。劇作家としての長い年月の中で、日本近代を苛烈に問い、「いま・ここ」に即時的に反応し、夢幻的な世界へも羽ばたいた。とりわけ初期の戯曲は比較的早くに評価が定まり、現在でも再演が多くなされ、新しい古典ともいうべき戯曲群として捉えられている。福田善之は、すでに完成した劇作家、双六にたとえれば、上がった、ということなのだろう。

「上がりのない双六」（前掲書、あとがき）と、福田さんは書いている。この言葉には、「上がり」を最初から目的にしていない、完成とは異質な現れ方があることが示唆されている。「完成」との訣別が福田善之の六十年以上にも及ぶ創作活動だとすると、福田善之とはどのような劇作家なのだろうか？

円現する福田善之

何かをする者は、何かの完成を目指す。何かが創造的か破壊的かはさておき、「上がり」、「完成」を設定し日夜努力を重ねる。幕を降ろす必要がある劇作家であればなおのことだ。演劇の場合は、能や歌舞伎などの伝統演劇のような形式様式が、演劇というジャンルを形作ることから、現代演劇においても形式や様式の完成を目指す傾向がある。形式様式は劇作や演出、演技だけでなく、舞台、興行形態も含めたものであり、自らが演劇だと捉えた形式等に対する批判や補完が自身の演劇の完成として思い描かれる。そして、その完成した、あるいは完成を目指す演劇を以て、演劇であるかどうかという認知や評価がなされる。完成があるからこそ演劇は「上がりのある双六」となり、良かれ悪しかれ商品となる。評価されている演劇はこのような「上がりのある双六」と言ってもいい。

しかし、福田さんの演劇は、とくに近年の作品は、完成に対する拒否を明確に行っている。「上がり」の後にもまたマスがあるような終わり、終わりのない終わりだ。福田さんは、時代状況や思想を、完成された形式様式、定式化した主義思想などで示そうとはしない。六十年以上の長い年月の中で変転していく世界を表すように、ある一時期のみから導き出した「完成」を目指さず、「上がり」を消失させ、終わらない何かを終わらないまま描こうとしている。

「円現」という言葉がある。浅学のため、この言葉がどのように使われているのか、一例しか知らない。ドイツ文学者高橋英夫による『ホフマーンスタール選集２』（河出書房新社、一九七二年）の解説にあるのを知るのみだ。「完成」を、ある時代、ある状況、ある形式や主義などを的確に示すことだとしたら、「誕生、生育、成熟、爛熟、崩壊というプロセス全体をあらわしたとき」を「円現」と言うらしい。福田さんが演劇だけでなく、ラジオやテレビ、映画、小説等で示した日本という国、日本人という存在、また戦後という時代の思想や主義、演劇の形式等の変化や多層性は「円現」と言えるのではないだろうか。振り出しと上がりが定かではない、たとえば、川のように流れる時間と忘れては思い出す記憶による波のような時間が同時に現れることが「円現」なのだろう。

時代精神を捉え、形式として完成させることが「上がり」であり、大劇作家の条件でもある。例に出した大南北はもちろん、ソポクレスもシェークスピアもそのような意味で大劇作家としての名声を現在まで保っている。しかし、福田善之の劇作家としての道は、彼らが見出せなかった演劇のもう一つの可能性を示している。現在、演劇を、そして演劇の中で考える上で、それは民主主義における演劇の可能性を考える上でと付け足したほうが親切かもしれないが、このような前提に立ったとき、終わらない演劇の意味が掴めそうな気がする。

福田さんの劇作は、時間も空間も超え、特定の主義や立場にも立脚せず、形式も混在させる。何が「上がり」か不明のままに、完成や答え、そして終わりが求められる演劇の中で終わりがない演劇を書き続け、求め続けた。

「完成」は常に「正しさ」へと繋がり、「正しさ」は人間を超える。抑圧と搾取と侵略、虐殺なども「正しさ」が導き出したものとして現出した。福田さんはこのような帰結を招く、「完成」とそれに付随する「正しさ」に抗している。それがたとえ蛇足や破綻と謗《そし》られようとも、円現として示しているのだ。

この戯曲集で福田善之の「円現」を感じ取っていただければと思う。と、それぞれの戯曲に対する解説を書くことになっていたのに書き忘れ、解説を上がろうとしてしまった。戯曲集全体の説明をさせていただくと、収録戯曲は時代を遡る配列になっている。ラジオドラマ台本「大逆の女」と戯曲「思いだしちゃいけない」は、福田さんの書斎整理をしているときに私が発見し、ご本人からいただき後世に伝えるべくデータ化し、保管していた。今回の戯曲集に収録できたことで肩の荷を下ろせた気がしている。では、各戯曲の解説に移ろう。

「文明開化四ツ谷怪談」

福田戯曲に民谷伊右衛門はどのような姿で登場するのだろう、という関心をもって福田版「四ツ谷怪談」を読んだ。鶴屋南北（大南北）「四谷怪談」を聞いたこともないという人はあまりいないと思うけれども、主役であり、悪役としても知られる民谷伊右衛門について少し説明する。

民谷伊右衛門は、塩冶（赤穂）浪士である。「忠臣蔵」に登場する他の塩冶浪士が主君の仇を討つという忠義の価値観に則った目的を持っていることは説明するまでもないが、同じ塩冶浪士でありながらも、民谷伊右衛門は自身が犯した公金横領の過去を隠蔽するために舅を殺し、妻お岩もまた別の理由で殺してしまう。その後は、お岩が幽霊となって現れ悩まされ、最後にはお岩の妹の夫に討たれる。人の命を軽々しく奪いながらも、自身は「首がとんでも動いてみせるわ」の名高いセリフが示すように限りない生への執着を見せることから、封建的な世界観から脱した利己的、合理的な個人として現代にも通じる登場人物とされている。

福田さんの鍵屋伊右衛門は、江戸の世が終わった文明開化の世に生きている。「人の上に人はいない」と福沢諭吉を誦《そら》んじる伊右衛門だ。このような近代的な知性を有し、ましてや文明開化、処世術の一つとしても、軽々と封建的な世界観から抜け出そうなものだが、そうはいかない。明治の世に不満を持つ武士として西郷方に参加するか、白虎隊で有名な会津藩士の子として薩摩への恨みを晴らすために官軍へ参加することも決めかねる。この二つの選択肢は「颶風のあと」（『颶風のあと』三一書房、二〇一七年）にもあるが、当戯曲では会津藩士にゆかりの者とすることでより選択肢の中に潜む欺瞞が先鋭化している。どちらの道を選ぶにしても、損得だけでなく大義も義理も立ち、侍としての生き様を全うさせるに相応しくもあるけれど、それが自分の行く道であるのか答えが出ない。

鍵屋伊右衛門には、どこかハムレットの影がある。親の仇討ちが亡霊（父）によって使嗾《しそう》されながらも、迷い尽くす。仇を討つのも正義であれば、仇を討たずに国に混乱を与えないようにすることもまた正義だ。どちらにも「正義」の言い分があることがわかりすぎるほどわかった上で、迷い尽くして破滅するのがハムレットであれば、鍵屋伊右衛門も同様にどちらという答えが出ぬままに、封建的な価値観に従うこともなく、時勢に乗ることもなく、自らの道を探そうとする。福田さんは民谷伊右衛門とハムレット、また「すべてを疑え」と言い聞かせてきた自身を重ねて、鍵屋伊右衛門を描いたのではないだろうか。そして鍵屋伊右衛門は、民谷伊右衛門ともハムレットとも異なる道を見出した。異国の地で労働者として生きる。まるで多くの迷いなるものは、大義やしがらみ、既得権益などの特権からくるものでしかなく、これらを振り捨てることが、文明開化と言わんばかりだ。

南北の「四谷怪談」は、「愛度夜討《めでたくようち》」と最後に書き込まれ終わる。福田さんの「四ツ谷怪談」の幕切れはどうであろうか。「愛度」となるかと思いきや、そうはならない。最後に、「スペイン、１９３７年」と額に表記される写真が現れる。子どもの死に顔と大編隊の戦闘機の合成写真だ。「子どもたちには、幽霊になる時間すらなかった」とのメッセージには、現代の怪談には幽霊すら出ることができなくなっている、ということが込められているのだろう。それはつまり、幽霊に祟られないからといって、何もなかったわけではないと突きつけているように思える。

また、この写真は『れすとらん自由亭★希望』（現代企画室、一九九三年）の表紙カバーにある。そのため「れすとらん自由亭」の劇中にある塹壕討論を思い出さずにはいられなかった。職業や身分に縛られずに人は行動できるのだろうか、という討論だった。

「京 近江屋 龍馬と慎太郎――夢、幕末青年の。」

福田さんには、「夢、ハムレットの」（『漱石の戀◎夢、ハムレットの』三一書房、一九九七年）という戯曲がある。タイトルの最後に句点が入るかどうかの違いはあるが、「夢、〇〇の」が気に入っているようだ。仲の良かった劇作家宮本研にも、「夢・桃中軒牛右衛門の」（『夢・桃中軒牛右衛門の』河出書房新社、一九七八年）とあるため、お二人で「夢、〇〇の」について話されたのかと聞いてみた。すると、田中千禾夫「冒険・藤堂作右衛門の」（『冒険・藤堂作右衛門の』講談社、一九六七年）から影響を受けたということだった。田中千禾夫の戯曲集に併録されている「あらいはくせき」も含めて、その人間があり得たかもしれない一つの世界の開示、歴史的人物や事件に対して時空を超える介入など、非リアリズム的な手法が示された戯曲である。この手法を福田さんは真似て、推し進めたということなのだろう。

福田さんの師である岡倉士朗がアリストテレスを引きながら「歴史というものが芸術家にとって問題になるのは、あった事実、資料として固定化された断片ではなく、ありうべき事実であり、作者にとっての切実な歴史であり、想像されるものなのだ。」（『演出者の仕事』、未來社、一九六五年）と書いたことも心に残っているのかもしれない。あり得る希望を描いた戯曲が「虎よ、虎よ」（『颶風のあと』収録）であるなら、この戯曲はあり得る夢を描いたとも言えるだろう。

舞台となるのは、幕末の京都、扱う事件は近江屋二階での坂本龍馬と中岡慎太郎が襲撃され、龍馬は絶命、慎太郎は二日後に命を落とすことになったという、幕末ファンならずとも広く人口に膾炙《かいしゃ》した場面だ。

福田さんが書いた幕末の人物といえば、小説『維新風雲録　高杉晋作　あばれ奇兵隊』（大和書房、一九六七年）、戯曲「希望」（前掲書）の高杉晋作がまず浮かぶ。次に、思い浮かぶのは中岡慎太郎だろう。これも一九七四年に雑誌『野性時代』に小説「草莽無頼なり　乱雲篇」を発表し、その後、二〇一〇年、長い年月を経て小説『草莽無頼なり』（上下巻、朝日新聞出版）が出版された。この戯曲は、小説『草莽無頼なり』を戯曲として新たにしたという印象がある。

福田さんは、長年、「草莽《そうもう》」について考えてきたのだろう。名もなく、あるいは名を捨てた人々が志によって立ち上がり、革命を起こすという、吉田松陰の「草莽崛起《くっき》」が有名である。幕末の思想的柱であることは間違いないが、建前と本音を使い分けるのはいつの時代も同じことで、草莽崛起を字義通り捉えて活動した人は少ないのではないだろうか。その中で福田さんが草莽崛起の視点から注目したのが、武士も百姓も誰でも入隊できる奇兵隊を創設した高杉晋作であり、もう一人は、ゲリラ戦を目的に陸援隊を作った中岡慎太郎だった。草莽のような名もない存在が何かを変えられるのか。革命も政治も、名のある者、地位や財力、身分のある者、そして教育や文化的な環境の中で育まれた者でなければ行えず、無知蒙昧な輩になどに国はおろか、小集団すら任せることはできない、という考え方は、今でも根強い。幕末の動乱の最中でも同様だった。

草莽を想像することが幕末から現代まで難しいのは、草莽による政治体制は、どんな政体であったとしてもあり得ないという前提があるからだろう。世襲や私物化、特権化等の問題が指摘されている現在の代表制民主主義においても、現実的な手段の困難さから直接民主主義は不可能だと思い込まされている。テクノロジーが発達し、インターネットによる同時性や、コンピューターによる処理能力の向上がなされ、またＡＩなどによる透明性を確保した判断基準が模索されていることを考えれば、直接民主主義、草莽崛起はあり得ないとは言えない。テクノロジーは軍事にばかり利用するものではないのだ。夢としてでも想像してみることが大事だ。

草莽崛起があり得たなら、全く別の世界が現れる。つまり、これこそが夢の正体である。夢は、芝居の中ではあり得る。いや、田中千禾夫が非リアリズム的手法によって、現実の条件から人間を解放することに演劇の可能性を求めたならば、あり得たかもしれない世界を夢想すること、夢想した人がいることを示すことは、演劇の一つの役割として、示されるべきなのではないだろうか。現実と違うからこそ、そこに演劇の意味がある。それは決して、叶えられなかった近代、敗れた者たちの挽歌ということだけではない。いま現在も夢見られるべきものとして、演劇の中で現れるのだ。

「港町ちぎれ雲」

ちぎれ雲というのだから、大きな雲が周辺にある。清水次郎長一家を思わせるゴロ長一家の物語において、大きな雲とは徳川幕府や討幕勢力であり、ヤクザ商売を営んでいた小さな一家などはちぎれ雲だろう。そして、そんなちぎれ雲からもさらにちぎれた雲のように、どこにも属せずに漂う名前のなかった青年（石）や、お蝶が、空に浮かんでいる。

幕末、明治維新の物語では、表舞台で活躍する武士や豪商、豪農はテレビドラマも含めて現在でもよく目にするけれど、ヤクザ者、博徒の明治維新は近年ではあまり語られることがない。そこには何かしらの配慮があるのだろうが、股旅物で一世を風靡した劇作家長谷川伸が明治維新における博徒の存在に注目し、明治近代の捉え直しを要請したことまで忘れてしまうのは、幕末と演劇の関係を半分捨ててしまうことに等しい。

戯曲のはじまりに、広沢虎造の浪曲「清水次郎長伝」の紹介がある。「馬鹿は死ななきゃ治らない」「喰いねえ、喰いねえ、寿司を喰いねえ」などの名文句で広く知られる浪曲だ。私が清水次郎長の物語を知ったのは、小学生か中学生の頃、お正月の長編テレビドラマだったと思う。そこでもこれらの名台詞が引用されていたのか、周囲の大人に教えられたかは忘れてしまったが、森の石松に覚えた親しみと共にこの名台詞も思い出す。そしてもう一人思い出すのは、敵役として出てくる黒駒勝蔵だ。当時は明治維新の勤王や佐幕といった区別をすることもなく任侠物として楽しんでいたけれど、ドラマの幕間か終わった後に、勝蔵の碑が映し出され、勤王志士という説明がなされた。ここで私は混乱してしまった。

それは現代の世に続く明治政府を作った者として、坂本龍馬や高杉晋作はドラマの主人公、つまり善玉として扱われるのに、なぜ勝蔵は悪玉として扱われるのだろうかという素朴な疑問だった。少し前提の説明が長くなってしまったが、明治維新の博徒を扱うことは、幼い者であっても勧善懲悪のドラマと歴史認識が衝突し、何が善で、何が悪なのか、という問いを育む契機にもなる。まさに演劇的な題材だ。

この戯曲においても、尊皇佐幕に翻弄され、どっちにつくことに大義があるか、もっと言えば、どっちにつくほうが得か損か、あっちかこっちかという当時も今も事の大小関わらずに義理と人情、権謀術数の建前と本音が入り混じる人間模様が描かれている。しかし、他の次郎長物にはない面白さがここにはある。任侠物のハラハラドキドキはそのままに、そこに流れる思想潮流も描かれる。そして博徒という社会の枠組みから少し逸脱した存在が歴史の大きなうねりの中で再編されていくが、そこは博徒、それぞれがどこか逸脱した者たちの集まりだから、当然、理屈や計算だけではまり込むことができない者も出てくる。大親分の次郎長でも勤王志士の勝蔵でもない、ちぎれ雲が現れる。

次郎長物でユーモラスなキャラクターとして定着し、多くの人を魅了する森の石松であるが、石松が実際にいたかは不確かである。福田さんが描いた青年石は、森の石松がモデルの一人となっていると思うが、石松のこの不確かさに焦点が当てられているようにも思える。座敷牢のようなところにいて、そこから出て来た、自分が何者かも知らないという人物設定にカスパー・ハウザーを思い出す人もいるかもしれない。カスパーが有名になったのは、人としての生活能力は欠如しているが、感覚が鋭敏で、特殊な能力を持っているとされたからだった。この戯曲の青年（石）もまたカスパーのように特殊な、そして独特な能力がある。「真田風雲録」（『真田風雲録』三一書房、一九六三年）の佐助もそうだ。このような特殊な能力がある者は、大義や損得といった価値基準を理解しないため、ただいるだけで、さまざまな価値基準に依拠して行動する者たちにとって批判的な存在ともなる。

そしてもう一人は、お蝶だ。この人もまた社会から逸脱した存在だ。そこには破滅的、破壊的な願望があるとまとめてしまうと元も子もないけれど、拠って立つべき何かを失った者だ。持っていない者からすれば、社会や世界には価値などなく、それがどうなろうが知ったこっちゃない。いっそ、すべてなくなってしまったほうがすっきりするというような、これまた福田さんの登場人物にたまに現れるタイプの社会的不適合者と言えばそうかもしれない人物だ。

この二つのちぎれ雲に、明治維新はどう見えたのだろうか。大きな雲よりも離れていくちぎれ雲をついつい見てしまうように、善悪や損得の論理から外れて幕末、明治維新の物語を捉え直すことが要請されている。

「思いだしちゃいけない」

これまで論じてきた三作は、近代国家が成立する明治維新を扱ったものだった。前近代から近代へと転換する中で身分制度を含めて価値基準や規範が大きく変わることから、社会や人間の条件に対して根源的な問いを発することが可能になる。しかし、大きな転換期になくとも、また国が違ったとしても、制度や規範などに対して、さらに言えば、思考や行動をするにあたり依拠する前提に対して問いを発することはいつでもどこでも可能である。問いを発し得ないのは、ただただ何かをあやふやにして、見えていることを見ないようにしているだけだ。

一九六五年に上演された戯曲「思いだしちゃいけない」は、初演以降、再演されていない。理由の一つには、福田さんの代表作の一つでもある「遠くまで行くんだ」(『真田風雲録』収録)と同様に、題材が遠いものになってしまったというのがあるのだろう。「遠くまで行くんだ」ではアルジェリア戦争、「思いだしちゃいけない」は、ベトナム戦争がテーマとなり、そのどちらも、一九六〇年代には一部の研究者などの専門家だけでなく多くの人が議論した。世界や社会、そして歴史をどのように捉え、行動するのかという当時盛んになされた議論は現代においても無効になっているわけではない。アルジェリアに関してはフランス、ベトナムに関してはアメリカで、その後も思想だけでなく、小説や映画などでも大きな問題として取り扱われてきた。しかし、日本ではどうだろうか。六〇年代こそ大きな問題として扱われたが、その後、まるでトレンドが過ぎたかのように話題にならなくなった。なぜ、アルジェリアもベトナムも語られなくなったのだろう。ソ連が崩壊したからというだけではない。

近代とは、自由と平等を理念とする。これを近代的な理性、知性とした場合、批判されるべき対象は、自由や平等を侵害する抑圧者や侵略者、支配者となり、守るべきは被抑圧者となる。故に、近代的な知性を有する者は、抑圧されている者を見ると自分たちの価値観、規範が踏み躙《にじ》られているように感じ、抑圧者に怒りを覚え、批判的な発言をし、行動を起こそうとする。情報統制が少ない場合であれば、遠い国で起きている出来事にまでその感度は広がる。自らを取り囲む環境以外にも想像力を働かせ、そこに何があるのかと論理的に分析し、行動を起こすことは近代的知性の模範的なあり方にも思える。

しかし反面、遠い国の不正に対する義憤は、自身も関与する身近なところに蔓延《はびこ》る抑圧を忘れさせることもある。近代的知性はときに危ういのだ。目の前の抑圧に後ろめたさをうっすらと感じていながら行動を起こせずにいる者は、自分の責任や加害性が問われることのない遠い場所に同情し、義憤を感じられる被害者を探し同化する。これが近代的知性の暴走や虚妄である。この虚妄は近代的知性が求められる立場にある者ほど陥りやすい。

このような虚妄に没入することで、自分もまた抑圧を受けた被害当事者のように振る舞うことができる。被害者であれば加害者ではない、という等式が成り立つためだ。わかりやすい例を出すのなら、日本の上流中流階級に属する者が、同じ日本で貧困状態にある子どもに対して、アフリカの子どもはもっと困っています、と言って涙を浮かべるような情景を思い浮かべていただければと思う。目の前で貧困に喘ぐ者よりも、感じやすく涙をする者のほうが被抑圧者になれるのだ。演劇界で言えば、近代的知性による社会批判的な演劇を作りながらも、周囲に対してはハラスメントを行っているという事例は珍しいことではない。

福田さんの戯曲には、このような虚妄や暴走を批判的に扱うものが少なくはない。とくに近代がテーマになったものには必ずと言っていいほど、見えていることを見ないようにする虚妄についての指摘がなされている。「思いだしちゃいけない」は、この問題を赤裸々に露出させた戯曲なのだ。

「思いだしちゃいけない」の上演は六五年だが、テレビドラマとして執筆されたのはそれよりも前であり、トンキン湾事件が起こったためにテレビドラマとして放映されなくなったという事情がある。トンキン湾事件をインターネットで調べれば、この事件をきっかけにアメリカがベトナムに介入できるようになった事件、そしてこの事件はアメリカのやらせであったことなどがすぐに出てくる。

福田さんも名前を連ねる漫画「鬼太郎ベトナム戦記」（雑誌『宝石』一九六八年、七〜十二月。『水木しげる特選怪異譚② 鬼太郎のベトナム戦記』文藝春秋、二〇〇〇年）、六八年に世界一斉上演がなされたペーター・ヴァイス『被抑圧者の抑圧者に対する武力闘争の必然性の実例としてのベトナムにおける長期にわたる解放戦争の前史と過程ならびに革命の基礎を根絶せんとするアメリカ合衆国の試みについての討論』（『ベトナム討論』白水社、一九六八年）など、ベトナム戦争について関心を持たない者にも、歴史的背景や、戦争の構造を教えてくれる優れた作品がある。しかし、被抑圧者に寄り添い、あるいは共感する自分自身は何者であるのか、という問題意識が希薄であるため、近代知性の虚妄、暴走に陥っているようにも思える。

「思いだしちゃいけない」がこれら二つと異なるのは、被害者、当事者性の問題においてだ。トンキン湾事件以前に執筆されたことが幸いしたのか、単にアメリカを批判するというベトナム戦争における一つの典型に陥らずに、日本による支配とその関係、ベトナム内部の階級的な抑圧を浮き彫りにさせる。ベトナムを愛しそして尽くした日本人といえども抑圧者でしかなく、また同胞ベトナム人であったとしても支配者階級はベトナム人を抑圧する抑圧者である。両者から被抑圧者の象徴のように扱われ、同化され、欲望された者が、両者の抱える拭い難い加害者性、抑圧者性を指摘し、一人歩み出す。ここには、近代的知性が生み出した虚妄を平手打ちするような批判精神がある。

現在もさまざまな近代的知性の暴走、虚妄が蔓延っている。そのためこの戯曲を六〇年の眠りから醒ます必要があると思い、福田さんに収録することをお願いした。私自身の問題意識も説明する必要があると思われるため、この戯曲に対する解説が不自然に長くなってしまった。近年の作品よりも優れていると言いたいのではなく、いまなぜ収録したのかという説明が必要だと思われたからに過ぎない。いま、このテーマを福田さんが書いたとしたなら、この戯曲の終わりもまた終わりのない終わりが付け足されるのかもしれない。男、青年、女の三人は、六〇年後にどのような出会いを遂げるのだろう。ちなみに、戯曲中では、ベトナムではなく、アウラックとなっているが、アウラック（甌雒）は紀元前のベトナムの王朝名である。

「大逆の女」

大逆事件（幸徳事件）は一九一〇年（明治四三年）に明治天皇暗殺計画容疑として逮捕され、翌年一月に幸徳秋水、管野スガを含む十二名が死刑となった事件である。また一九一〇年は韓国併合（日本による韓国の強制併合）があったことからも、国家の威信を高めるため強引に権力を振るった事例とも考えられる。大逆事件で刑死した者には暗殺計画に無関係な者もいたことから国家によるでっち上げとして批判された。また、暗殺を計画した者が抱いた意思を損なうため、全てをでっち上げとしてはならないとする見方もある。大逆事件は、作家や法律家など、当時の近代的知性を代表する知識人たちに無力感や挫折感を与えた事件でもあった。大逆事件を扱うということは、つまり近代国家の根底ともなる自由と平等とは何かを問い直すことになる。

一九六〇年二月に放送された「大逆の女」が執筆されたのはいつなのかはわからない。これまでの年譜には一九五五年を執筆時期としていたが、現在の福田さんからの指摘によればそれは違うということだった。なぜ執筆年代が気になるかというと、一九五七年に事実上のデビュー作とされる戯曲「長い墓標の列」が書かれ、その後も近代国家の根底を問う戯曲群が書かれたことを考える上で、「大逆事件」という近代知識人のトラウマと言ってもいい事件について、いつ頃から着手しはじめたのかが気になるからだった。近代批判を中心とした戯曲群の終わりに大逆事件と管野スガを再度扱った戯曲「魔女傳説」（三一書房、一九六九年）が突如として生まれたわけではない。

近代批判や自由と平等のと言いすぎると、国民国家における権利や義務に対する論理的な問題を云々しているだけに思われるかもしれない。しかし、福田さんが大逆事件を扱うときに強く前面に押し出すのは、「愛」の話だ。愛は自由と共鳴し、反発し、平等を否定する要素を強く持つ。愛ゆえに人は自由を失い、平等を捨てる。それは人への愛でも国への愛でも同様の側面を持つのだろう。この愛の問題を露わにするために、福田さんは管野スガを描いた。のちに書かれた「魔女傳説」のフリーダムスピーチで愛と自由の思想は語られることになるが、「大逆の女」にもその萌芽がある。

もう一つ、「大逆の女」で重要な視点は、最後の場面である。愛が自由と平等という前提を常に脅かし、ひいては国家の根幹を揺るがしかねない問題としても語られているなら、最後に現れる暗殺計画の場面は、まるで誕生日のパーティーでも計画するかのように描かれている。二〇二四年に上演され、この戯曲集にも収録されている『文明開化四ツ谷怪談』においても、爆裂弾が生活の延長上にある物として扱われている。六十年以上の時超えて、福田さんが一貫して抱いてきたのは、国家、そして人間が変わることは、何ら特別なことではなく、身近なこととして、いつでもそこら辺に転がっているということだろう。

福田善之略年譜

1931年（昭和6年）	10月21日、東京日本橋小網町に生まれる。
1950年	東京大学教養学部入学。
1953年	「富士山麓」（共作ふじたあさや）、東大五月祭、演劇サークル東大合同演劇勉強会。12月早大自由舞台。
1954年	東京大学文学部仏文学科卒業。東京タイムズ社に入社するが、関西新劇合同公演「富士山麓」上演を機に退社。茂木草介に師事。ラジオドラマ試作。
1955年	岡倉士朗、木下順二に師事。舞台監督、演出助手をつとめる。
1957年	「長い墓標の列」、早大劇研が初演、大隈講堂。
1958年	「長い墓標の列」（改稿）演出竹内敏晴、ぶどうの会。
1960年	ラジオドラマ「**大逆の女**」主演山本安英（ABC放送）放送される。劇団青年芸術劇場（青芸）に、観世榮夫と共に参加。シュプレヒコール劇「記録No.1」演出観世榮夫。
1961年	「遠くまで行くんだ」演出観世、青芸。
1962年	「真田風雲録」演出千田是也、俳優座スタジオ劇団合同公演。様々な物議を醸す。
1963年	福田善之作品集『真田風雲録』（三一書房、表題作の他に「長い墓標の列」「遠くまで行くんだ」放送作品「三日月の影」解説：林光）刊。「オッペケペ」演出観世、新人会。『真田風雲録』映画化、監督加藤泰、主演中村錦之助（萬屋錦之介）。「袴垂れはどこだ」演出観世、青芸。
1964年	第10回岸田戯曲賞に「袴垂れはどこだ」が選ばれるが、辞退。
1965年	「**思いだしちゃいけない**」演出観世、青芸＋霧の会。
1967年	「御存知一心太助」、歌舞伎座。第二作品集『オッペケペ・袴垂れはどこだ』（三一書房、他に放送作品「闇市天国」「草鞋をはいた」「はらいそう」など。解説：林光）刊。『高杉晋作 維新風雲録 あばれ奇兵隊』（大和書房）刊行。
1969年	「魔女傳説」演出観世、自由劇場。『魔女傳説』（三一書房、解説：佐藤信）刊。「しんげき忠臣蔵」演出千田、俳優座。
1970年	福田善之娯楽劇集『しんげき忠臣蔵』（三一書房、他に「好色一代男」「異聞はがくれ」など。解説：林光）刊。映画『日本の悪霊』（原作高橋和巳）脚本。監督黒木和雄。
1971年	「変化紙人形」演出岡村春彦、立動舎。「白狐の恋」作・演出（谷口守男と共作）、新宿コマ劇場。「三遊亭圓朝・青春篇」作・演出、明治座。
1972年	紀伊國屋ホールで恒例年忘れ興行「夢の渡り鳥」シリーズを数年間続ける。
1973年	「焼跡の女侠」作・演出、立動舎＋西武劇場。
1974年	戯曲集『焼跡の女侠』（角川書店、他に「変化紙人形」「因果噺一寸法師」）刊。
1976年	NHK大河ドラマ『風と雲と虹と』（原作海音寺潮五郎）脚本。主演加藤剛。

1978年	「お花ゆめ地獄」作・演出、結城座。
1980年	ミュージカル「にんじん」演出、脚本山川啓介、日生劇場。
1981年	ミュージカル「ピーター・パン」演出、日本初演、新宿コマ劇場。
1982年	「文明綺談・開化の殺人」作・演出、結城座。
1983年	傀儡劇集『お花ゆめ地獄』（三一書房、他に「文明綺談・開花の殺人」構成台本「忠臣蔵・四谷怪談」）刊。
1984年	「白樺の林に友が消えた」作・演出、青年座アトリエ公演。「ゆめ地獄・お花の逆襲」作・演出、結城座。「新平家物語・若き日の清盛」演出、歌舞伎座。ミュージカル「ハッピー・エンド」（ブレヒト作）潤色・演出。
1985年	「夢童子ゆめ草紙」作・演出、結城座。戯曲集『白樺の林に友が消えた』（冬芽社、他に「ゆめ地獄—お花の逆襲」「夢童子ゆめ草紙」解説：菅孝行）刊。「若草物語」作・演出、民音ミュージカル。東京声専音楽学校（昭和音楽芸術学院）のミュージカル科設立に協力、以後、卒業公演の演出等を行う。
1986年	「ある人形芝居の一座による『ハムレット』」構成・演出、結城座。ミュージカル「アニマル・ファーム」（原作ジョージ・オーウェル）演出、ミュージカル・ファクトリー。
1988年	「真田風雲録」演出、新劇団協議会主催公演。ミュージカル「恋でいっぱいの森」（シェイクスピア『夏の夜の夢』『から騒ぎ』『お気に召すまま』より）構成・演出、東京声専ミュージカル科卒業公演。
1989年	「ハルとフォルスタッフ」（シェイクスピア『ヘンリー四世』より）構成・演出、結城座。
1990年	「れすとらん自由亭」演出熊井宏之、企画福原圭一。「希望——幕末無頼篇」演出観世、青年座。
1992年	「幻燈辻馬車」（原作山田風太郎）、演出広渡常敏、東京演劇アンサンブル。
1993年	『れすとらん自由亭★希望』（現代企画室、他に「幻燈辻馬車」。解説：菅孝行）刊。「壁の中の妖精」作・演出、木山演劇事務所。「リチャード三世」（原作シェイクスピア）構成・演出、結城座。第二八回紀伊國屋演劇賞個人賞受賞。
1994年	「私の下町——母の写真」作・演出、木山事務所。「私の下町」の紹介記事を読んだ館林の山口栄治氏と連絡がつき、初めて日向（現在館林市内）の福田家を訪れ、父の墓参をする。
1995年	「私の下町——母の写真」が読売文学賞（戯曲シナリオ部門）受賞。「ロマンス——漱石の戀」、俳優座。『私の下町・壁の中の妖精』（三一書房、解説：林光）刊。評論・雑文集『劇（ドラマ）の向こうの空』（読売出版局、解説：菅孝行）刊。
1996年	「夢、ハムレットの。」作・演出、日本劇団協議会主催、木山事務所。「酔いざめお園」構成・台本・演出。
1997年	民話ミュージカル「龍姫」作・演出、わらび座。『漱石の戀◎夢、ハムレットの』（三一書房、対談・江藤淳。解説：竹田青嗣）刊。「続・私の下町——姉の恋愛」作・演出、木山事務所。

1998年	「森は生きている」構成・演出、麻生音楽祭。昭和音楽芸術学院から、桐朋短期大学演劇科に。
1999年	「ワーグナー家の女」作・演出、木山事務所。
2000年	第7回読売演劇大賞、優秀演出家賞受賞。「ぼくの失敗――私の下町3」作・演出、木山事務所。斎田喬戯曲賞受賞。
2001年	音楽劇「坊ちゃん」脚本・演出、俳優座。紫綬褒章受章。
2002年	**「慶応某年ちぎれ雲」**（後に**「港町ちぎれ雲」**と改題改稿、2004年上演）作・演出、木山事務所。
2004年	「新・ワーグナー家の女」作・演出、木山事務所。
2005年	「二人の老女の伝説」作・演出、文化座。「妖精たちの砦」作・演出、木山事務所。
2008年	「颶風のあと」作・演出、俳優座。ハヤカワ演劇文庫『福田善之1　真田風雲録』刊行。
2010年	小説『草莽無頼なり（上、下）』（朝日新聞出版）刊。
2011年	「新訂ワーグナー家の女作・演出、桐朋短大せんがわ劇場公演。「夢、ハムレットの。～陽炎篇～」作・演出、Pカンパニー、吉祥寺シアター。オペラ「ねこのくにのおきゃくさま」（共同演出大石哲史）、曲林光、こんにゃく座。「草鞋をはいて」（共同演出ふじたあさや）、京楽座。
2012年	「夢、『オセローの稽古』の。」構成・演出、桐朋短大せんがわ劇場公演。「シベリア　銀波楼という名の娼家」（原作小松重男）脚本・演出、「シベリア」上演委員会、代々木能舞台。
2013年	「真田風雲録」作・演出、桐朋短期大学せんがわ劇場公演。
2014年	小説『猿飛佐助の憂鬱』（文芸社文庫）刊。「猿飛佐助の憂鬱」作・演出、Pカンパニー、吉祥寺シアター。
2015年	「新・妖精たちの砦―焼跡のピーターパン」作・演出、桐朋短期大学せんがわ劇場公演。
2016年	「虎よ、虎よ」作・演出、Pカンパニー。
2017年	『颶風のあと』（三一書房、解説：佐々木治己）刊。
2018年	**「港町ちぎれ雲」**作・演出、桐朋短期大学せんがわ劇場公演。
2020年	**「京河原町四条上ル近江屋二階―夢、幕末青年の。」**作・演出、Pカンパニー。
2023年	リーディング上演「絵馬・若草姉妹の。」（ルイザ・オルコットのキャラクターより）演出小林七緒、企画井村昴、アトリエ第Q藝術1Fホール。
2024年	**「文明開化四ツ谷怪談」**演出石川湖太郎、サルメシアター、エッセイ集『あの空は青いか？　私と芝居の雑文クロニクル』（三一書房、編集・解説：佐々木治己）刊。

文明開化四ツ谷怪談　福田善之戯曲集

2024年９月18日　　第１版第１刷発行
著　　者　福田 善之　
発 行 者　小番 伊佐夫
装　　丁　Salt Peanuts
組　　版　市川 九丸
印刷製本　中央精版印刷
発 行 所　株式会社 三一書房
〒101-0051 東京都千代田区神田神保町3-1-6
☎ 03-6268-9714
振替 00190-3-708251
Mail: info@31shobo.com
URL: https://31shobo.com/

ISBN978-4-380-24006-5 C0093
Printed in Japan